———— 每本书都是一座传送门

次元书馆

OVERLORD ⑯
半森妖精的神人（下）

[日] 丸山黄金 著

刘晨 译

新星出版社　NEW STAR PRESS

目录

001	第四章　村中生活
149	第五章　抢怪
327	Epilogue
335	角色介绍
342	后记

4章 村中生活

第四章 | 村中生活

1

安兹正和马雷一起向黑暗精灵的村子走着。

马雷现在没有穿他平时的女装,而是身着安兹带来的男孩子的衣服。这身衣服和安兹借给亚乌菈的那身一样,只是一件里面没有数据水晶——没有灌注魔法力量——的外装。

这个世界的装备如果没有经过魔化,不会自动适应装备者的尺码。不过安兹借给马雷的这种外装是YGGDRASIL的东西,它已经完美适配了马雷的身材。只是他们姐弟二人现在的防御能力比平时差了很多,安兹觉得万一发生战斗恐怕必须慎重行事。

安兹一开始也考虑过,或许给姐弟二人穿上其他的衣服更好点儿。

姐弟二人告诉过他,除了他们平时穿的装备之外,泡泡茶壶还为他们准备了各种其他的道具。

可惜的是,要问安兹去这次这样的地方,泡泡茶壶准备的道具中有没有适合隐藏身份和实力的装备,他只能摇摇头。除了姐弟二人平时的装备之外,泡泡茶壶准备的道具都类似亚乌菈的套头布偶铠甲和马雷的礼服铠甲,它们在安兹的认知中都要分类到装饰性的装备里。于是,姐弟二人穿上了安兹准备的衣服。

再说这个计划是安兹提出的，那么当然应该由安兹来准备行动中需要用到的东西。

那么，要说他们三人的装束完全一样也不尽然，其实安兹和马雷的打扮与亚乌菈有唯一一点明显的区别。

那就是他们用布完全遮住了下半边的面部，就像戴着口罩一样，上面还有头巾，包住了半个额头，相当于整张脸只露着眼睛。

裹得这么严实，马雷可能会觉得有些热，不过安兹这样做是有目的的，只好请他忍一忍。

两人看到了村口——这个村子其实没有明确的入口——的亚乌菈。倒不是亚乌菈看到了安兹他们才来到村口，也不是她碰巧来到了村口，是安兹通过"讯息"联系了亚乌菈，她特意出来等着。

崇拜亚乌菈的黑暗精灵信徒们跟在她的身后。黑暗精灵们平常在树上生活，这会儿却和亚乌菈一样，都站在地面。这里虽然离村子不远，但是对于黑暗精灵来说，地面毕竟很危险，他们之所以这样做，估计不是因为信任亚乌菈这个强者，就是因为更想和他们崇拜的人站在一起。

而树上——精灵木之间的桥上，还有来看热闹的其他黑暗精灵。桥上的黑暗精灵纷纷和身边的人议论着什么，安兹离得太远听不到声音，但他能猜得出，他们的话题毫无疑问就是他和马雷。

"舅舅舅——舅舅！马雷！"

亚乌菈为了让黑暗精灵们都听到，有点难为情地喊着，同时挥起了手，安兹用笑脸回应了她。

安兹本想说句玩笑话："不要拖这么长的声音啊。"可是又觉得像是在挑亚乌菈的刺，还是忍住了。

"你好啊，亚乌菈！舅舅来了！"

安兹一边用欢快的声调回答，一边把背上的行李卸下来放到脚边，挥起了手。随后，他轻轻拍了拍旁边惴惴不安的少年的后背。

"是、是的。"马雷也轻轻挥了挥手，小声嘟囔道，"姐姐。"可他的音量太小，对面恐怕听不到。

不过，音量太小不要紧，重要的是让黑暗精灵们明白亚乌菈的舅舅和弟弟来了。安兹觉得就算他们不挥手，人们应该也能理解他们和亚乌菈关系亲密，不过多表现也没坏处。黑暗精灵都注视着安兹和马雷，看着他们走向亚乌菈，什么都没有做，不过这或许和安兹他们挥了手没什么关系。

"那个，那、那好，舅、舅舅，我来带你到村里去。"

亚乌菈脸上的微笑有些僵硬，像是有点不知所措，又像是有点紧张，安兹也对她露出了微笑。看到亚乌菈和平时不同的样子，安兹觉得一股温暖的情绪油然而生，想要夸奖她很可爱，又想摸摸她的头，但很快便镇静了下来。

"——那个，嗯……"

安兹发出了显得有些冷淡的声音。他干咳了几下，随后用刚才那种欢快的声调说道："在场的诸位一直对亚乌菈很照顾，我得向大家道谢才行。亚乌菈在这里借到了房子吗？"

亚乌菈使劲点了点头。

"那好，你能先带马雷过去吗？我等下也会过去的。"

"是，遵……不是，嗯，我知道了。"

现在安兹扮演的是亚乌菈的舅舅。

顺带一提，这个舅舅到底相当于泡泡茶壶的哥哥还是弟弟，若是弟弟的话比佩罗罗奇诺大还是小，这些他们三人事先已经商量过了，最终定成了是泡泡茶壶和佩罗罗奇诺的弟弟。

亚乌菈也要扮演好自己的角色，可是她现在看起来还拿不准自己该如何对待这个舅舅，显得有些慌乱。安兹派亚乌菈来做先锋，她不知是时间不够还是没有做好心理准备，还没能把握好自己的角色。

"哈！哈！哈！好了，亚乌菈，先带马雷去吧。虽然不算是长途旅行，但还是让马雷休息一下吧。"

"好、好的！我明白了！"

亚乌菈似乎在内心得出了什么结论，回答得劲头十足。安兹倒是觉得她好像有点破罐破摔的意思。

安兹目送姐弟二人转身离去，转向了视线都放在他们身上的黑暗精灵们。

来看热闹的人相当多。

虽然还看不到长老们的身影，不过安兹估计村里人应该有一半都来到了这里，而且他在其中发现了几个孩子。多亏了亚乌菈给这个村子带来的好处，安兹从村民们身上感受不到负面情绪，只是其中有些人用品评的目光紧紧盯着他，想看清亚乌菈的舅父是个什么样的人。

他们就是亚乌菈的崇拜者和他的跟班。

安兹觉得有点不对劲。

虽然他带着亚乌菈的弟弟跟在她后面赶来了，可他扮演的舅父毕竟让还是孩子的亚乌菈独自一人先来到了这里，安兹觉得正常人会用那样的目光看他倒是不奇怪。

所以，如果那目光来自普通的黑暗精灵而不是亚乌菈崇拜者，安兹想必不会感到不对劲。

可他们不是普通的黑暗精灵。

他们这群黑暗精灵的共同认知是只要优秀，年龄并不重要。安兹让一名优秀的游击兵做了先锋，他做出的这个选择在他们心目中应该是理所当然的才对。

这样想来——

（也就是说他们的目光有别的意思。）安兹思考片刻，得到了可能性最大的答案。（我知道了，他们可能以为亚乌菈被一个没本事的舅父当成牲口来使唤，如果是这样，也难怪他们会那样盯着我。嗯，虽说不完全对，但是也不算完全错，这就是最让我难受的一点啊。好了……差不多该开始了。）

听众来得够多了，继续等下去也没什么好处，最好不要让他们的好奇心冷却下去。

（上一次已经是好久以前了啊……）

安兹有点紧张，觉得讲台上的老师或者舞台上的演员或许都会习惯于暴露在这样的目光中。他有一搭没一搭地想着，为了配合他提前准备好的发言稿，用多少欢快一些的声调向桥上排开的黑暗精灵听众们开了腔：

"好了——"

安兹摘下了遮盖着下半张脸的布，露出了整张脸。

他向听众们露出了笑脸，然后重新用布把脸遮了起来。

"非常抱歉，我的部族中有规矩，男性要像这样把脸遮起来。哪怕遮住脸在诸位的村子——诸位的部族中算是失礼的做法，我还是要请大家原谅我。"

没有听众表示不满，看来村民们接受了安兹的说法。

他当然是在撒谎。

安兹其实戴着硅胶面罩，用幻术生成了现在的这张脸，就和他扮演飞飞时一样。不过他用的是低位阶的幻术，如果知觉敏锐的游击兵盯着他的脸看，或许会看出什么破绽。用布遮住脸就是为了尽可能不让别人看到，以免露出马脚。

安兹觉得只露出眼睛，幻术被看穿的可能性应该比较小。

"那么——初次见面，我家亚乌菈承蒙大家的关照……亚乌菈可能已经告诉过大家了，不过还是请允许我自我介绍一下，我的名字叫安·贝尔·菲欧尔。"

安兹报上了他和姐弟二人绞尽脑汁编出来的假名字。顺带一提，其实他基本上没发挥作用，就是姐弟二人想出来的。

"我带来了一些伴手礼聊表寸心。有桌子什么的可以借我用一下吗？"

只见旁边的树突然动了，紧接着一块足够他铺开行李的板子从树干上伸了出来。应该是来看热闹的人中有谁用了魔法。

"非常感谢。"安兹一边道谢，一边把地上的行李扑通一声放在了木桌上。

"我也不知道大家会不会喜欢，如果大家能收下，我会很高兴的。"

到底拿什么当伴手礼，安兹其实烦恼了很久。

本来安兹想着纳萨力克里的那三个精灵吃饭时开心的样子，考虑过送盐之类的调味料。要做料理，盐是不可或缺的，哪怕是安兹也有这样的认知。

所以他本打算带来一大块岩盐，可是又一转念，想到人类需要盐不代表黑暗精灵也一定需要。

哪怕需要，对于黑暗精灵这种族来说，他们需要的盐量也可能要比人类少得多。这样想来，就算拿到了盐，他们可能也不会觉得有多高兴。

实际上，在安兹偷看的时候，这个村里的人们做饭的时候确实没有放过盐，而安兹也没有看到精灵们制作过干肉，他觉得这很可能是因为他们会用魔法手段避免食物腐败。

那么，莫非盐是很贵重的东西，所以黑暗精灵收藏起来了吗？其实并非如此。

哪怕用了"完全不可知化"，安兹也没法在厨房里东翻西找，看到底有没有盐。

看黑暗精灵平时生活的样子，还有他们不浪费猎物血液的做法，安兹觉得他们可能和食肉动物一样，通过猎物的血液补充盐分。

顺带一提，耶·兰提尔的领地内没有大规模的岩盐矿床和盐湖，盐都由修习生活魔法的魔法吟唱者制造，再不然就是从王国和帝国进口。所以安兹他们占领耶·兰提尔之后，盐价曾经有过短期的上涨，不过现在已经恢复正常。

安兹只是有模模糊糊的印象，觉得好像看到文件中提到过这件事，又觉得像是记错了，总之雅儿贝德肯定已经处理好了。

不管怎么说，安兹放弃了带盐当伴手礼的念头。

他带来的不是盐，而是——

"这是矮人制作的金属利器，很棒吧？我听说这边的习惯是用魔法加工树木，制造出硬度极高的利器来用，不过再怎么硬，恐怕也不会比金属更硬吧。这些全部由锻铸技术超群的矮人制造，都是上等货。"

安兹首先从袋子里掏出了一个小小的细长薄木盒，里面装的是一把厨刀，紧接着又把箭镞和餐刀摆在了桌子上。

这是一场展销会，为了让魔导国经济圈中的矮人国家得到外汇收入。

当然，就算这个村子成了矮人国家的主顾，一个靠自给自足维持的村子也没有货币用来支付。这样一来，这个村子就需要获得赚取外汇的手段，只要魔导国出面牵线，就能把这个村子也纳入魔导国的经济圈。这就是安兹的想法。

问题是安兹没有就此事问过雅儿贝德的意见。

（我这种脑瓜不灵光的家伙想出的计划恐怕不会成功，不过就算失败了，应该也不会有什么损失。不会有吧？）

安兹觉得，就算他失败了，也不会捅出娄子，而且觉得如果成功了说不定能给自己加分。不过，期望越高失望越大，所以他让自己尽可能不往好的方面想。

（就算黑暗精灵们说不需要这些东西也没什么问题。我毕竟只是出于好意带来的，就算他们不喜欢，我只需要表示一下遗憾就行了。不过……这气氛好像还不错。）

安兹周围的黑暗精灵眼睛中都放着光，特别是猎人们的首领，他第一个向安兹问道："可以让我看看吗？"

"请吧，请吧，请拿起来看看吧。"

他来到安兹旁边，向木桌上的东西伸出了手。不出所料，他拿起来的果然是箭镞。狩猎头领的选择可以说是理所当然的，要是他先把厨刀抄了起来，安兹倒会觉得有点吃惊。

"真是好东西。矮人是住在山里的种族，这我倒是听说过，他们能制造出这么好的东西啊……这一定是非常贵重的东西吧？我们该用什么东西来交换呢……"

（噢，不出所料。）

业务员铃木悟暗暗露出了得意的笑容。

他觉得自己成功猜中了顾客会感兴趣的商品。

安兹听说精灵与教国关系恶化之前，他们的王都和人类社会有贸易往来，有一部分精灵是会使用货币的。不过王都的经济活动恐怕不会扩展到这么偏僻的村子，这里也不是除精灵之外的旅行商人能涉足的地方。所以在这里，以物易物才是最普遍的。而且不出安兹所料，这种"稀罕的好东西"似乎很受欢迎。

"我带这些东西来不是想交换什么，是想把它们送给大家。大家回头商量怎么分配就好。"

狩猎头领正用指尖感觉箭镞有多么锋利，听到这话，他的脸上露出了为难的表情。

"可是，您的外甥女菲欧拉阁下帮了我们很大的忙，再平白收下这些东西实在是……"

"没事没事，这些东西虽然不值一提，不过也是我表示友好和感谢的一片心意，请大家收下吧。不过，说到物物交换……我这里倒是有矮人用他们特有的技术，一种名叫符文的精湛技术制作出的魔法道具。"

安兹觉得狩猎头领眼中的光似乎变得更亮了。

"符文？魔法道具吗？"

"是的，它们是用符文技术制造出的魔法道具，都是我的个人用品，但如果大家想要，只要能交换到合适的东西，我也可以考虑。矮人说这只是符文技术的初级产品，不过我也不能把灌注了魔法的东西白白送给诸位，毕竟它本来的价格相当高。"

低价甩卖确实能吸引人，但是甩过了头，会导致一部分顾客只在甩卖时才买。

矮人要甩卖符文技术制造的东西倒还说得过去，可是安兹这样搞恐怕有点不合适。高价出售在眼下倒是正确答案，可是对安兹个人来说，这个村子里没有他想要的东西。不，或许会有，只是安兹不知道。

（说实话，符文技术有点雷声大雨点小啊，也没有人表示特别想要产品。可是虽然是亏损部门，现在就砍掉也为时过早，最起码要放眼一百年之后的未来才行啊。）

"不过大家的村子里有这么多的森林祭司，我觉得使用的机会应该很少。"

安兹说着，从怀里掏出了一根金属制成的棒子。他早就做好了演示的准备，一系列动作行云流水。

"这件魔法道具只是尖端会燃起小小的火苗，主要用来代替打火石，倒不是用它来照明。因为只要松开手，火苗就会熄灭。"

听众中没有传出对此表示失望的声音，这让安兹松了口气。

"除了这个之外还有几种其他的东西，等有机会再为大家介绍吧。我也想到大家借给亚乌菈的房子里去休息一下，消除旅行带来的疲劳。"

来看热闹的黑暗精灵们脸上露出了赞同的神情。

他们虽然很少离开村子，但是明白他们生活在一座多么危险的森林中，理解旅行者渴望休息，消除旅行带来的疲劳的心情。

"——耽误你休息了，真是不好意思。我能不能再问最后两个问题？"

"可以，请说。"

出声叫住安兹的是亚乌菈的那个叫普拉姆的崇拜者。

安兹挺直了脊梁。他觉得如果在这次回答中搞错了答案，有可能导致这个人与他为敌，不过只要给出他们想要的答案，他们或许能成为他强有力的支持者。

"第一个问题是……几位莫非有一部分精灵的血统？"

"喂，太冒——"

狩猎头领本打算阻止普拉姆，安兹抬了抬手，示意他不必介意。

"没关系，我倒是没有说过。我们看起来像是有吗？"

"啊，不是，如果没有，请您当我没说好了，我只是觉得看起来像是有。"

"是这样啊。"

安兹心想：好敏锐。

这人太敏锐了。

安兹现在的面孔是模仿了他在王都看到的一个精灵，只是把肤色换得和黑暗精灵一样。安兹自以为天衣无缝，马雷似乎也不觉得有什么不对劲的地方。看来面对真正的黑暗精灵，哪怕只是眉眼有一点不对劲的地方，也逃不过他们的眼睛。

"我的父母倒是没有跟我提过，既然您有这样的感觉，说不定很久很久以前，我的祖先中有某一位与精灵通过婚。另一个问题呢？"

"作为游击兵，菲欧拉大人有着超群的才能，您这位舅父也和她一样吗？"

安兹发现这个普拉姆在和他这个亚乌菈的舅舅说话时也把亚乌菈称为大人。他一边赞叹普拉姆是亚乌菈坚定的崇拜者，一边考虑是该问普拉姆为什么在称呼亚乌菈时加上大人，还是最好别提这件事。

安兹没能想清楚，不过他还是先回答了对方的问题。

"不会，我没有她那样的游击兵才能。不过，我倒是有自信说自己是一流的魔法师。"

"魔法师？"

"是的，魔法师。"

普拉姆的眼神显得有些游移不定。

（啊，看样子他不知道什么是魔法师啊。还有人不知道魔法师？等等，魔法师会掌握知识使用魔法，这虽然众所周知，不过在这种没有健全教育制度的地方，没法学到世上还有魔法师吗？这样想来，好吧，不知道也没什么好奇怪的。）

安兹还是觉得有些难以置信，不过这个普拉姆如果真的不知道，安兹也只能这样说服自己。

"是这样，魔法师就是魔力系魔法吟唱者。"

"魔力系……原来如此，我明白了。真是好厉害啊，到底是菲欧拉大人的舅父大人。"

听不懂这是在说什么，反正听起来似乎挺厉害，总之先称赞一番好了——安兹从普拉姆的话中听出了这样的意思。不过，安兹觉得普拉姆的称赞挺好，他在纳萨力克总是受到疯狂的赞美，反而觉得这种走过场的称赞有如清风拂面。

"啊——那个，我说得不够清楚，所谓魔法师……就是一种类似森林祭司，使用魔法的职业。"

"噢噢！我明白了！那么，舅父大人也能用魔法制造食物之类的吗？"

"咦？啊，不是，抱歉。确实有些魔法师……据说会用那种魔法，可是很遗憾，我不会用那种魔法。如果一定要说擅长什么，我应该是擅长那种用来击败敌人的魔法。"

安兹倒是听说生活魔法能制造出香辛料和调味料之类的东西，不过他也觉得高位阶的生活魔法或许能生成食材。

其实安兹不觉得别人把他当成无能之人有多么不愉快。他自己就觉得自己不是个多么出色的人。再说对方瞧不起他，小看他，反而会给他可乘之机。所以别人认为安兹"无能"，他反而会在内心偷笑。

可是作为亚乌菈的舅父，他必须避免被当成无能之人，因为现在的安兹相当于泡泡茶壶的代理人。

"击败敌人……是这样啊……这么说来，您能完成猎人的工作对吧？我明白了，菲欧拉大人的亲人果然不同凡响。"

安兹觉得很困惑，不明白普拉姆这样一个专业猎人怎么会说出这么外行的话。

确实，在这个村子里，击败来自外部的敌人是猎人的职责，可是普拉姆应该也明白，能击败敌人的人并不都是猎人。其实把食材从危险的森林中带回村里才是猎人本来的职责，如果只是会击败敌人就算猎人，那反过来岂不是也可以说这个村子里都是浑身穿着厚重铠甲的重装战士。

可是安兹第一不是猎人，第二对这个村子并不了解，他似乎没资格从普拉姆说的话里挑刺，再说他也不想惹得这个人不高兴。

亚乌菈和马雷即将在这个村子里生活一段时间，安兹必须注意自己的言行，不能惹出什么风波来。要是他来到村里导致人们对亚乌菈的印象恶化，那他可真不知道该怎么给她赔不是，特别是亚乌菈恐怕还会说"不用在意"。

虽说如此，安兹觉得还是应该解释清楚，哪怕让普拉姆口头说出他明白了也好。安兹可不想普拉姆事后再提，生出什么枝节来。特别是这一次亚乌菈和马雷无时无刻不看着安兹，听着他说的话。安兹万一犯了什么低级错误，纳萨力克最聪明的智者们会进行一番过于深入的解读，最终得出结论"不愧是安兹大人"。可是他害怕孩子们会天真地问："安兹大人为什么做了那样的事？请您告诉我们。"面对孩子，他也不想用"你们自己动脑子想一想"来搪塞。

安兹正在苦想，只见普拉姆重重点了点头，像是心里拿定了什么主意一样说道："哎呀，不愧是菲欧拉大人的舅父大人，真是太了不起了！"

安兹更困惑了，不明白到底有什么了不起，不过又觉得，既然普拉姆要这样说，那就由他去好了。再说仔细想来，现在这样的情况也还不错。想到这里，安兹开了口："我倒是没有做过猎人的工作，不知道能不能做好，不过您是这村里出色的猎人之一，能得到您的肯定，我也有自信了。"这话里的意思是你们也有一定的责任。"现在亚乌菈正在……应该正在这村里担任猎人，我来替她完成她现在的工作好了。在这段时间里，能让他们姐弟二人在这村里好好玩玩吗？"

普拉姆脸上露出了惊讶的表情，就像他听到这个舅父说了什么让人意想不到的话。安兹觉得自己应该一句出格的话也没说，重新回忆了一遍自己刚才的台词，结果还是没有发现古怪之处。

"我带他们姐弟来到这里，是希望那两个城市中长大的孩子能体验村子里的生活。所以，希望大家能教教他们城市里见不到的……这样说吧，就是这个村子特有的游戏。"

"是这样啊。城市里的生活想必和村里大不相同啊。"

狩猎头领这样说着，似乎理解了这个舅父的意图。安兹也不知道他在想什么，不过安兹可没法为他的误会承担责任。安兹虽然撒了小谎，但是没有信口开河，回头就算有人问起来，他也能把谎圆上。

"我也问个问题，可以吗？"

桥上一名看起来像是游击兵的男子发问。他和所有精灵一样，长着一张标致的面孔，用英俊来形容十分合适。

"请说，请说。"

安兹一点都不喜欢回答问题，不希望他们提问，可是他没法把真心话说出来。

男子迟疑了一下，这才问道："菲欧拉阁下有未婚夫吗？"

安兹控制住自己，没有惊叫起来。这是一个完全出乎他意料的问题。

这家伙在想什么才能问出这么奇怪的问题呢？安兹心里嘀咕着，眨巴了几下眼睛，看了看周围的其他人，发现大部分人都和他一样惊讶。

（看来这家伙是自作主张问出了这样的问题啊。不过话说回来，他为什么想知道亚乌菈有没有未婚夫呢？他想知道我们居住的城市里有没有亚乌菈的未婚夫……呵，我明白了，只能是因为这个啊。)

　　安兹认定自己猜到了这名男子为什么问出这个问题，或许应该说他只能想到一个答案。

　　(他们是想让亚乌菈在这个村里留下一支血脉啊。确实，那些孩子里有男孩子。)

　　安兹瞥了来看热闹的孩子们一眼，发现其中有几个男孩子。

　　(莫非这里面有这家伙的孩子？光看外貌很难看出黑暗精灵的年龄啊。不过，我还真没考虑过亚乌菈的婚事。当然，要是亚乌菈有自己看中的对象，结婚也没什么问题吧？当然，我作为泡泡茶壶的代理人，有必要调查清楚那人是否合格……不好，我又想跑题了。现在我得先决定说实话还是撒谎。)

　　其实这个问题不用想，说出事实不会有什么损失，而撒谎之后为了圆谎还要继续把谎撒下去。

　　"没有，目前没有。"

　　"是这样啊。"

　　男子好像松了口气。

　　(这人是那种会过度干涉孩子婚姻的人吗？这可不好，我带亚乌菈来这里是为了交朋友，要是这个男的光把自己的孩子往前推，妨碍其他孩子与亚乌菈来往就麻烦了。看来我需要取得进一步的情报……)

　　"对了……我可以问问您的名字吗？"

　　男子的表情马上严肃了起来。

"我名叫布鲁贝利·艾格尼亚。"

安兹倒是也知道"布鲁贝利"这个发音指的是一种叫蓝莓的食物，刚才那个叫普拉姆的人同样是以食物为名，他觉得这可能是黑暗精灵特有的文化。安兹觉得早知如此，他或许该给亚乌菈也取一个假名字，而不是考虑"听到朋友叫自己的假名字会是什么样的心情"。不过在这一点上安兹有个疑问，他无法判断这些黑暗精灵是用这个世界的语言说出了果实的名字，经过自动翻译后进入了他的耳朵里，还是他们并不知道自己的名字是什么意思——也就是说是玩家留下的痕迹。

"是这样啊，我会记住的，您是布鲁贝利·艾格尼亚先生，对吧？"

"对，是这样的。非常感谢您记住我的名字。"

安兹不明白这有什么好感谢的。

正当他打算开口问艾格尼亚为什么要那样说的时候，黑暗精灵中传来一阵低声议论。

安兹很快便猜到了人群中的氛围为什么发生了变化。他把目光投向了黑暗精灵们看着的地方，不出所料，长老们来了。

"这会儿倒来了。"安兹听到周围的人说着这类的话。

他在心里叹了口气，和那时候一样，他觉得这种情况简直太糟糕了。

（我以前在哪个公司听过有人当着外人说自己人的坏话吗？当着我的面发牢骚的人倒是见过，说坏话的还真没有……没有吧？嗯，把亚乌菈放在这样的村子里不会有问题吗？是不是应该认为亚乌菈还是孩子不要紧呢？可是……村里的孩子们听到大人们说别人坏话，他们会有什么样的感觉，会转化成什么样的行动呢？这可不好说啊。总而言之，我也要注意平时的言谈举止，以免对亚乌菈和马雷造成不良影响。）

安兹能猜到接下来会发生什么，不过他想维持灵活的立场，不想插手多管麻烦事。

这样想来，他必须先过了这一关，也就是说——

（我要做的就是把模拟练习的成果完全发挥出来！）

安兹在心中摆好了迎接挑战的架势，只听一位长老没有理会人们的目光，开口说道："与幼树菲欧拉小姐同源的先生，欢迎你远道而来。"

（幼树？果然不出所料。）

安兹在心里偷偷露出了坏笑。

所谓"幼树"是一种黑暗精灵独特的表述方式。在这个世界上，各种族的语言都会被翻译成安兹能听懂的话，可是"幼树"这个词却保留了下来，这说明它不具有特殊的意义。如果它指代少年或少女，应该会被转换成安兹能听懂的单词。也就是说，黑暗精灵只是有在孩子的名字前加上"幼树"二字的习俗。

安兹觉得长老用了黑暗精灵独特的表述方式，也就是说想看看他这个舅父——看看城市里的黑暗精灵有什么水平的知识。

通过亚乌菈的调查，还有安兹自己偷听到的情报，他已经发现这个村子里有两股势力，其中一派由长老这种重视传统的人组成，另一派则以想摆脱传统的年轻人为中心。长老们应该是想看清楚安兹——生活在城市中的黑暗精灵站在哪一边。

（我最好保持中立。可是，如果现在说错了什么，说不定会被村民们认定成两派之一。如果一定要选择一派的话，那他们来这里毕竟是想让姐弟二人交到朋友，从目的来看，最好能博得孩子们父母的好感——选择年轻人一派为好。只是，能证明这是正确选择的根据还太少……我现在的情报还是不够啊。看来最好的办法还是说一些听起来像模像样的套话，权当这就是我们城市黑暗精灵的习俗，糊弄他们。）

安兹就是出于这样的考虑，事先做好了准备。

"——虽然在同一片大地上，我们毕竟是来自另一片森林，感谢生活在这片森林中的人接纳我们。"

安兹没有多想，随便挑了一句说了出来，只见长老们眨巴了几下眼睛，"啊"地叹了一声。

安兹觉得长老们的这一声叹息绝对不是因为对这位舅父的印象不好，正相反，他觉得自己博得了他们的好感。

"橡木和栎木一样坚硬，开枝散叶的姿态同样茁壮。我很满意，想必越来越多的树成长起来，就会形成一片茂密的森林。"

安兹流利地把这段话说完，心满意足地点了点头。

说实话，他自己也不明白这是在说什么，他编这段台词的时候就没打算让它具有什么意义。

安兹觉得说话的自己都不明白是什么意思，听者就更糊涂了，没想到长老们像是在回应安兹一样，重重点了点头。

他们那样子怎么看都像是听懂了安兹的话。

不过，铃木悟身为社会人，很熟悉长老们的这种反应。他以前就见过别人有这样的反应，不对，应该说是安兹自己就经常这样做，所以他才一眼就看了出来。

（啊，是这样啊。上司听到部下说出自己不懂的专业术语和简称时就会有这样的反应……）

安兹的问候语说到这里就结束了，片刻的沉默降临在了他和长老们之间。

"那真是太好了。那我们就先告退了，拉着长途旅行后的人寒暄个不停，简直像长得太长的藤蔓一样。"

"藤蔓，是吗？"

安兹忍不住反问了一句。他觉得，或许是黑暗精灵在觉得话说得太久不好的时候就会这样表述，不过如果真的是这样，他应该会听到翻译好的意思相近的词，可是现在他听到的翻译结果只有字面的意思。

长老们按说不可能听不到安兹下意识的反问，可他们还是转过身去迈起了步子。

（咦？）

实际情况和安兹在模拟练习中预想的不一样。

安兹把眼睛转向了他带来的伴手礼。

他本以为寒暄过后，长老们会提出请安兹把分配伴手礼的事交给他们来负责。

（咦？真的只是打个招呼？怎么回事？我说错了什么话吗？）

安兹觉得这对话的时间实在太短，就像面试草草结束了一样，他心里直犯嘀咕。如果面试开始后，面试官还没说几句话就问"你有什么想问的吗"，他一定会有现在这种感觉。

如果对方在听到安兹刚才的对答之后，明显有表现不快之类的反应，他也能明确自己这是搞砸了，就算不得不去另一个村子从头再来，好歹也能为今后留下一些经验教训。

可是，几个长老什么反应都没有，安兹连自己做得好还是不好都拿不准，这只能说是连经验教训都没能得到。

安兹偷偷观察周围的人，发现他们不像是对他有不满和敌意，甚至觉得他们好像也有点困惑。

（不知道怎么回事……好吧，继续想下去也没用。实在不行，回头用上"完全不可知化"，去偷听长老们开会，看看他们到底对我有什么印象吧。）

安兹目送长老们远去，好像突然想起了什么一样，向旁边的村民问道："看来长老们很欢迎我们啊。我其实还有些事想说，诸位长老很忙吗？"

"啊？是啊，可以……这样说吧。"

村民显得有些慌乱，给了安兹模棱两可的回答。安兹觉得这位村民恐怕是正在拼命想他和长老刚才的那段对话是什么意思。

"有一棵长老们碰面的精灵木,等一下我会告诉您在什么地方。"

狩猎头领就在他们旁边,大大方方地开口为那个村民解了围。安兹觉得狩猎头领这么沉稳,难怪亚乌菈会以为他是个大叔。

"那就按您说的办,有时间的时候我去找诸位长老聊聊好了——那么,我要到他们姐弟那里去,先告辞了。有哪位能为我带下路吗?"

"我很乐意为您带路!!"

旁边突然有人扯着嗓子喊了一声,吓得安兹那按说没有的心脏差点儿跳了出来。

叫喊的人是布鲁贝利。

他好像在安兹和狩猎头领说话的时候悄无声息地从桥上下来了。

"突然喊这么大声对心脏很不友好,能请您别再这样了吗?"
"非、非常抱歉。今后我会注意,不会再这样了。"

布鲁贝利的神情显得非常愧疚,看到他那样子,安兹也不好再说什么。安兹觉得应该让村民们看看他有容人之量,而且希望布鲁贝利能冷静下来,以免他有什么更加出人意料的行为。

"您明白了就好。那么,就麻烦布鲁贝利先生来为我带路了,可以吗?"

"这没有什么麻烦的,您在这村里要是有什么需要,请您一定要告诉我,我会全力以赴帮助您的。"

"那真是太谢谢您了。"安兹说着,跟在布鲁贝利身后走了起来。不过,安兹的工作还不算结束,最关键的环节还没有完成。

安兹走到一半停住了脚步,看向了孩子们那边,随后对他们露出了笑容——虽说他的脸基本上全被布遮住了。

那群孩子中有四个男孩子和两个女孩子,一共六个人。

看起来其中一个男孩和一个女孩比亚乌菈和马雷要小,有一个男孩与姐弟二人年龄相仿,其他三个孩子都比他们姐弟要大。

"你们好啊。"安兹打了声招呼,向着孩子们走了过去。

周围的成年人也没有警觉起来加以阻拦。安兹觉得这是因为他一直表现得还算友善。

"我家的亚乌菈和马雷就请大家多关照了啊。"

孩子们显得有些惊讶,安兹觉得不能说完这句就算完了,他必须把话说明白。毕竟说得极端一点,安兹的这次旅行就是为了这一刻也不为过。

"请大家玩游戏的时候带上他们两个。不过要比运动,大家恐怕赢不了那姐弟俩,所以,希望大家能邀请他们参加比较独特的,在城市里没法玩的游戏。"

与长老们的对话,安兹在马雷的帮助下进行了模拟练习。而与孩子们对话的模拟练习,安兹则是独自一人——通过脑内会议完成的，他觉得一定有很多纰漏和问题。

如果他在成年人面前出了错，说不定会给下一步的计划造成负面影响，所以他希望和孩子们说话的时候最好不要让成年人听到。可是，他又觉得成年人恐怕不肯让孩子们脱离他们的监视与不熟悉的外来者见面，所以他必须抓住这个机会。

安兹把手伸进怀里，掏出了一个皮口袋。

随后，他从皮口袋里拿出了一个和拇指第一节差不多大小的琥珀色块状物。

"来，把手伸出来。"

安兹对站在最前面的少年说道，他觉得这名少年应该是村里孩子们的头头。

他注意着不让手碰到少年的手，让块状物落在了少年黑暗精灵的手掌上。

安兹当然不是不屑于碰少年的手。

他也不愿意这样放，想更友好地把块状物递到少年手中。可安兹的手是幻术生成的，如果少年碰到了安兹的手，说不定会发现不对劲。

这种情况是安兹无论如何都要避免的。

（唔，今后再有这种事，砍下罪犯的手，用其皮肉制成手套一样的东西戴上怎么样？在纳萨力克里找一找，应该会有擅长做这种事的人……他们会不会不愿意碰人类的手呢？我倒是觉得尼罗斯特他们应该会喜欢啊……）

"咦，啊，这是……"

少年看着手心里那不知如何形容才好的东西。安兹微笑着，友善地对他说道："这是糖，它比水果还甜呢。啊，不能嚼啊，这是含着吃的东西。只是……可能不如真的很好吃的水果那么甜……"

安兹说得有些没自信。

他的身体成了现在这样，没法品尝食物的味道，顶多也只是能确认食物的嚼头，所以他在味道方面没法自信起来。确实，在原来的世界，他倒是吃过糖。但是，就算现在他没有尝过的YGGDRASIL的糖变成了实物，他也不可能知道它到底有多好吃。

再说考虑到这个世界上有拥有魔法力量的水果之类的食材，也就很可能有比安兹带来的糖更好吃的甜味食品，而且黑暗精灵们平常说不定就会吃那样的食物。

不过，安兹也有自信，他的糖不会输给普通的水果。

安兹听说过，这个世界水果品种改良之类的研究不发达，并非所有水果都很可口。正因为如此，纳萨力克中也有从事品种改良的人。

副厨师长等人就在做这方面的工作。

少年战战兢兢地把从安兹那里拿到的糖放进了嘴里。

周围的孩子，还有安兹和看着这边的成年黑暗精灵都在观察这位不幸而勇敢的少年会有何反应。

"好甜！！真好吃！！这是什么？！"

少年睁圆了眼睛。听到他的第一声，安兹微笑起来。少年惊讶地从嘴里取出了糖，看着满是唾液的糖，依然保持着惊讶的表情。

（他没说不好吃，真是太好了……下一步需要担心的就是过敏反应之类的。不过，应该不会出现吧……）

"来，来，大家都有。"

安兹这样向孩子们说着，一个个地给他们发糖。

除了孩子们之外，别处也投来了想要糖的目光，不过安兹只当没有注意到。这些糖是用来贿赂孩子的，给大人没有意义。他拜托孩子们关照亚乌菈和马雷，然后孩子们收下了他给的糖，形成这一事实才是最重要的。

分发完毕后，安兹又嘱咐了一句。当然，他十分注意声音给人的感觉，以免被人当成是胁迫。

"那就拜托大家照顾他俩了啊。"

安兹把自己该做的事都做完了，确认没有人打算叫住他。

（太棒啦！）

——他在心里发出了欢呼声。

安兹觉得这次的演示算是取得了很不错的成绩。不对，他重新绷紧了脸——他的脸当然不会动。

到底成功与否，只有等那些孩子来邀请亚乌菈和马雷两人玩时才能知道。不过——

（我该做的事已经做完了。可是……走在前面的布鲁贝利怎么什么话都不说呢？自己的孩子从别人那里拿了东西，做父母的起码应该说一句感谢的话吧？莫非布鲁贝利的孩子不在那里面？这村子里还有其他的孩子吗？真是的，看来我还要在各方面继续努力啊。）

2

房间里有三个人。

大长老，拉兹贝利·纳伯。

男长老，皮奇·奥尔贝亚。

女长老，斯特罗贝利·皮什查。

他们的话题只有一个，当然是关于刚才现身的旅行者，拥有优秀能力的游击兵亚菈的舅父。

他们都很发愁。

要问为什么——

"橡木……是什么样的树啊？他在那时候说出这个名字到底包含着什么样的意思呢？"

三名长老回到集会所后马上开起了会议。

听到愁眉不展的皮奇提出的问题，拉兹贝利皱着眉头回答道："不知道。可是，在刚才那样的情况下我们也没办法问他啊……如果那是他的部族祖灵信仰中神圣的树，会用在祭祀仪式上，他说不定会觉得我们不知道相当于侮辱了他啊！"

"唉。"斯特罗贝利叹了口气，抱怨道，"他当时那样子好像认为我们理所当然应该知道的嘛。那种情况下打死也没法说不知道啊。"

"如果是其他种族倒还好说，但毕竟我们都是黑暗精灵。而且从他们来的方向看，很有可能是在我们父母那一代分出去的另一支部族。这样想来，我们的语言差异应该不会很大。综合这些因素考虑，那应该是遵循他们部族传统的正式问候吧。"

"他看起来像是有精灵的血统，可是毕竟只能看到他的眼睛，我也不确定。那也许是源自精灵那边的问候方式吧。"

除此之外，还有其他证据说明他和精灵有关。就是名字。

黑暗精灵的名字是按姓、名的顺序排列，而精灵名字的顺序则是名、姓。这样想来，他们名字的命名方式应该更像是精灵。

"我懂得再多，也没法连精灵的习俗和礼仪都了解啊，你们两位知道吗？"

他没有得到回答。

其实，他们虽然是长老，但也不知道黑暗精灵的全部传说。来到这片森林的时候，有几个口口相传的传说失传了，而人们也不知道到底是什么失传了。正因为如此他们才会如此烦恼。

"我看，可能是我们在他的部族中被称为栎木部族，要不然就是类似的意思。可能因为栎木分开生长，所以这样称呼我们这个和他们分开了的氏族，这个意思你们两位都明白了吧？"

"从当时的对话来考虑，也只能这样理解了吧。可是，我们不知道橡木是什么样的树，那栎木又是什么样的树呢？会不会是我们知道的某种树的别称呢？还有，他选择这两种树，到底包含了什么意思呢？"

正常考虑，人选择两种树来打比方，一定是有什么意图的。

反过来说，如果一个人没有意图，毫无目的地拿橡木和栎木来打比方，那头脑才更像是不正常。所以，只要知道那是什么样的树，就能掌握包含其中的意味。但是，他们虽然有比较丰富的关于树和草的知识，但也想不到什么是橡木，更不清楚那种叫栎木的树。

考虑到不同氏族对树木的称呼不同，那他们就更没法得到答案了。

"唔，要是能直接问问他就好了……"

"如果可以的话，我们早就这么做了。万一他觉得我们无知可就麻烦了啊。他说不定会告诉我们的年轻人。"

他们也知道年轻人讨厌他们。尽管如此，他们还是认为年轻人只要岁数再大一点，就会对他们拥有的知识心怀敬意。传统——古老的智慧乍一看似乎没什么意义，但其中自有道理，不是可以轻易忽视的。年轻人应该也明白知识就是力量的道理。

要是年轻人在这档口上，发现他们连正式的问候语都不知道，认定长老已经丢掉了传统，那会怎样呢？恐怕会导致比现在更严重、更致命的对立。

正因为这样，他们才如此烦恼。

"我看他的目光中什么感情都不带，那莫非真的只是纯粹的问候语。他那张脸实在太缺乏表情，我看着都觉得瘆得慌。"

"那么……怎么办？我倒是很想听他说说他掌握的黑暗精灵传说故事……"

"风险太大了。就算抛开面子，求他不要说出去，也没法保证他真的能守口如瓶。这样想来……我看，还是那句老话，不逃命也别一头扎进荆棘丛，对吧？"

"是啊，我看不要离他太近，和他保持一定的距离才是最好的办法。"

"那么……他带来的礼物要怎么处理？他来自黑暗精灵和精灵之外的其他种族居住的地方，那些伴手礼里面想必有罕见的东西。"

三名长老承担分配礼物的职责有相应的好处。

当然，肯定会有人对自己分到的东西不满意，他们难免招人怨恨。可是大部分时候，那些人不管分到什么东西都不会满意。而且他们很明白，有一部分年轻人会对由长老负责分配东西这件事本身就不满意。不过，只要他们公平分配，其他人只会对这些无理取闹的人报以白眼。

所以，长老们早就想好了，就算由他们来负责分配，也不会分给自己东西。

保持清心寡欲的长老形象，比把罕见的东西收入自己囊中更有价值。可是——

"刚才也提到了，不逃命也别一头扎进荆棘丛。如果我们分配他带来的礼物，那就必然得由我们来亲口向他道谢。那我们就必然要遵循正式的礼节。"

"如果他是个重视礼节的人，我们又没有做到位，他恐怕会认为我们没礼貌，还可能认为我们对他带来的礼物不满意，对吧？"

假设他认为村里的长老知道感谢客人的正式礼节，看到他们失了礼数，不知道会有什么样的反应。人们常说期望越大，失望也就越大。

再说如果他带给了村里非常棒的伴手礼，也不能像收到了普普通通的东西一样对待他，他们必须尽可能尽到地主之谊。

"那就交给年轻人好了。幸运的是先把礼物拿到手中的是他们，想必已经听他说了详细情况，干脆就交给年轻人去办好了。"

"是啊，我也觉得这样最好。"

听到拉兹贝利和斯特罗贝利得出的结论，皮奇脸上露出了发愁的表情。

"这倒没关系，不过要不要提醒一下年轻人？那些小年轻的不重视传统，说不定会侮辱了他的部族，自己还不知道。"

"唔。"得出结论的两个人脸上也露出了发愁的表情。

"看来，当初哪怕来硬的，也该把传统教给他们——可是现在说这些也晚了啊。菲欧拉阁下那么轻松地打跑了连甲熊王，她的舅父毫无疑问也有相当强的实力。我可不想搞得这样的人物记恨我们的村子。"

"话虽如此，可是我觉得就算我们提醒，那些小傻瓜也不会老老实实听话吧？总之只能先警告他们一下，他们要是搞砸了，再由我们来擦屁股……只能这样了，说实话我可不愿意，但我们毕竟是长老……"

"我们的职责就是承担责任……好吧，没办法的事啊……"

"不过……你们怎么看？要不要问问那位舅父是为什么来见我们这些同胞的？"

"他要说是来学习我们村里的传统和习俗怎么办？说实话，我可不想提这方面的事。"

"总不能不开欢迎宴会吧？菲欧拉阁下来的时候，我们就说等舅父阁下来一起开欢迎宴会。她作为游击兵，短短几天内为我们做了那么多事，不为他们举办一次欢迎宴会也太不像话了。而我们要是不参加欢迎宴会，那甚至不能说是失礼，简直可以算是向他们宣战了。"

"唉。我们要参加宴会，但是尽量不要靠近他好了。那位舅父阁下看起来很年轻，年轻人们想必会去陪他吧。"

"是啊。那些小年轻肯定想拉拢舅父阁下，真是要感谢他们才行。"

接下来的几个议题讨论完后，拉兹贝利把脸转向皮奇，提出了他一直想问的问题。

"话说回来，你说的那个就像长得太长的藤蔓……是怎么讲？我倒是没听说过那样的说法……"

斯特罗贝利也将视线转向皮奇，她对此想必也有疑问。虽然在当时那种情况下没法问清楚，不过现在问没有问题。

皮奇支支吾吾地回答道："对不起。我没多想……只是顺着他的话茬……随口说了那么……一句。"

"哎。"拉兹贝利重重叹了口气。

"舅父阁下好像从来没听说过那样的说法，他的声音里都透着一丝困惑。"

"怎么办啊。要是下次见面的时候，他问我那句话是什么意思，你们觉得我该怎么回答才好呢？"

"我们怎么知道！要是他真的会问，那我们只能趁早在这里想出个像模像样的答案，总不能告诉他是为了装模作样随口一说。再说，要是年轻人认为我们平时挂在嘴边的传说也是装模作样随口编出来的，那可就麻烦了。"

"是啊，恐怕只能这样了吧。你可别再为了面子信口胡编了啊！"

"是啊，对不起。我不会再那样做了。"

"那么……就像长得太长的藤蔓，这句话代表什么意思，大家一起商量一下吧。这样不管谁被问到，我们都能给出同样的回答。"

长老们本以为讨论结束了,结果又出现了新的议题,他们又开始交换意见。

* * *

长老们正绞尽脑汁,打算商量出一个说得过去的答案时,还有另一群人也在冥思苦想。

他们就是和长老们作对的年轻人。

他们——如果一定要取个名字,可以说是青年派——之所以反抗长老,是因为二者的主张总是相左。

他们认为,生活在森林这么危险的地方,追随拥有更优秀能力的人对村子好处更大。长老虽然活得久,资历老,但只要能力不如晚辈,也应该让出他们的位置。

也就是说,长老重视传统和传说,而青年派则信奉能力至上主义。

因此,如果长老纯粹在能力方面——这在年轻人心目中就是魔法和战斗力之类一眼就能看出来的能力——足够优秀,青年派也会追随他们。遗憾的是长老们没有强到足以服众的战斗能力。年轻人不信服的人什么事都要管,看来只会让他们心烦。

尽管如此,青年派和长老之间的关系还没有发展到彻底对立的程度。这是因为在这个村子里,还有青年派尊敬信服的四个人——狩猎头领、布鲁贝利·艾格尼亚、药师头领,以及祭祀头领——不愿意看到青年派与长老们对立。

可是这时，一块石头丢在了水面上。

亚乌菈来了。

她是一个实力超群的优秀游击兵。哪怕只是一个外来的旅行者，她说的话在青年派心目中还是非常有分量的，可以说与青年派信服的四人分量一样重，甚至比他们更重。

正因为是这样，他们非常重视亚乌菈的看法。

顺便说一下，即便在青年派中思想也算最激进的，就是亚乌菈的崇拜者们。

"你们怎么看？"

一位年轻人盯着前方，向其他人提出了问题。

他的视线前方是亚乌菈的舅父带来的伴手礼。没有人主动提出承担分配的工作，于是他们暂时把伴手礼搬到了村子当成共享仓库使用的精灵木里。

"谁来分配呢，长老们吗？"

他们觉得按照惯例应该是这样的，长老们总是在这种时候跑出来抢风头。所以如果是平时，他们当中肯定有人提出趁着长老还没来他们自己先分掉，可是这一次谁也没说这样的话。甚至——

"他们来分也没关系吧。"

有人提出了这样的意见。

出现这样的情况，还是和他们尊敬的亚乌菈有关。

亚乌菈来的时候，并没有展示她的部族流传下来的传统礼仪。所以，年轻人觉得在森林之外，那些习俗可能早就失传了，要不然就是有能力的人根本不会在意，他们觉得自己本来的想法得到了支持。

可是在亚乌菈的舅父——安·贝尔·菲欧尔登场后，他们对自己的想法产生了怀疑。

他们根本没听明白亚乌菈的这个看起来似乎有点精灵血统的黑暗精灵舅父说出的那一套问候语。谁都不可能在那种情况下说出没有意义的话，所以他们觉得那个舅父说的，想必就是长老们口中的、所谓符合传统礼仪的问候语。

亚乌菈先来了，她没有说类似的话，可是后来的她的舅父却表现得重视传统习俗。

他们两个人为什么不一样呢？

虽然没有说出口，但是大家心里都已经有了答案。

那就是孩子和大人的区别。

他作为舅父，跟孩子们说带上那姐弟二人一起玩，这也就是说，亚乌菈拥有那么强大的实力，他却只把她当成孩子来对待。

简直让人难以置信。

确实，在森林这种危险的地方生活，要问孩子首先应该学习的最重要的事情是不是礼仪，答案是否定的。孩子们必须首先学习比礼仪更重要的、与生存有关的事情。

因此，孩子完全不懂礼仪也不奇怪，哪怕是那些长老，也从未表现出过严格地向孩子们灌输礼仪习俗的意思。

考虑到这几点，问题就来了。为什么在长老们到来之前，亚乌菈的舅父没有表现得那么重视礼数呢？

这会不会是因为在亚乌菈的舅父眼中，本来就在场的那些人看起来都像是和亚乌菈一样的孩子呢？不光是青年派，当时在场的任何人都没有用正式礼仪迎接那位舅父。面对不懂礼节的孩子们，大人会怎么做呢？

大人当然也不会首先尽到礼数问候孩子们。大人对待孩子自然会有相应的方式。

他们至今为止一直认为没有意义、不被放在眼里的礼仪，其实是有意义的。它们是用来向对方表达敬意的符号，而且这位舅父就只向长老们用了这种符号。

这就是答案。

"要是我们被舅父阁下当成了外表和大人一样的孩子，如果我们擅自把他的伴手礼分掉，他或许会认为这个村子里孩子说了算——或者这是一个不懂礼节的蛮族村子。"

"我们只是没能按照礼数问候他，虽说他不一定会因为这个就认定我们是孩子……不过还是有可能的。如果真的是这样，他回到城市，说不定会告诉他认识的人，住在森林里的黑暗精灵村子里，称王称霸的都是些像小孩子一样的家伙。"

"那还真是让人来气啊。"

"是啊，我也有同感。如果外面的人嘲笑我们的村子，那还真是有点——不对，是很让人不愉快的。"

"他之所以一开始没有依礼数问候我们，应该是为了看清我们值不值得以礼相待吧。"

"是啊，我们当时要是说了符合礼节的问候语，我认为菲欧尔阁下对我们的态度不会是那样。"

他们确实有点上了当的感觉，不过又觉得那位舅父也许并非心怀恶意才那样做。再说怀着恶意与他们接触，对那位舅父又有什么好处呢。当然，也有可能只是他这个人心眼格外坏。

"我心里总觉得有点别扭，不过看这样子，既然长老们遵守礼仪跟他打了招呼，那这些礼物也只能交给长老们来分配了。"

这位舅父似乎是依照传统礼仪问候了长老们，而长老们的做法也符合传统。他们认为，现在这位舅父应该对长老们怀有敬意，只要由长老们来分配伴手礼，他应该就不会产生那样的想法。

"是啊。只要我们什么都不做，长老们应该就会来分配吧。除此之外……只能拜托当时没有露面的药师头领或者祭祀头领了……你们觉得呢？"

"那两个人……特别是药师头领肯定不愿意。"

药师头领会嫌麻烦，不愿意做这种事，而祭祀头领估计会提出交给长老们分配礼物。

"那好,有结论了。总之我们已经完成了我们的工作,赶紧离开这里吧。"

"是啊,就这样吧。回头……是不是跟长老们学学最基础的礼仪为好?"

年轻人们露出了不乐意的表情。

他们以前一直认定礼仪没有用。可是,要是今后还有来自远方的强者到村里做客,而且和这位舅父一样讲究礼仪,他们可不想再被当成孩子对待一次了。

只是,他们也不想在这种情况下向长老们低头。

心情复杂的年轻人们发出了重重的叹息声,这叹息是发自肺腑的。

"还有……听说菲欧尔阁下和弟弟阁下到达后会举行欢迎宴会……怎么办?宴会上一定也有合乎传统的礼仪,失了礼数可是要丢人的啊。"

"宴会应该不用那么讲究,可是……如果那位舅父认为这个村子里尽是不懂礼貌的孩子,那可就不好了。安排宴会的事就交给长老们吧。"

"就这样吧。那几个长老……我虽然不愿意承认,但是他们应该能把这方面的事安排好。"

* * *

就在长老们、年轻人们都在为今后的事烦恼的时候，还有一批人更头疼。

他们就是那六个孩子。

他们聚在一起，凑成了一个环。其中最头疼的就是第一个从安兹那里拿到了糖，也就是直接受安兹之托关照亚乌菈他们的那个孩子。

那位少女来自远方的城市。城市对村里的孩子们来说是个未知的地方，孩子们确实产生了强烈的好奇心。他们现在同样对那位少女很感兴趣，想和她要好起来，想和她一起玩。尽管如此，他们只是远远地看着她却不靠近，这是有原因的。

他们的差别太大了。

少女的实力超过村子里最强的猎人，虽然年龄与他们相仿，但地位上却有着天壤之别。他们当然不敢随意靠近这样的人，更不敢上去搭话。

这就好比普通人遇到了自己尊敬的名人，一般情况下甚至不敢轻易上去搭话。

可是，他们接下来必须做这件事。

"怎么办啊……玩什么才好啊……什么游戏是不比运动能力的啊……也就是说，不能玩爬树，因为爬树要用身体，是这个意思吧？哪里有那样的游戏啊……"

孩子们愿意邀请亚乌菈去玩，当然也有收下了安兹的糖的缘故，更主要的还是他们本来就想和亚乌菈一起玩。从某种意义上说，安兹的请求算是给了他们一个下决心的契机。

"'叶子里面'行吗？"

所谓"叶子里面"就是其他种族的捉迷藏游戏。

"今天来的那个男孩子怎么样我不知道，但是那个女孩子可是个超厉害的游击兵啊！她眨眼间就能找到我们，人家才不会跟我们玩这个呢。"

"找到了也没关系啊，所谓玩不就是这样吗？"

"傻瓜，那叫请她陪我们玩，跟让她和我们一起玩是两码事。"

听到这话，其他孩子吹起了口哨。

"小库懂得好多。"

"真是厉害。"

"喂喂，这还用你们说吗？"

小库——奥伦吉·库纳斯，头一个从安兹那里拿到了糖的孩子面带得意的笑容，抬起双手制止了孩子们。

"好了，先不说我懂得多这个事实。有没有不比运动能力的游戏啊，你们能想到吗？"

"爬树……要比运动啊。"

就在孩子们陷入沉思的时候，一位年龄稍大一点的少女说道："既然是这样，请那两个孩子教我们玩城市里的游戏不就行了吗？"

"唉。"库纳斯夸张地叹了口气，然后毫不客气地回答道，"傻瓜!"

"你怎么能叫我傻瓜!"

"你生什么气啊。想想那个大人说的话，你就明白我为什么说你傻瓜了。他可是说希望大家邀请他们参加在城市里没法玩的，只有这个村子里才能玩到的游戏啊。你这么快就忘了吗？"

"他是这么说的吗？"

"是啊。所以什么样的游戏……才是在城市里没法玩的啊？我们也不知道城市里的孩子玩什么啊，我们要不先去问问他们？"

"只有村子里才能玩到的游戏……那咱们去森林里玩？"

"别说了!"听到有人提议，库纳斯露出了严肃的表情，"你们不是也知道小亚落了个什么下场吗？!"

所有孩子都沉默了，说话的那个孩子更是脸色苍白。

虽说村子里比较安全，但是村子周围就不安全了。如果孩子们在没有大人跟着的情况下去森林里玩，迟早会遇到危险。确实，去一次两次可能不会有问题，可是，常在河边走，哪有不湿鞋。总有去森林里玩的孩子一去不回的事发生，而且，大人们对此也没有采取什么对策。

他们甚至连看管孩子，给孩子系上长绳等最简单的事情都不做。

大人们认为就算出现不听大人的嘱咐，以身犯险结果一去不回的孩子，那也是一种必要的牺牲。

他们认为如果能以一个孩子的死，让其他孩子明白森林的危险性，那就不算很大的损失。

他们认为，孩子在不明白森林危险性的情况下长大成人才更可怕。

事实上，这个村子里所有的大人在童年时代，都有朋友成为证明森林多危险的牺牲品的经历。正因为是这样，他们才能对森林有足够的畏惧，保持着足够的警惕性在这个村子里生活下去。这片森林里的生活就是这样的。

"那个女孩子是个很厉害的游击兵，和她一起去比和大人一起去还安全呢。我明白你是这样想的，可是，对我们来说还是很危险。毕竟艾尔斯——"库纳斯指着最小的男孩继续说道，"和我的运动能力完全不一样。所有人至少要能马上爬到树上才行。"

"那怎么办啊？"

说来说去还是没有得出结论。

"还是问问他们两个在城市里都玩什么样的游戏吧。"

"你们知道城市是什么样的地方吗？树是不是比这里还多啊？是不是有很多很多猎物，所以她才能变成那么厉害的游击兵呢？"

孩子们面面相觑，接下来自然都把视线转向了库纳斯。

库纳斯得意地说道：

"我可是从和她一起打猎的大人那里听说了。"

"小库果然厉害啊。"

"真是很厉害啊,小库。"

"嘿!嘿!嘿!她说城市里不光有黑暗精灵和精灵,还有很多其他种族的家伙呢。而且好像根本没有树,取代树的是很多砖,还有用一种叫灰泥的土做成的房子。"

"土房子。是不是感觉像那些茸蚁人一样?"

有个孩子说出了居住在这片森林里的另一个种族的名字。

茸蚁人虽然是杂食性的,但是不会连智慧生物都吃,所以他们和黑暗精灵之间总是保持着一定的距离,即使在森林里碰到彼此,双方也都只会默默走开。

孩子们听说过,他们茸蚁人的住所就像凝固的土做成的箱子。

孩子们想象着草原上放了很多那种箱子,好像理解不了一样,歪起了头。

"哇,他们是从那么吓人的地方来的啊……"

"我有点想听他们说说城市里的事了……"

"等一下,要是问了他们,发现我们想让他们玩的游戏,他们在城市已经玩过了,我们能选出来的游戏不就更少了吗?也就是说必须准备好几种游戏才行。"

"啊。"

孩子们再次陷入沉思。

他们觉得真是好难办。

"听我说,过家家行吗?"

最小的女孩小声嘟囔了一句。

三个比她大的男孩子露出了不乐意的表情。他们大概是想说自己已经过了玩过家家的年龄吧。不过——只有库纳斯脸上的表情很快就变了,他好像觉得小女孩的这个主意不错。

"确实,过家家不用比运动能力。不对,这是唯一的选项!"

"过家家又不是只有森林里才能玩到的啊,这才真是什么地方都能玩的游戏!"

"玩村里才有的过家家就行了。"

村里才有的过家家是什么样的过家家?

除了发言者库纳斯以外,谁都不知道那是什么样的过家家。

"还有,后来的那个男孩子,他看起来好像不太擅长运动,过家家说不定真是个不错的点子。他那么大岁数,应该还会玩过家家吧?"

"不会啊。"

一位和亚乌菈他们年龄差不多的男孩子说完之后,周围的孩子反驳道:"什么?"

"你分明一个人玩过家家来着啊。"

"那不是过家家!那是扮黑暗精灵英雄的游戏!"

孩子们转而开始讨论扮黑暗精灵英雄的游戏到底算不算过家家。

＊ ＊ ＊

在布鲁贝利的带领下，安兹到了一棵精灵木前。当然，安兹知道亚乌菈借住在这里，所以他其实不需要向导。可是村里人都认为他这个舅舅今天是第一次来村里，所以他不能表现出自己知道亚乌菈的住处。

外面没有姐弟二人的身影，看来他们两个已经先进去了。

"谢谢您为我带路。"

布鲁贝利或许是感到好奇，他看着姐弟二人所在的精灵木，用有些失望的声调说道：

"能帮到您真是太好了。如果还有其他的需要请告诉我。要我帮您把行李搬到家里吗？"

"不、不了，连行李都请您帮忙拿就太过意不去了，您忙您的吧。"

"是吗？您有什么需要，尽管吩咐我就好。"

不知道为什么，这人好像非得帮忙拿行李不可。

每个人都有自己的个人空间，黑暗精灵彼此之间的距离或许比普通人类更近。

仔细想来，像这个村子一样，周围会出现怪物的危险的地方，人们不相互合作就生存不下去。这样的生活环境或许对个人空间的形成也有影响。不过话说回来，安兹真的什么想拜托他的事情都没有。

"不是，真的什么事都没有。您带我到这里已经足够了。"

"是这样啊。那么，请代我向菲……亚、亚乌菈小姐问好。"

（为什么只向亚乌菈问好？啊！原来是这样啊！）

安兹想到了答案。

（糟了，我忘了向村民们介绍马雷了，亚乌菈倒是叫了他的名字，可是我也得介绍才行啊。）

不过，安兹向大人介绍马雷的好处其实并不大。只要孩子们认识马雷就可以了，安兹觉得这件事交给亚乌菈去做应该就没问题。

"知道了，我会转告她的。"

布鲁贝利一边往远处走，一边不停回头看安兹这边。安兹目送布鲁贝利远去后，走进了精灵木。不出所料，姐弟二人正等着他。

"辛苦……"说到这里，安兹把后半截话咽了回去，纠正了他要说的，"不对，你们俩久等了啊。"

"请您允许我先问个问题，您接下来有什么——"

"等一下。不要过度使用敬语。我很明白，亚乌菈是游击兵，不管这个村子里的哪个黑暗精灵偷偷靠近，凭你的听力都能清楚地听到脚步声，也就是说，现在这里是安全的，无论用什么样的语气说话都没有问题。不过，表演如果不时常保持，很容易在一点小事上露出破绽——只要还在这个村子里，我就是亚乌菈的舅舅，没有必要使用敬语。"

"呜呜。"亚乌菈哼唧了一声，然后把视线投向了旁边的马雷，紧接着稍稍低下了头，这才抬头看着安兹问道："那个，舅舅，你接下来有什么打算？"

旁边的马雷也点了点头，表示他也想问这个问题。

"做得好，很不错……不对，我作为亚乌菈的舅舅，不应该这样说话。我得保持和刚才一样的腔调……很好啊，亚乌菈。这样对了吗？"

亚乌菈脸上露出了复杂的表情，像是在苦笑，像是有些困惑，又像是难为情。确认亚乌菈没有否定的意思——就算亚乌菈有，安兹还是打算用比平时更亲密的方式对待他们。安兹对姐弟二人说道：

"好了——不对，那个，这样对了吧？总而言之，还是按当初的计划，在这个村子里住上最多一周啊——吧，用'吧'比较好吧？我们不知道情况会怎样变化，正在发生什么样的变化，所以现在还说不好，不过我打算悠闲地度过这段时间，同时搜集情报。"

"啊，那、那个，舅舅，您说的情报，是什么样的情报？"

"做得好，马雷，我就是这个意思。"

安兹觉得马雷的腔调和平时比没什么变化，不过还是决定先表扬他一下。来村子的路上马雷就问过安兹，不过安兹说等亚乌菈也在的时候再说，争取到了一段时间。他看了看马雷那显得有些害羞的脸，解释起来。

多亏了争取到的这段时间，安兹已经准备好了说辞。

"所有的情报，我们能在这个黑暗精灵村子里得到的全部情报。今后说不定会有需要你们姐弟俩扮成普通的黑暗精灵行动的时候，也可能不会有那种时候。不过，如果真的需要，而你们在不知道黑暗精灵常识的情况下开始行动，有可能招致别人的怀疑，对不对？所以，我希望你们为将来做好打算，在这个村子里尽可能多地学习黑暗精灵的常识。"

安兹觉得这套说辞很有说服力，而最重要的是接下来的这一段：

"特别是你们姐弟，今后或许会需要你们扮演普通的黑暗精灵孩子。所以，你们趁这个机会和村里的孩子们一起玩玩如何？当然！这不是命令，只要你们有更好的方法，按你们的方法做也可以。"

从安兹帮姐弟二人交朋友的计划来考虑，这样的指示应该已经算是最大限度了，再强硬一点就成了命令，可是不够强硬他们很有可能不理那些孩子。

只是，姐弟二人听到这话显得有点困惑，这是安兹意料之外的。

（咦？为什么？这套说辞是我经过许多次模拟练习才得出来的。我本来觉得很完美啊，莫非有什么疏漏之处吗？）

"不需要……那个……不用搜集教国的情报吗？"

听到亚乌菈的提问，这次轮到安兹露出困惑的表情。话虽如此，他那张幻术生成的脸其实纹丝未动。

安兹在心里歪起了头，他不明白亚乌菈为什么会提起教国的情报。

安兹记得自己在纳萨力克应该说过了，来这里是为了休带薪假。他记得自己还说过，这是为了测试在安兹、亚乌菈和马雷等高层管理人员缺席的情况下，纳萨力克是否还能正常运转。可是——

（我应该没提过教国吧？不对，我魅惑那个男性精灵的时候，亚乌菈也提议问关于教国的问题。为什么呢？啊，我明白了！是因为纳萨力克的那几个曾经被抓去做了奴隶的精灵。精灵是黑暗精灵的近亲种族，所以亚乌菈在为她们担心吗？毕竟这姐弟俩和雅儿贝德、迪米乌哥斯他们不一样，罪恶值没有那么高。）

安兹决定把他俩在王国做的事当作没发生过。

这是有道理的，毕竟他们姐弟二人可能只是对精灵和黑暗精灵怀有亲近感，也可能纯粹只是讨厌人类。

"是啊，也对，如果同时能搞到教国的情报，那就拜托你们了。"

"好的！我明白了——不对，嗯，知道了。"

亚乌菈看来还不习惯，安兹对她笑了笑，打开了行李。

"那好，我们最多要在这里住一周，先把行李整理一下吧。"

安兹他们带来了各种各样的东西，其中甚至包括矮人制作的餐具。它们虽然很重，但是安兹想用它们吸引黑暗精灵，就和他刚才展示的伴手礼一样。所以他不能把这些东西随便摆在房子里，需要进行一番精心设计。

也就是说他要搞出一间样板房。

安兹对自己的审美能力没有丝毫自信，他和姐弟二人合作装饰起了他们借住的精灵木房子。就在这时，亚乌菈停住了手。"舅舅，有六个直线向着这边走来的脚步声。来者没有消除气息的迹象，不过脚步声比较轻，应该是孩子。"

"噢！"安兹说着也停下了手，把视线转向了房子入口。他实在没想到孩子们会在今天就来找姐弟二人。安兹正在心里向孩子们表达感谢之情，第一个拿到糖的少年从门口探出了头。

人们往往认为探头向别人家里看是一种没教养的行为，不过在这个村子里这似乎很正常。

"你好你好，你是来邀请亚乌菈和马雷一起玩吗？"

"咦，啊，是的，是这样的。"

好像是被房间里的样子吓到了，少年回答的时候显得怯生生的。

安兹笑着对他说道："是吗？我正等着你们呢。好了，你们俩和这些孩子一起玩去吧。"

"咦？那、那个，舅舅，可是，您看，房间还没有收拾好呢……"

"有什么关系嘛,马雷。剩下的就由舅舅来吧,交给舅舅就行了!对了,舅舅对自己的审美能力没有自信,等你们回来要是发现有什么不好的地方,我再按你们说的改!"

"哈!哈!哈!"安兹说完大笑起来。看到他那样子,亚乌菈和马雷脸上露出了吃惊的表情。

确实,平时的安兹不会笑出"哈!哈!哈"的声音,他能理解姐弟二人的心情,他也觉得自己这个舅舅的角色塑造得有点不自然,不过姐弟二人就算事后问起,他也可以大大方方地说那只是在表演。

"既然舅舅这么说那好!我们这就来,等一下!好了,马雷,走吧。"

"嗯、嗯。"

姐弟二人走出了房子,安兹露出了发自内心的满意笑容。

(为了感谢孩子们来邀请他们,我还得再给孩子们一些糖啊!不,等一下,要是发现孩子们只是冲着糖来的,他俩会怎么想呢?可能会觉得很伤心吧。)

说实话,他倒是不觉得他们有那么脆弱——

(可我毕竟不是泡泡茶壶,并不完全了解他们姐弟俩。既然是这样,我还是应该假设他们会觉得很伤心,而且现在也没有必要再冒险啊。要是搞得他俩有了心理阴影,不敢再交朋友,我就真的无颜面对泡泡茶壶了。不过话说回来,孩子们会带他俩玩什么样的游戏呢?)

安兹眯起眼睛，怀念起了过去。

那是属于铃木悟的辉煌时代。他想起了齐聚那个名叫YGGDRASIL的游戏中的四十个人——还有另一个人的身影。

当时的那些伙伴——分别生活在不同的世界中。

其中有居住在巨型复合企业的生态都市中的人，也有在环境逊于生态都市的圆顶城市中生活的人，还有像铃木悟一样生活在严酷环境中的人，甚至有在更恶劣的环境中谋生的人。

同一个游戏，把正常情况下不会相识的陌路人联系了起来。

"游戏能跨越界限，不对，应该说只有游戏才能跨越某些界限吧。哪怕是……生活在不同世界中的人也能成为朋友。就像我……就像我们那样……"

楼层守护者是绝对的强者，黑暗精灵村里的孩子却是柔弱的。只要离开这里，他们之间想必不会有交集，即使如此——

"希望他们姐弟俩能发现朋友是多么可贵啊。"

安兹视线的前方已经没了姐弟二人的身影。

即使如此，安兹还是觉得自己就像能看到那姐弟二人一样。

姐弟二人去和孩子们一起玩，如果合不来，那也是没办法的事。

安兹也是这样的。他不知道YGGDRASIL到底有多少玩家，数量大概相当多吧，可是其中他觉得能称得上是朋友的，只有四十一个人。

人没法和自己遇到的所有人都建立朋友关系。

安兹想做的就是给他们姐弟二人机会，让他们能遇到他们觉得可以结交的朋友。而如果他们能发现交朋友是一件不错的事，那他在这里做的一切就都可以算是成功的。

安兹看向了那没有戴戒指的右手无名指，微微一笑——

（我以前也想过，是不是也应该努力让迪米乌哥斯、雅儿贝德、夏提雅交到朋友呢……好吧，算了。）

他决定先不考虑那方面的问题，刚才只是稍微想了一下，他的好心情就已经泡汤了。

（不过话说回来——为什么没有人来找我呢？我用"完全不可知化"偷听他们说话，那意思是差不多该为我们举办欢迎宴会了吧？他们打算什么时候来跟我提这件事？难道是打算给我们一个惊喜吗？）

安兹他们也有自己的安排，村民突然跑来说要开宴会，他们也不好办。

最重要的是安兹没法吃喝。虽然他不知道村里打算举行什么样的宴会，但在一般情况下，这个村子里有头有脸的人都会到场，安兹面前也会摆上料理才对。如果安兹碰都不碰那些料理，村里人会怎么看呢？

这现象他们肯定不会喜闻乐见。

如果安兹是和黑暗精灵完全不同的种族，村民应该会觉得他不吃东西并不奇怪，责任在于东道主，怪他们没有提供合乎客人口味的料理。可是安兹用幻术变成了和村民一样的黑暗精灵。

由于过敏等原因有一部分食材没法吃，这样的情况别人或许能理解。但是没法吃所有的料理，用普通的借口来搪塞是不可能的。

安兹觉得正因如此，他有必要事先准备好借口。

（莫非他们觉得我们累了，不打算马上来邀请？如果真是这样，希望他们能把宴会本身也推迟啊。可是，就算能等我准备好再来，只要还会来就很麻烦啊。我要不要主动去见他们？）安兹稍微考虑了一下，摇了摇头。（不，别去了。还是……等村里有人来这里，就请那个人帮我带个话比较好。）

安兹想起了在"完全不可知化"状态下溜进村子时看到的情景。

（村里人把早晚的饭一起送来是常有的事，从时间来看，差不多到点了吧，那我问问把料理送来的人怎么样？莫非是因为亚乌菈虽是旅行者，但是她作为游击兵给村子带回了猎物，所以才给她分配食物？这样想来，我和马雷对村子还什么贡献都没有，会不会就不给我们送饭了呢？不，应该不会吧。毕竟亚乌菈做出了那么大的贡献，我还带了那么多伴手礼。就算我和马雷有一周左右的时间不工作，应该也会送饭来给我们吃吧。）

当然，安兹也没打算不工作。他已经说了自己是魔力系魔法吟唱者，也打算代替亚乌菈出去打猎，而且他已经打算好了，到了必要的时候，他会用第四位阶以下的魔法。

毕竟不知道今后的关系会变成什么样，安兹不打算接受黑暗精灵村子的施舍。

（也许只是时间还早。要是送饭的人来了，我就拜托送饭的人帮忙带个话，要是没来，我再主动去找他们吧。再说……我也想去搞些情报。）

　　　　＊　＊　＊

亚乌菈被主人送出来之后，一直在冥思苦想。

"为了学习黑暗精灵的常识，和孩子们一起玩。"这是她的主人的建议，但是，她对此怀有疑问。

她倒不是想说孩子不懂常识，也不是想说孩子都不懂事，但是她觉得把从孩子那里学到的东西理解为黑暗精灵的常识似乎有些不合理。她觉得从大人们那里学到的东西或许才称得上是生活在树海中的黑暗精灵们的常识，在不知道可以用来确认的正确常识的前提下，向孩子们学习似乎有些危险。

（也许了解错误的常识才能扮演好孩子，安兹大人莫非是为了这个目的才把我们派出来的吗？这样我们才能显得更像孩子。）

她觉得自己或许是想多了。但是，雅儿贝德在他们出发前说过，让他们不管做什么事都要动脑子，那句话闪过了她的脑海。

现在只有他们姐弟二人在侍候主人，既然是这样，他们就应该在做所有事情时开动脑筋，作为楼层守护者的代表，给出一份合格的答卷。

亚乌菈攥紧橡实项链，发动其力量呼叫马雷，很快就得到了马雷的应答。

她把自己的想法——疑问之类的告诉了她的双胞胎弟弟。

"嗯，我也是这么想的。"

马雷答话时没有攥紧项链。因为攥紧项链是呼叫方启动道具，发动项链的力量时必需的动作，哪怕对话会持续下去，被呼叫方也不需要做这个动作。

"这样想来……安兹大人让我们和孩子们一起玩，除了学习常识以外，应该还有其他目的吧？你觉得会是什么？来这个村子时，安兹大人说过要友好，莫非这也是其中一环？因为我们和孩子们一起玩有宣传友好姿态的效果？"

"安兹大人也许也有这方面的考虑……嗯，啊，莫非是想拉拢孩子们？"

"什么？拉拢孩子哪里有拉拢大人有用啊？我看大人里有些好像很容易拉拢的家伙，虽说我一直觉得他们很碍事。"

亚乌菈越想越不明白主人让他们姐弟俩和孩子一起玩的意图了。

"那么，安兹大人是打算利用孩子做什么吗？"

听到马雷这话，亚乌菈望着走在前面的六个孩子的背影思考起来。

他们弱小而不堪一击，地位也不高。亚乌菈想不通他们到底有什么利用价值。

"能怎么利用他们，当人质？"

"我觉得这不太可能，当然也不是绝对没有可能。"

"孩子……孩子……利用孩子搜集情报？"

"嗯，但是孩子能有多少情报呢？"

"就是啊……"

只有孩子掌握的情报，亚乌菈觉得不太可能是很重要的情报。他们的主人莫非是从许多不同的角度进行过分析后才得出结论，想把孩子们的情报也拿到吗？

"话说啊，你啊，你一直在否定。你没有什么能让人恍然大悟的推测吗？"

"嗯……"过了一段时间，马雷的声音再次响起，"啊！安兹大人会不会在考虑把这里的孩子带回耶·兰提尔？"

"原来如此，这个可能性或许有。可是要带回耶·兰提尔，还是选大人好处更大吧？"

"会不会是安兹大人认为不太懂事的孩子更容易哄。不对，说不定安兹大人打算带走的不仅仅是孩子，而是这个村子的所有人呢？"

"啊，是这样啊。可是，我觉得如果安兹大人的目标是村子里的所有黑暗精灵，应该不会让我们为了和孩子们变得亲近才一起玩啊。"

如果安兹大人真的有马雷说的那种意图，应该会有拉拢大人的动向。如果说孩子的意见分量很重，也许应该另当别论，但是亚乌菈在这个村子里住了三天，她没有发现相应的迹象。

　　她怎么想也想不通这里的孩子有什么特殊的价值。

　　"这么说来，安兹大人的意图应该就是与他们建立友好的关系，从孩子那里搜集情报吧……"

　　"只有这个可能性了。不过仔细想想好像确实有道理。其实应该说，除此之外我想不到别的可能性，虽然我不愿意承认。确实，大人或许会守口如瓶，但是孩子可能会说漏嘴泄露情报。嗯！安兹大人那么重视情报，或许会这样考虑！那我们可得和他们聊聊各种事情。"

　　"姐姐，加油……"

　　"你也要加油啊。我们两个人说话的时候，你不是能把话说得很流利吗？多练习吧，多练习。"

　　"这是因为用着项链啊……"

　　走在前面的孩子们停住了脚步。

　　他们来到了村中一角，不过这里没有游乐设施，也没有什么特别的东西。当然，亚乌菈在村里散过步，早就知道这个村子根本没有那种设施。

　　不对，亚乌菈想到这里，察觉自己想错了。

　　说不定这些孩子中有人会用魔法，能从精灵木上制造出游乐用具，这种可能性很大。

亚乌菈是游击兵,她发现自己的感知范围内有一个成年黑暗精灵正看着他们这边。

"啊,是那家伙,那家伙又在看我们这边。"

"是谁?"

"别把视线转过去。这个村子里最强的猎人在我们左前方。自从我来到这个村子,那个家伙就会时不时看着我,但又不靠近我。"

"是不是他怀疑你,但是没有确凿的证据,所以只是监视呢?"

"我觉得也是。马雷也要注意,不要做引人怀疑的事。回头还要告诉安兹大人。"

亚乌菈尽可能装作没发现那名男子。

他明明知道她是一名优秀的游击兵,难道认为她没有发现他吗?莫非他的目的就是让她发现——让她明白她受到了监视,借此来实现无言的警告吗?

这人虽然让亚乌菈觉得很烦,但她又没法杀掉他。如果真的要杀他,不光要得到他们主人的批准,还要制造出凶手是连甲熊或其他魔兽的假象,恐怕还要为他们主仆制造出简单的不在场证明。

当然,这些事对亚乌菈这个驯兽师来说是很容易做到的。

"那么,我们要在这里玩点儿什么吗?"

"是啊!我们玩过家家吧!"

年龄最大的男孩子用很大的声音说了这样一句话，就像是想用音量证明自己的正确性。

（过家家？）

亚乌菈知道那是一种什么样的游戏。

（那应该是角色扮演游戏的一种吧。我记得泡泡茶壶大人曾经叹着气提过……佩罗罗奇诺大人说："我要扮成婴儿让妈妈说我好乖好乖……"我们要玩的就是这个吗？）

亚乌菈想象着自己说着"好乖好乖"并抚摸夏提雅头的样子。

（啊，好像是这个意思。可是，要由我来扮演这个妈妈，或者这个婴儿吗……）

亚乌菈觉得如果是扮演妈妈倒还好，要是扮演婴儿那就太难为情了。泡泡茶壶大人创造她是让她做楼层守护者，如果她扮演了婴儿的角色，哪怕只是角色扮演，难道不算是对无上至尊的侮辱吗？

（虽然泡泡茶壶大人说佩罗罗奇诺大人那件事的时候，夜舞子大人和红豆包麻糬大人都笑了。可是泡泡茶壶大人可能会生气啊……）

拒绝很简单，但是她又觉得——为了搜集情报，她似乎有必要接受他们的提案，好让这几个孩子放下戒心。一个人接受了你的提案，一个人拒绝了你的提案，你会对哪个人更有好感呢？人们的答案往往是前者。而且按道理，几个人一起玩过之后，关系会变得更亲密。

而相应地，如果亚乌菈说不想玩会怎样呢？

孩子们可能会问她，不玩过家家，玩什么样的游戏才好，亚乌菈没有自信能提出好的建议。

亚乌菈也能提出几种游戏作为候选，比如赛跑、爬树、对打等。可是这类游戏的胜负都会由运动能力决定。而这些孩子的运动能力肯定没办法和亚乌菈、马雷——特别是马雷相提并论。

那些游戏的结果显而易见，玩起来一定会很没意思。为了让这些孩子有个好心情，亚乌菈和马雷确实可以适当地输给他们几局。可是，亚乌菈曾经在设计好的剧本中打跑了连甲熊王，这是众所周知的。要是这样的强者玩赛跑说出"哇，我输啦"，哪怕是孩子也看得出她是故意让着他们的。如果这样玩也能让他们的关系变得亲密，那这些孩子可以说都是不得了的大器。

要说她能不能选择不玩，那是不可能的。

因为他们的绝对统治者说过了"去玩吧"。

这样想来——

"姐、姐姐。莫、莫非……"

亚乌菈把目光转了过去，看到了视线前方马雷那吃惊的表情。他恐怕是和亚乌菈想起了同一件事，得出了同样的答案。

亚乌菈对惊讶的马雷露出了最大限度的笑容：

"这就是'要求极高的工作'啊，马雷！"

3

安兹把亚乌菈和马雷送出去玩,收拾好行李之后靠在了墙上。他呆呆地仰望着天花板,不时看看手里的小纸条。

安兹无事可做了。

他们的行李本就不是很多,很快就收拾完了。关于室内的摆设,安兹觉得等姐弟二人回来后再商量就行。

他本以为很快就会有人来,可是左等右等还是没有人来。

安兹的视线落向了手里的小纸条。

来到黑暗精灵村之后可能发生什么事情,以及如何应对,这些安兹已经事先想好,写在了纸条上。但是,他完全没有想到没人来找他。

他不得不承认,刚刚开场就发现自己设计的剧本有纰漏。

安兹倒是不觉得受到了打击。因为他很清楚自己只是个普普通通的人,设计的剧本出现纰漏很正常。现在重要的是如何补救。

他能马上想到的大方向有两个,一是踏踏实实在这里等着,一是自己行动起来。

安兹选择的是前者,因为这样能避免来找他的人扑个空。

安兹什么都没有做,干等了一段时间。当他开始担心自己的选择是不是错了的时候,终于有一名黑暗精灵女性毫不客气地从门口探头看向了屋里。在这个村子里,人们之间总是这么不客气。她的视线和安兹撞在了一起，显得有点惊讶。

这让安兹觉得有点不对劲。

安兹没有出门，这有那么令人惊讶吗？

（不对，即便这只是他们借住的房子，可探头向别人家里看，视线和里面的人撞在了一起，是不是当然会有这样的反应？考虑到这个村子里黑暗精灵之间的距离感，又好像有点不对……）

女子向安兹微微鞠了个躬，算是打了招呼，然后把视线转向地板，走进室内，把她端来的盘子放在了地板上。

黑暗精灵到精灵木中也不会脱掉鞋子。因此看到地板上的盘子里装着要入口的食物，从个人角度来讲，安兹觉得有点不舒服，不过黑暗精灵们就是坐在地板上——据安兹的观察，村里会用桌子吃饭的人还不到一半，所以这位女性的做法很正常。

但是还有比这更让他觉得不对劲的地方。

安兹和这名女子的距离并没有多远，她只要向前走几步就可以把盘子递给安兹。尽管如此，她还是默默把盘子放在了地板上，而且除了露头看向屋里那次，她再也没有抬头看过他这位舅父。

安兹也明白这是为什么。

这名黑暗精灵女子不打算和他说话。

不过，安兹没有感受到敌意、轻蔑、厌恶等负面感情，女子把端来的盘子放下的时候动作也很轻柔。安兹觉得她更可能就是这样一位不善言谈的女性。

（不，还有可能是对我有戒心啊。村里来了一个和打跑魔兽的亚乌菈实力相当的成年人，村民们并不了解我，怀有戒心也是理所当然的，更不要说她是异性。可是，我就是为了打消他们的戒心才带了伴手礼来，还表演得那么友善。这可不妙啊，我该怎么做才好呢？）

安兹不知道这名女子有没有孩子，可是万一村子里的女人——特别是母亲们，对自己身边的孩子们说不要和那对双胞胎玩，那就麻烦了。

孩子有可能不理会父母的嘱咐，但也有可能听从父母的嘱咐。

安兹想了想，放弃了马上得出答案的想法。

（归根结底，如果不知道她心中怀着什么样的感情，为什么会表现出这样的态度，那我想也是白想。我又不了解平时的她是什么样，再怎么假设也没办法得到答案。我现在不应该急于得出结论。）

她放下手中的盘子后，鞠了一躬，走出了精灵木。当然，安兹也在同时向她低头致谢。

望着女子刚才站的地方，安兹叹了口气。

他没能问出口。

安兹没能坦率地问那名女子，她为什么表现出那样的态度。再说就算这样的话他问不出口，他也应该有其他想问和想说的事才对。只是，安兹感觉到了一道很明显的壁垒，于是退缩了。

虽然这名女子一言未发，但是下一个人可能会表现得完全不同，安兹觉得把希望寄托在下一个人身上也是个不错的主意。

他觉得与其硬和拒人千里的人交流，还是等下一个人更容易得到令人满意的成果。

安兹这样想着，看着黑暗精灵女子带来的食物，想起了他的铃木悟时代。

（不对！现在还不晚！还是现在行动起来为好，以免事后出现问题。）

他在公司里也是这样。

如果自己有了什么失误，与其事后被人发现，不如马上主动告诉上司，这样损失会更小。这是因为有时自己以为是严重的失误，在上司眼里其实没有什么大不了的。可是，这些失误造成的后果，往往会随着时间的流逝变得越来越严重。

没错，他觉得有几件事最好早点儿告诉黑暗精灵们。

安兹慌忙从精灵木中跑了出去。

刚才那名女子的背影马上进入了他的视野中。黑暗精灵及精灵的听觉比人类更敏锐，女子大概是听到了安兹奔跑的脚步声，正作势要回头。

"不好意思——"

"是、是！"

也许是安兹说话的时机太巧了,女子似乎相当吃惊,她的声音都颤抖了。

"关于欢迎宴会——"

"那件事请您和长老们说吧。"

女子打断了安兹,语速还相当快。

她这样的态度会让人怀疑她有什么想隐瞒的、不想说的事情。安兹能马上想到的是——村里想给他们一个惊喜。应该说安兹只能想到这一个可能性。

确实,用欢迎宴会给他们惊喜听起来好像很奇怪,但这可能是黑暗精灵的习俗,安兹觉得在这一点上应该把他的常识放到一边。

"是这样啊。其实我现在正在卡约卡赞的忌月期间,不过我不知道卡约卡赞的忌月在这个村子里叫什么名字。"

"卡约卡赞的忌月吗……"

"是的,您没听说过吗?"

当然,这是安兹瞎编出来的习俗和名称。他本以为黑暗精灵不可能听说过,没想到这如意算盘马上便落了空。

"啊,啊,不是,是这样。那个,我好像听说过,对啊!我好像在哪里听过,又好像没有……应该是的。"

什么?安兹慌了。莫非这村子里有什么类似的词吗?如果真的是这样可就糟了,更不要说万一是某种邪恶仪式的名称,那简直就糟透了。他不知道该怎么为自己圆谎了。

不过，忌月本身也有忌日所在的月份的意思，黑暗精灵应该也听懂了这层意思。哪怕安兹编出来的这个"卡约卡赞"碰巧与黑暗精灵的什么词有相似之处，他觉得自己也应该有办法辩解。

顺带一提，安兹之所以知道"忌月"这个词，倒不是他在公司中学到的，而是因为YGGDRASIL中有一种名叫"忌月"的特殊技能，他想知道到底是什么意思，才在网上搜了搜。

"原、原来是这样啊。不、不对，我想也是。毕竟我们都是黑暗精灵嘛，您的村子里或许有类似的词。不过意思是不是一样，还得仔细问问才知道啊。"

"您、您说得对。还有！我只是觉得听过，不能肯定听到的就是'卡约卡赞'。"

安兹和黑暗精灵女子都用很快的语速说着话，脸上都带着不自然的笑容。当然，安兹的脸是用幻术生成的，他的表情几乎没有变化。

"总而言之，对我来说，这个月是祈祷死者安息的月份，最好不参加宴会这种热闹的活动。当然，我明白这个村子有这个村子的规矩，如果必须参加，我当然也可以参加，只是千万不要让我吃喝东西。"

"是啊，毕竟是祈祷死者安息的月份，您不能吃喝东西，我明白。"

你还真明白啊——安兹一边想，一边点着头。

"我想把这件事告诉几位长老,该去哪里才能见到他们呢?"

"既、既然是这样,我来替您转告长老吧。"

"咦?这个……非常感谢!那就拜托您了!!"

刚才你不是还说让我自己去吗——这样的话安兹当然不会说,而且也不会问她是否确定要代他转告长老们。她的建议对安兹来说实在是求之不得,安兹当然会像抓住了她的话柄一样赶忙拜托她。

趁着她没有改变主意,说出"你还是自己去吧",安兹接下来要做得就是赶紧逃跑。

发现安兹突然表现出逼人的气势,女子被震慑住了,一直在眨巴眼。安兹则赶紧道了别,不等女子回答便扭头往家里走。

安兹尽可能表现得注意力已经不在女子身上——同时为女子没有再叫住他松了口气。回到借住的房子里,他端起了放在地板上的盘子。

那盘子沉甸甸的,当然对安兹来说其实很轻,里面装着多到三个人吃不完的食物。

这毫无疑问是三个人的早晚两顿饭——一共应该是六份。考虑到这一点,安兹觉得多一点也是当然的,可就算真是六份,这量还是显得太多。不过,这可能只是因为铃木悟在吃饭上没有下过多少功夫,而且成了安兹之后身体又变得不能吃饭了,所以他才会觉得多。

(或许是因为在这样的地方生活,必须摄取的卡路里比较多，再说这里肯定没有包含所有营养成分的食物。）

食物是烹调过——安兹觉得像只是烤了一下的肉和干燥处理过的果实，配菜像是用切碎的某种叶子做成的沙拉一样的东西。里面还有捣碎的像是薯类的东西，配着各种各样的干果。除此之外还有烤过的个头很大的毛虫之类的东西凑成的拼盘。

亚乌菈说过，这里的食物不太好吃，而且食材和味道都缺乏变化，很快就会吃腻。

话虽如此，这些食物还是刺激着安兹的好奇心。

他开始想象把这些东西嚼在嘴里，它们会释放出什么样的味道。

昆虫富含蛋白质，所以烧烤味的昆虫铃木悟也经常吃。可是，他从没吃过把这么胖的毛虫整只烤制做成的食物。

安兹为这没法吃饭的身体感到有些遗憾，走到下面一层的房间里，把盘子放在了架子上。随后，他开始思考今后该怎么办。

（这个村子里没有吃午饭的概念，我觉得孩子们的游戏也会继续下去吧。）

如果孩子也算劳动力的一部分，他们玩耍的时间可能有一定的限度。不过，很多人都知道安兹告诉过孩子们，希望他们带上姐弟二人一起玩。他觉得这样想来，今天这一天，大人们应该会允许孩子们尽情玩耍。

也就是说，亚乌菈和马雷很可能不会回来。安兹决定也把时间花在自己感兴趣的事上。

他曾经使用"完全不可知化"保持飞行状态在村子里逛过，但他从未大大方方地走在村子里。他觉得或许会有新的发现，而且他本来就有一个想去看看的地方。

（我其实早就准备好了啊。）

安兹从空间（道具盒）中取出一个记事本。这是一个规规整整的记事本，不像他刚才看的那张纸条。他开始用心背下写在上面的各种各样的内容。

记事本上记载的是用各种药草和矿物生成药水的方法。

种类很多，可惜的是，凭安兹的脑子，他最多能记住两三种配方。安兹的脑子确实不算优秀，不过也不能说完全怪他的脑子。这是因为笔记本上的配方相当繁复。这也是当然的，对于完全没有基础知识和兴趣的人来说，记住这样的内容已经相当痛苦。

安兹把记事本收回道具盒后，嘴里嘟嘟囔囔地反复念着配方，又一次离开屋子，在村子里行走起来。

几个黑暗精灵注意到了安兹，并把视线转向了他。村民们倒不是在监视他，看安兹的都是正常走在村中的人，看向他的也都是好奇和感兴趣的目光。

如果其中有一个能看穿幻术的人，那安兹恐怕会遇到很大的麻烦，不过幸运的是，这个村子里似乎没有人拥有那样的能力。当然，如果村里有，安兹到达村子的时候恐怕已经引起了大乱子。

村民们虽然都看这位舅父，但是没有人跟他搭话。

因为这是个孤立的村庄，所以村民才和外来者保持距离吗？不对，哪怕是安兹，不，哪怕是铃木悟，在公司里看到了陌生人，也不会想马上靠近去搭话。要是有人走过来搭话，或许反而说明他受到了怀疑。

再说，安兹并不觉得受到了疏远。

这次的主角是双胞胎姐弟二人，现在的安兹只是配刺身的白萝卜丝，绿叶不能比红花还惹眼。不过，安兹觉得他迟早需要表现自己，就像他来前想的那样，是为了让英雄亚乌菈在村民们心目中的地位变回和普通孩子一样。

一名黑暗精灵从对面走了过来。

这人会不时把视线投向安兹，不过，人看看对面即将擦肩而过的人很正常。

（正好，我请这个村民来帮我演演戏吧。）

安兹已经用"完全不可知化"看明白了村子的大致构造，但是他扮演的亚乌菈的舅舅还是第一次来这里，如果走得熟门熟路，恐怕会惹得村民怀疑。当然，借口很容易找。比如，他可以说是亚乌菈告诉了他。不过，惹得村民怀疑也好，为此特地找借口也好，都很麻烦。

惹得村民戒心变强没有一点好处。那么——

"啊，不好意思。"

他只要随便找个黑暗精灵问问就行了。这样就能得到完美的不在场证明。

"啊,您说,有什么事吗?"

"是的。我听外甥女说,这个村子的药师头领是一位优秀的药师。我想去拜访一下,请问这位药师的精灵木在哪里?"

听到安兹的提问,村民没有怀疑也没有隐瞒,诚实地回答了他。

安兹向村民道谢后,向着那人说的,同时也是安兹本就知道的精灵木的方向走去。

走着走着,他看到一名黑暗精灵男子向着树下的地面伸着手。

安兹停下脚步,想看看他做什么。只见大地像在冒泡一样鼓了起来,土变成一团团,像史莱姆一样沿着树干爬了上去。

大地的样子与马雷使用"大地巨浪"后有些相似,但是黑暗精灵用的魔法从各种角度来说都与马雷的那种魔法不同。

安兹觉得那是生活魔法,或者是森林祭司的信仰系魔法,而应该不是YGGDRASIL中有的魔法,或许是他们在生活的过程中发明的吧。

随后,土团在男子的控制下,向着安兹看不见的树顶去了。

安兹觉得那应该是黑暗精灵在家庭菜园里使用的土。

黑暗精灵用树里和树顶生成的花池开辟家庭菜园。安兹早就有过疑问,虽然花池本身能用精灵木生成,但他不知道土是怎么上去的，不过这一次他得到了答案。

看到了这样有趣的一幕，安兹感到心满意足，重新向前迈起步来。

安兹要找的精灵木相当粗壮，他觉得它说不定是这个村子里最粗的一棵精灵木。村里有头有脸的药师头领的家确实与众不同。

它不光粗壮，而且距离周围的精灵木比较远。

安兹觉得这应该是为了防止意外，哪怕调配药剂的过程中产生了有毒的东西，也不至于波及居住在周围的村民。

药师的等级比较高，免疫功能也受到了相应的强化，哪怕调配药剂产生了有毒的东西，他们也顶得住。可是孩子、病人之类柔弱的人不一定也能承受。

而且，或许还有另一种可能——

（药师们可能是为了避免知识外流吧。）

安兹十分赞同独占知识的想法。这样做不光可以维护自己的既得利益，还能避免知识外流惹来麻烦。

谁都知道，药如果用错了量就会变成毒。

那么偷学了技术的人能做出合格的药吗？恐怕不能吧。市面上出现了劣质仿制品，害死了人，恐怕连药师制作的真药也会受到怀疑。

说白了就是这么回事。

"不好意思——"

安兹向着精灵木里打了声招呼。

没人回话。

他敲了敲精灵木的树干，又打了一次招呼。安兹侧耳倾听，发现有什么东西相互摩擦发出"咯吱咯吱"的声音。

"我进来了。"

安兹不等主人允许就走进了树中，看到一名背对着他的胖乎乎的男性黑暗精灵。他觉得这位应该是不运动，又因为地位高、贡献杰出享受着良好的伙食，所以才有了这样的体格。安兹认定这名胖乎乎的男性黑暗精灵不是药师头领的徒弟，他毫无疑问就是这棵精灵木的主人——药师头领本人。

药师头领坐在地板上，面对一张矮桌子，正全神贯注地摆动着胳膊。

桌子上放着研钵、药碾等基本器具。架子上摆的罐子里估计盛放着药材。天花板上悬挂的草看起来像是药草。

草腥气和药材的气味混合在一起灌进了安兹的鼻腔，他想起了恩菲雷亚他们的工作室。

黑暗精灵拥有比人类更敏锐的听觉，话虽这么说，也只是和人类相比稍微好一点。药师头领到底是发现了他，故意不予理会，还是因为全神贯注，没有注意到家里来了人，安兹也没法分辨出来。

安兹又打了一次招呼。

"不好意思，可以打扰您一下吗？"

直到这时，药师头领才第一次停下了推动药碾子的手，扭过头来用责怪的目光看着安兹，然后皱起了眉头。

"你是——啊，原来是你。我听别人说过你那块遮脸的布，你是那个和先到的少女来自同一个地方的人，是个魔力系魔法吟唱者，对吧？"

"是的，没错。看来您对我已经了解得相当清楚了。"

安兹想要取下布的时候，药师头领说道：

"没有这个必要，那不是你们部族的规矩吗？没必要给我看，看了你的脸又能怎么样，你戴着吧。我接受你的问候——好了，这样就行了，你没别的事就回去吧。我很忙。"

药师头领好像有点不乐意一样，絮絮叨叨地说完，马上像没了兴趣一样，把视线转回了矮桌。冷漠的态度虽然让安兹感受到了厚厚的壁垒，可是他却把心放下了。

这样的人表里如一，说话直来直去。如果药师头领直接说出"别碍事，你走吧"这种毫不留情面的话，即使安兹能发挥业务员的特长，恐怕也很难再打动他。

可是，他并没有说那种话，这就是说——还有说动他的机会。

安兹看着背对他拿起药碾子的药师头领，问道：

"您现在制作的是什么药？"

"这关你什么事啊。"

药师头领的语气有些不友好。安兹觉得和他恐怕不能绕太多弯子。

"——是这样啊。"安兹回答之后，过了片刻才又开口道，"我想问您一个问题，村子里治疗腹痛的时候用的是什么药草？奇涅的皮还是甘迪亚涅的根？"

药师头领的手突然停下了，再次像刚才那样把头扭了过来，凝视着安兹说道："你能稍等一下吗？"

"是的，当然可以。"

药师头领和刚才一样，转回头去背对着安兹重新开始推动药碾子。但是，安兹从他的背影就看得出，他的态度和刚才不太一样了。

兴趣爱好、老家等，寻找双方共同的话题，铃木悟当业务员时养成的基本对话技巧看来派上了用场。

没有交集的人和有同样爱好的人，如果两者提供内容、外观、金额、交货期等完全相同的商品，买方一般会选择后者。

安兹发现这位药师头领似乎是一个热衷于工作的人，所以他猜测，要想博得他的好感，最好选择和药有关的话题。

"我现在……正好在做治疗腹痛的药。这附近不长奇涅，所以……我们用阿赞的叶子。你可能也知道，阿赞的叶子磨碎之后药效会迅速减弱。但是，研磨的速度太快导致它温度过高也不行。"把药草碾得足够细后，男子把黏稠的液体倒入研钵中，"这是涅莱树伤口分泌出的液体，只要掺进它，阿赞叶子的药效就不再变了。话虽如此，直接使用药效不够，所以需要再花点功夫。"

药师头领又一次把头转向安兹，不客气地盯着他上上下下打量起来，然后抽动着鼻子，像是在闻气味，闻过之后皱起了眉头。

"没有气味……喂，让我看看你的手。"

安兹按吩咐把手伸给药师头领看。他能猜到药师头领的意图，所以展示出手背——手指。安兹觉得距离还算比较远，药师头领应该不会摸到他的手，但是以防万一，他同时思考着如果药师头领走过来抓他的手该如何推脱。

"你身上没有植物的气味——只要是药师身上一定会有这样的气味，手指也没有染上药材的颜色。听说你是魔力系魔法吟唱者……你是用别的方法做药师的工作吗？"

安兹早就打算来找药师头领，他其实可以事先弄碎药草，把气味弄到身上，借此来赢得药师头领的信任。再说安兹的手是幻术生成的，也能变成药师头领可能会喜欢的样子。

但是两个原因让安兹没有这样做。

第一，巴雷亚雷家的人就不是药师头领说的那样。确实，他们在工作中浑身都散发着药材的气味，工作室和工作服上的气味也很刺鼻。

但是他们并不会随时散发那样的气味。事实上，恩菲雷亚他们非常不愿意在身上带着药材的气味，并且十分注意除臭。当然，这或许是只有巴雷亚雷家才有的特殊习惯。不过在伪装身份时，参考真实人物，言行才会显得更自然，也不必费心一句一句编造谎话。

第二，安兹对药草学一无所知。

谎称自己是药师的徒弟，沾上药草气味，让手指变色倒是容易，可是如果药师头领问起关于药剂配方的问题，他肯定没法正确回答，很快就会露出马脚。药师头领一旦产生疑心，安兹的一切都会受到怀疑，他在这个村子里的努力就不再可能结出成果了。

"不，不是的。那位相当于我的老师的人倒是也会使用炼金术，他不过是教了一些我这方面的皮毛而已。"

因此，安兹为了避免谎言被识破，尽可能减少设定中的矛盾，选出了这个最合适的设定。

"是吗……是这样啊。"

安兹马上感觉到药师头领失去了兴趣。

这也是没办法的事，可以说不出安兹所料。

正因为如此，他也准备了几种吸引对方注意的王牌产品。药师头领再次转向矮桌后，安兹来到他的侧面，把其中之一放在了桌子上。

"这是别处流通到我们那里的，有治愈效果的药水。"

药水装在一个耶·兰提尔制造的，没有一点美感的玻璃瓶里，它是巴雷亚雷一家在生成红色治疗药水的过程产生的。他们现在已经制造出了红色治疗药水，同时正夜以继日地致力于寻找使用廉价炼金术溶液和药草等东西制造它的方法，现在反而是安兹拿来的这种药水比较稀有。

"这是……紫色？"药师头领拿起了瓶子。"这容器没有颜色，为什么不是蓝色？这里面混合了什么其他的东西吗？"

药师头领把瓶子高举起来，看了看底部，摇晃了几下。

"有一点点，真的只是非常少的沉淀物……有吗？"

他嘴里嘟嘟囔囔的。

"我可以用用吗？"

"请。"

安兹话音未落，药师头领便打开瓶口，毫不犹豫地用小刀轻轻刺破了手，然后把药水滴在了那小小的伤口上。

药师头领倒出来了不少的药水，整整一瓶大概用掉了一半。

伤口尽管不能说是马上就好了，但以肉眼可见的速度愈合起来。

"好快。甚至不用计时？如果是用药草和魔法溶液制作的……沉淀物？"

（这人真喜欢自言自语。更重要的是，他刚才好像还用那把小刀切了什么东西吧？还能直接拿来刺破自己的手？所谓魔法溶液是炼金术溶液在黑暗精灵中的名字吗？还有，药水居然能这样用啊！难道不是不管什么样的伤，不整瓶用掉就不会生效吗？不对，那应该是人在战斗中的极限状态下，没法依照伤口的深度估算使用量吧？）

药师头领舔了舔手上的药水，然后闻了闻气味。

"有阿赞的气味？"安兹还没有来得及开口指出，药师头领似乎已经意识到自己搞错了，"不是吧，这应该是我手上的气味。无嗅无味，是为了隐藏吗？"

（隐藏什么？）

"不——"自言自语到这里，药师头领转头盯着安兹说道，"城市里的治疗药水都是这种颜色的吗？"

"那倒不是。我听说这种药是统治耶·兰提尔的不死者国王搞来的。至于到底是怎么搞来的，我也不知道。不过，它确实比较珍贵，毕竟市面上的普通治疗药水都是蓝色的。"

药师头领用力吐了一口气。

"不死者国王？好吧，现在最主要的问题不是这个。好像也有问题，罢了，先不管……先不管了。嗯，那么，这个可以给我吗？"

药师头领指着还剩一半药水的瓶子说道。

"这取决于条件。"看到药师头领在等他的下文，安兹继续说了下去，"您可以用知识换。您一直在这树海里担任药师，一定有很多独特的知识。如果用那些知识来交换，我觉得就很合适……您意下如何？"

双方沉默一段时间后，药师头领开口道：

"你想把那些知识用在什么目的上呢？"

想想刚才药师头领的态度，安兹能猜出他喜欢什么样的答案，安兹只要说想成为更出色、更优秀的药师之类的话就行了。可是，安兹不能说出那样的话。

"我倒不是有什么特别的目的。把知识掌握在手里，不光将来或许能把它用在某些交易上，还能满足求知欲。"

不出安兹所料，药师头领显得有点不满意。

"就为了这种事情？"

"我刚才也说了，我是一个魔力系魔法吟唱者，而且自负在这方面的能力非常强。但是，我作为炼金术师很不合格，老师也说我没有天分，所以，我本就不打算走药师这条路。不过知识是另一码事，知识就是力量，知识就是武器，有知识和没有知识完全不同。再说，能卖个人情给您也是一件大好事。"

"人情？"

"是的，我本来就不打算走药师这条路，您一定没有考虑把秘密的深奥的知识传授给我——我没说错吧？"安兹没有等药师头领回答，继续说了下去，"这样想来，我会产生一个疑问，不知道您提供的知识是否适合用来交换那未知而稀有的治疗药水。因此，两者价值相差有多大，我就能卖给您多大的人情。"

"我可能会给你没什么价值的配方和药物知识，告诉你价值相当啊！然后说我不欠你的人情。我说不定还会声称我提供的知识价值更高，反而是你欠我的人情呢。"

"就算是这样也没关系啊。"

看药师头领的表情，他好像吃了一惊。

"这样做对您来说有两个害处。第一，您自己没办法欺骗自己。您要是用没什么价值的知识交换并得到了价值非常高的知识，罪恶感不就会留在您的心里吗？"

"是吗？"

"第二，您在我心目中会成为一个厚颜无耻的人。如果今后我们还有来往，我们只能建立起以此为基础的关系。而且如果我回到城市里把这件事告诉其他人，告诉其他比我知识更丰富的药师们，他们会有什么感想，得出什么结论呢？"

"原来如此。他们会认为偏远地区的蛮族只有那种水平的知识。住在这片森林里的黑暗精灵，尤其是药师们都会成为笑柄，是不是？他们要么认为我没有鉴别能力，看不出你给我的药水有多高的价值，要么认为我没有与它等价的知识，还有可能认为我是个贪得无厌的药师，不会公平地做交易……"

"还说不定会称赞您以便宜的价格买到了昂贵的东西。"

"城里的药师还会有那样的想法吗？他们不想为拿到手的东西付出正当的代价吗？"

"毕竟城市里住着各种各样的人。我没法说不会有人只盯着眼前的利益，看不到将来的自己。当然，那种人做过那样的买卖，再也不会有第二次交易的机会，所以很快就会淡出人们的视野。相反，重视第一次交易的客人，不光是商人，药师也能得到做成大事业的机会。有句话说得好，吃亏是福嘛。"

"哼哼哼。"药师头领好像觉得有趣，笑了起来。安兹来到这里后他还是第一次露出笑容。"你还真是个能说会道的家伙，所谓巧舌如簧指的就是你这样的人。"

安兹稍微松了口气，他原以为这位药师是个更加感情用事的黑暗精灵。

说实话，安兹觉得对普通的业务员来说，更重视感情而不是理性的客人往往很棘手。即使业务员向他们阐明利弊，他们也不会太在意，而是会更优先自己的感情。从性格上来说，这样的人也相当麻烦。他记得听别人说过，头一天说好的规格第二天就要变更的客户，大部分情况下都是这样的人。

安兹听说过，对一流业务员来说，这样的客人只要笼络好，后面就轻松了。但是对于像安兹——铃木悟这样的普通业务员来说，那种人并不是他们喜欢的生意伙伴。

"还是第一次有人这样说我。"

以前真的从来没有人跟他说过这样的话。

"大家恐怕都这样想，只是没说出口而已吧？"

安兹发现药师头领和刚才有些不一样了，心情显得很好。

"是这样吗？我自己倒是没有这种感觉。"

"哼哼哼——好了，要说和这瓶药水价值相当的知识，我能交出来的就只有我知道的秘方了。你能在村子里待多久？"

"我倒是没有定下明确的时间，不过打算过几天就离开，最长也不超过七天吧。"

药师头领把嘴一撇："是吗……那么……"

他就这样沉默了一段时间，安兹什么都没有说。

"总而言之，如果只有这么短的时间，我就没法教你秘方了。用秘方做的药，大部分都需要通过嗅觉和触觉来感受材料的细微变化——比如在不同季节的变化，精确地调整使用量。说白了，起码需要你在这里待上半年，让你的五感记住材料会如何变化。"

你把制作方法写在纸上交给我就行了——安兹本想这样说，可是说出这话，可能会惹得药师头领不高兴，所以安兹没有开口。

"那么我就不教你秘方，教你应该算是稀有的药的配方和处方之类的知识可以吗？不过我也不清楚价值是否相当。"

"好的，这样就可以，拜托您了。"

"那么——我从今天就开始教你，你就在这里住下吧。毕竟时间不多，我会让你的身体把这些知识都好好地记住。"

"咦？"

安兹觉得那可不行，绝对不行。

安兹想尽可能减少幻术露马脚的可能性。再说他的身体不需要饮食、排泄、睡眠，表演得再怎么逼真都肯定会有穿帮的时候。

"对不起，我还有外甥和外甥女，所以我得拒绝您。可以减少配方的数量，您看这样可以吗？我会一边听一边好好做记录的。"

"我只口授,不允许做任何记录。"

"这个……"

安兹支吾起来。

就算药师头领肯教,安兹也没有自信把他教的内容全部背下来。

确实,在YGGDRASIL这个安兹倾注了全部心血的游戏中,记住海量的知识对他来说一点都不痛苦。可是,要问安兹能不能记住这种他完全不感兴趣的知识,他能做的就只有摇头了。

再说,在上司看来,那种只听不做笔记的部下,难道不是只会让人觉得不放心吗?

社会人铃木悟正默默想着这些,药师头领似乎把他的沉默理解成了另一种意思,开口道:"你好像不满意啊。可是,你想,我也没有说让你告诉我那种药水的制作方法,这点要求你还是要接受的。"

"不允许做任何记录,这让我太难办了。我对自己的记忆力没有自信,所以,为了帮我记住,请允许我记一点笔记吧。"

"你在说什么?!"药师头领激动得吐沫星子乱飞,"你要让身体记住才行!你当见习药师的时候,老师应该训练过你,让你学会拿起材料马上能通过感觉估算多重吧!"

不啊,我没么大的本事——安兹觉得没法把这话说出口,他开始思考是不是应该说谎。

安兹不打算说撒谎不好之类的冠冕堂皇的话,有些谎言确实是善意的。他觉得在这种情况下,或许应该说撒恶意的谎不好。

(真伤脑筋。)

听药师头领的一番话,他的意思似乎是让安兹做他的徒弟,留在这里接受特训。可安兹是怀着碰碰运气的心情来见药师的,他的想法是能得到知识当然好,得不到也无所谓。安兹本打算如果能学到黑暗精灵药草学的一鳞半爪,又能发现他们的药草学比魔导国更先进,将来就用某种方法,比如派遣研修生学习他们的技术。

安兹想把黑暗精灵的技术带回去研究一番,他学习药学知识只是其中一环,但并不是自己想学习。

安兹虽然说要用知识来交换,他其实觉得把一瓶这里制作的比较有价值的药水带回去,交给恩菲雷亚也没问题。只要交给他,一定能分析出那药水是用什么药草制作的。

(嗯,我是不是有点搞错了第一步接触的方式呢?但是……为了让他感兴趣,我只能那样做啊。也可以说是因为有那一步接触,事情才往好的方向发展。再说,考虑到就算拿到了药水也不一定能分析出来,跟他学习一下倒也不是完全不行……那么,怎么办呢?不,我首先应该考虑的是,是否应该说谎,以及要说什么样的谎。)

"怎么样!"

药师头领似乎不打算给安兹思考的时间。这样想来，他似乎只能像往常一样走一步看一步了。

"确实，相当于我的老师的那位也对我说过，要用身体学习。"

"当然了，这还用说吗？城市里的药师也很明白嘛。"药师头领小声嘟囔着，接连点了好几次头。

"可是，老师还说过这样的话：'你的脑子不好使，所以要好好做笔记，别让我把同样的话重复一次又一次。'"

"什么？"药师头领睁圆了眼睛，眉毛成了八字，向安兹问道："你的脑子……不好？"

"是的，我的老师是这样说的。"

"是、是吗……不对，不对，当老师的人都会对自己的学生很严厉。我觉得你的老师心里并不是真的这样想吧？你想，刚才你说话有条有理，巧妙地堵住了我的退路，那是笨蛋绝对做不到的。"

（他居然在安慰我……）

看来听到别人宣布"自己是笨蛋"，就连黑暗精灵也会变得不知说什么才好。安兹本觉得他们这种活在严酷环境中的人会对他的自嘲嗤之以鼻，可实际上药师头领并没有嘲笑他。

虽然受到安慰让人觉得五味杂陈，不过在这种情况下只能顺着药师头领的话茬说，安兹回答道：

"不是的，我想我的脑子一定是生来不如人，所以记忆力很差吧。"

"是、是吗……"

听到安兹毫不迟疑地一口咬定，药师头领似乎对自己的主张没了自信，把视线转向了其他地方。

两人都沉默了。

药师头领很有可能会说，如果搞错了量，药就会变成毒，他不能把这种东西的配方教给记忆力不好的家伙。

可是，药师头领好像想通了什么，突然说了一句"是这样啊"。

安兹正在疑惑这话到底指的是什么，只见药师头领露出了佩服的表情，眨眼间又变回了和刚才一样的表情。那变化实在太快，甚至让安兹不禁怀疑是自己看错了，但那绝对不是他的错觉。

安兹心里开始有点紧张，他发现药师头领不知道为什么好像在脑子里得出了自己的结论。

安兹觉得似乎看到了那个他熟悉的、面带笑容的恶魔出现在药师头领脑后。

（他想到了什么？不会是什么馊主意吧？）

"既然这样那就没办法了。你最长待七天，也就是说有可能更早离开村子，对吧？反复说同一件事会浪费本来就有限的时间，等你回去后记住了，再把笔记烧掉吧。"

安兹不明白是什么让药师头领改了主意，他依然小心提防着，装出平时的样子回答道："……好的，我保证。"

"那好，我会按照你的要求教你相当难的配方，我的指导可是很严厉的，你可不要抱怨啊。"

安兹可不记得自己提出过这样的要求，不过他觉得这一点可以先放到一边，唯独有一点他要先说清楚。

"不，能请您心平气和地教我吗？"

药师头领张大了嘴，脸上露出就像吃到了沙子的表情。

安兹并不是对严厉的指导持否定态度，不过如果给他严厉、温和两个选项，他是选择后者的那种人。

"我说你啊……"

"不是，我只是不想挨烧红的铁棍。"

"你、你的老师还会做那样的事吗？！"

"不，我的老师倒是不会那样做——"

"我也不会那样做啊！"

"如果是这样，那就太好了。"

安兹像在开玩笑一样耸了耸肩。药师头领见状，脸上露出了不乐意的表情。

"唉，我现在有点了解你的性格了，我也明白了，你的老师还真有点可怜。好了，我这就开始教你。接下来我列举几种药的名字和效果，如果其中有你知道的，我们就别白费力气……不对，也不能说肯定是白费力气，你可以学习到材料、制法之类的区别，从这层意义上来说也还不错。好了，总而言之，其中要是有你想学的配方,你就告诉我。"

"非常感谢您。不过,在开始之前我想先问一个问题,我只是和您口头约定就可以了吗?"

如果药师头领要求安兹在合同上签字,或者要在他身上施放某种保证他履行约定的魔法,安兹觉得或许还是就当前面那些话都白说了为好。

"没关系。人也要敢于相信别人嘛,对不对?再说要是你把我教你的东西写成书,它转来转去,想必也会传到我这里来。到时候我只要鄙视你就行了。我也就明白了,城市里来的药师是什么样的货色。"

"是这样啊,我明白了。损害城市药师的声誉对我来说可是什么好处都没有的,我保证绝对不会把它写成书传播出去。"

* * *

药师头领目送从城市来的男子走远,扑哧一声轻笑出来。

他已经想不起来上一次目送别人离开是什么时候的事了,自从当上本村的药师头领后,这可能还是第一次。

(这个家伙聪明得吓人,莫非那所谓城市里有很多他这样的人?)

他觉得应该不可能,如果真是这样,那城市简直太可怕了。

（我听说城市里居住的人比在这片森林里生活的所有黑暗精灵加起来都多，不过在这么多人里面，他的头脑也应该是顶尖的。如果头脑那么灵活的人在城市里很普遍，那我们今后要是与城市展开深入交流，在日常生活中会和那里的人频繁打交道，必须得小心谨慎，以免被骗才行啊。）

　　那名男子谦虚地说他的脑子天生不如别人，但如果真的是这样，他又怎么可能这么能说会道呢。再说，考虑到那名男子说话的条理性和他提供的情报，就知道那绝对不是傻瓜能做得到的。

　　那么，那名男子为什么坚持把药师头领教的知识记下来呢？他没考虑药师头领要是翻了脸会拒绝指导他吗？

　　当那名男子开始说自己脑瓜笨、记忆力不好的时候，药师头领才发现他要记录是有目的的。

　　那名男子明明可以回头再把他学到的东西偷偷写下来，可是他却不惜冒着惹得药师头领翻脸的风险，坚持当面做笔记。这就是说——

　　（我当时没能马上反应过来。他想表达的大概有两层意思，一是想告诉我他不会有所隐瞒。）

　　当然，这一点不能全信。人有可能在展示一部分真相的同时，隐藏其他的一两件事。很遗憾，药师头领没法完全相信今天刚刚认识的人。即便如此，对方主动坦诚相待，尽可能表达了不会有所隐瞒的意思，这对将来构筑互信关系有很重要的意义。

（而另一层意思，恐怕是希望我能在时间有限的情况下，尽可能把难度更高的配方教给他，就是那种只是看几次绝对没办法学会的配方。当然这一点他绝对不会说出口。）

那名男子不是专业药师，却想学高难度的配方，这是不自量力的行为。而且困难的配方往往需要使用珍贵的药草之类的材料，药师头领觉得正因为是这样，那名男子才没有直接提出来。

也就是说，他是一个矜持的男人。

不过，药师头领其实认为这第二层意思没有什么问题。

药师头领本来就觉得可以用秘方来交换那看起来似乎与传说中的药水有关系的——未知的药，而黑暗精灵们的秘方大致分为三种：

第一种是通过复杂的配方制成的药。

第二种是使用极其稀少的药草等材料制作出的药。

第三种是有药效过强之类问题的危险的药。

秘方不外乎这三种。

告诉那名男子为什么不能向他传授秘方时，药师头领说的就是第一种，不过他本打算教那名男子第二种秘方。

这个地区很少见的药草，在城市那边说不定遍地都是，而在药草方面这是常有的事。可是药师头领如果说出这一点，谈话可能会没有进展。再说，第一种时间不够，第三种风险太大的药又不能教给那名男子，答案只能是第二种。

鉴于这些因素，这种情况下选第二种秘方交换药水是恰当的。药师头领认为，如果在这片森林里很难找到的材料在城市那边同样珍贵，他的这一选择对黑暗精灵们也有好处。

如果男子回到城市里推广药师头领教他的秘方，而需要用到的药草在那边同样珍贵，那么，城里人可能会来黑暗精灵的村庄求购药草。药师头领从这瓶紫色的药水可以看出，城市的药品调配水平相当高，他觉得有机会得到那边的知识和材料，对他来说不是坏事。

药师头领也说不好那名男子来过以后，将来这个村子和城市会不会有交流。不过，要是问他从眼下利益的角度来看，是否应该接受那名男子的提议，药师头领肯定不会轻易点头。如果他是个会"聪明"地凭利益和损失做决定的人，村民们也不会背地里说他"性情乖僻"，他也不至于到了这个年纪还没有媳妇。连同为药师的伙伴们都对他敬而远之，这一点他倒并不是不介意，可是都这么大年纪了，他也不想再改变自己。

那名男子说的就是和得失有关的事，这种论调他本来是不喜欢的。不过那名男子提出的得失确实有趣，事关他作为药师的声誉。就算他作为药师的能力在遥远的某个地方受到人们的嘲笑，他也不可能听得到。虽说听不到，要是别人问他愿不愿意受人嘲笑，药师头领肯定还是会回答绝对不愿意。

所以他只能看清楚那名男子给他的药水的价值，再用价值相当甚至更高的东西来交换，否则他总是觉得不踏实。

药师头领不得不赞叹那名男子真是能说会道，因为他会晓之以理动之以情。

按说，做老师的一方会占据主动权，而受教的一方则是被动的。

可这次却并非如此。

药师头领是要用知识来交换那瓶药水，用什么样的知识来换，那名男子也完全交给他来决定。从这一点上来看，教学双方的地位是平等的。

而且那名男子爽快地表示要做记录，向药师头领敞开了胸襟。

（他没有隐瞒——他是为了博得我的信赖才这样做，那么我也应该做得能让他信赖才对。不过——）

这可是个难题。

药师头领向矮桌边走着，皱起了眉头。

（我可不认为我能做得到。）

药师头领很清楚自己不善与人交际。

他回想自己向村民传授知识时的事，也可以断定自己不是一个好老师。

（如果不是要负责传授知识，倒是可以使用药物暂时解除人格的限制……）

瞥了一眼药草架上相当于麻醉剂的一种干燥叶子，药师头领摇了摇头。它有抑制疼痛的作用，也适合用来缓解焦虑等负面情绪，但是非常不适合要向别人传授知识的人服用。

"看来我只能尽我所能了。"

药师头领嘟囔着。

（不过嘛，他看起来好像不擅长演戏，竟然目不转睛地盯着我，连眨眼都忘了……原来他对我们的知识有那么强烈的兴趣。呵呵……从长相来看，他的年纪好像比我小，确实还是太年轻了。很有年轻人该有的可爱之处嘛。）

4

安兹他们三个人正在一起吃饭。

话虽如此，安兹当然没法吃，实际上在吃饭的只有亚乌菈和马雷。姐弟二人吃的不光有黑暗精灵准备的乡土料理，其中还有安兹放在道具盒里带来的纳萨力克的东西。

亚乌菈和马雷会分别吃一口黑暗精灵提供的食物，在手边的纸上写下感想后，拿给耶·兰提尔各种族的有识之士看，以便进行调查。

可是，到目前为止，令人吃惊的发现——包括经济价值方面的在内一个都没有。安兹不知道今后魔导国和这个村子的关系会何去何从，不过食物似乎没法成为有益的交易材料。

同时亚乌菈和马雷写下感想也是为了让安兹在别人问起他

对食物的感想时能回答出来。

　　只是，他们遇到了一个问题，那就是亚乌菈和马雷习惯了纳萨力克的饮食——对食物很挑剔，他们吃了黑暗精灵的料理，没法产生什么正面的感想。但是，正常人没法直白地对为自己做饭的人说"不好吃"，要说有谁能说得出口，不是不懂照顾别人心情的人，就是想使自己和这个村子之间的关系恶化的人，退一百步讲，就算有正常人会那样说，也只能是孩子。

　　所以，姐弟二人吃饭会花费相当长的时间。

　　他们含一口在嘴里，咀嚼品尝味道，皱起眉头，写下诚实的感想，然后把记事本翻到下一页，皱起眉头，这才写下恭维食物的感想。每次都说"食材很新鲜"可不是合格的感想，因此，他们有必要稍微改变一下用词。

　　如果手头有近义词词典，他们恐怕想马上翻阅一下。费了九牛二虎之力写完感想后，亚乌菈和马雷已经疲惫不堪，那样子简直就像经历了一场大胃王比赛。

　　安兹知道他们的辛苦，所以他说道："辛苦了。"

　　听到他的问候，姐弟二人的表情马上严肃起来。

　　"不，这算不了什么……啊，舅舅！"

　　"是、是的。只、只是吃饭后写出感想而已。"

　　马雷说得确实没错，但是安兹没法进食，"嗯，是啊""你说得对"之类的话他可没资格说出口。再说，姐弟二人这么辛苦本来就是为了安兹。

亚乌菈和马雷还是孩子,安兹觉得就算他们诚实地说出感想,他猜也不会有什么大问题。只有他那样做才会惹出事来,再说安兹要是能吃饭,也就不至于辛苦姐弟二人绞尽脑汁了。

安兹觉得感谢的话无论说多少次都不够。话虽如此,要是他反复表达感激之情,姐弟二人恐怕会觉得承受不起。

所以安兹没有再多说,而是问起了姐弟二人对食物的感想。

两人的真实感想是一致的,而且每次都一成不变,即使如此,为了保险,安兹还是问了一句:

"我们当初是不是应该把用了香辛料的料理拿给他们,告诉他们,我们吃的是那样的饭呢?这样一来,他们说不定会尝试着制作那样的料理?"

"我觉得安……舅舅说的也是有可能的。"亚乌菈歪着头斟酌该用什么词才符合她扮演的角色,继续说了下去,"烤肉的时候只撒盐倒是很简单,而且效果很好——只是,可能是因为他们的保鲜技术不发达吧,肉里会有腥味等令人不快的味道……啊,我想也会有人觉得这样的肉吃起来才有滋味,但是我不喜欢啊。"

在这个村子已经过了一段不短的时间,但是亚乌菈说话的方式还是没有稳定下来。

"我、我也是,觉得有点腥。"

"是吗?"

"蔬菜倒还不错,只是缺少甘甜的味道,吃到嘴里先品尝到的会是苦味和酸味。当然，或许有人就喜欢这种蔬菜。但他们不打算用水果之类的东西做些调味料吗？"

"要是有调味汁就好了啊。"

"是这样啊。"

姐弟二人的感想果然和以往一样。

"那么，不好意思，能让我看看你们写的感想吗？"

安兹一看，就知道他们是在绞尽脑汁想奉承的话。

真是辛苦你们了——安兹在心里向姐弟二人低头道谢。

把姐弟二人写下的感想——当然，量不是很大——都看完，拼命记住之后，安兹把笔记本还给了他们。这样一来，他早上的准备就完成了。

好了，他接下来应该做的就是到公司去。

"好！时间快到了，我走了。我觉得今天回来的还是会比较晚，你们两个不用等我，先把饭吃了，好吗？"

姐弟二人一齐回答表示同意。这时，安兹注意到亚乌菈好像有什么话想说。

"怎么了，亚乌菈，有什么心事吗？"

"啊，是，那个，嗯，是这样的，舅舅。今天还是要去请教制作药的方法，是吧？"

"你说得没错。药师头领说今天要教我做难度更大一点的药。我用'传送门'去把药的名字告诉了恩菲雷亚，可他也说没听过。他要是相信'讯息'，那倒是好办了。"安兹叹了一口气，继续说了下去，"确实，考虑到与纳萨力克为敌的人可能会使用'讯息'欺骗他们，他们还是保持现状为好。"

"不要紧吧？"

亚乌菈的语调变了，所以安兹也换了腔调。

既然亚乌菈是作为楼层守护者在提问，那么安兹也需要作为纳萨力克的统治者来回答。

"说不好——不过，我不打算亲手制作药，毕竟如果使用的药草中包括YGGDRASIL也有的材料，我是绝对会失败的。"

这个原理和做料理一样。

安兹没有相应的技能，没法使用YGGDRASIL中有的药草和炼金术溶液等制作药物，但是他可以用这个世界的技术，把这个世界特有的药草制作成药物。因此，他在接受药师头领的指导时，开始前必须先问好使用什么样的药草和材料。

不过——

"真是谜团重重啊。我用YGGDRASIL的药草没法成功制作药物，可要是在这个世界的大地上种植那些药草又会如何呢？那就算是这个世界特有的药草了，还是说这样做也没用？"

"我、我觉得，那个，恐怕是后者。"

"我想也是啊。那么，如果药草的药效降低了还算不算呢？据说在人工开辟的药草田里种植，药草的药效就会下降。恩菲雷亚说，他们在耶·兰提尔等地开辟了药草田，可是并不成功，可能是因为土地缺少些什么，或许是某种养料不够，所以药效才会减弱。听说正因为是这样，他才在那片森林里进行开辟药草田之类的实验。"

"您说得对，是这样的。森林里确实有那么一片小小的药草田，还有不少长着蘑菇和苔藓的原木。我记得偷偷去看的时候，看到过这些东西。想偷偷靠近那个村子还是相当麻烦的……"

那个村子似乎给亚乌菈留下了深刻的印象。

在卡恩村周边很大范围内，都有安莉手下的哥布林放哨。特别是其中还有哥布林陷阱师，他们制造的报警系陷阱和伤害系陷阱不同，相当难以发现。

"不过，如果是养料不够，只要马雷出点力，或者使用道具来解决应该就可以了吧……"

两人把视线投向了马雷，他被看得心里有些没底。

"啊，那个，我觉得，倒也不是做不到，不过，我觉得药草真正缺少的或许是土地本身特有的营养吧。我、我晚上其实一直偷偷到耶·兰提尔冒险者工会的药草田里去试，可是觉得那个，效果好像不太好……"

人工种出的药草外观虽然没变化，但实际上制作成药水后效果还是会稍微差一点儿。他们眼下只得到了这一令人感到遗憾的结果。

是马雷的魔法导致养料过剩吗？是偶然现象吗？是不满足其他的某种条件吗？是有更适合那种药草的魔法吗？可能的原因有很多，所以安兹他们到现在还没有得出答案。

"我们来到这个世界已经过去几年了,可是真的还有很多我们搞不明白的事啊。"

"是的。"

"是、是的。"

每当他们的知识增加,每当他们发现一件搞不明白的事情,谜团就会像发生连锁反应一样增加起来。不过,安兹也不知道能不能说是幸运,尚未解开的都是些优先级不算高的谜团。也正因为是这样,他们没有马上展开调查,而是向后推迟,向后推迟的项目可以说是堆积如山。

要是这些项目能交给仆役和召唤出的魔物,也许能更快地完成调查,遗憾的是有一部分实验,召唤出的魔物和仆役无法完成。

安兹本来觉得最起码也要由以与玩家相同的制作方式产生的NPC来做实验才行,可是说不定安兹(玩家)和NPC做同样的事情结果也会不同。如果真的想调查清楚,就得由安兹、NPC、仆役三者重复同样的实验才行。

"这类的栽培实验,倒是可以交给刚刚纳入魔导国治下的人们,但是那些重要的实验不能交给这个世界上有可能与纳萨力克为敌的人。这样想来,只能由纳萨力克的人负责……可是我们没有那么多人手,真是左右为难啊……"

(防备其他国家的技术出现突破性发展,同时提高纳萨力克的技术水平,保持纳萨力克的优势地位,这样就对了。)

很困难啊——

（交给雅儿贝德和迪米乌哥斯，他们一定会想办法解决，毕竟他们俩那么聪明。）

其实安兹觉得他们说不定已经有了安排，所以他的担心可能只是过虑，不过他还是决定先把这个问题提出来再说。

（和以前一样，让召唤出的魔物听我说然后写下来，再投进建言箱就行了吧。）

采取这种方式，受人白眼，被质疑"这都什么时候了你才想到这种事"的风险就可以避免。

（不好！）

"糟了！时间到了！那好，我去了。"

不等两人点头，安兹便从借住的精灵木中跑了出去。

他觉得无论如何都不能迟到。哪怕是在以前的工薪族生活中，他也一次都没有迟到过，不管 YGGDRASIL 多么令他着迷。

（快点儿，快点儿。）

光照到了安兹的脸上。

细碎的阳光从一棵棵树木繁茂的枝叶间洒下，告诉安兹今天又是个好天气。

* * *

亚乌菈的耳朵听不见主人奔跑的脚步声后，她才开了口。

"我怎么觉得安……哎……"

亚乌菈叹了口气,和马雷独处时,她总是无法保持自己的角色,这样可不好。在这一点上,马雷则本来就和平时的他没什么两样。

亚乌菈觉得弟弟有点赖皮,眯起眼睛看向了马雷。

"咦,那个,姐姐,怎、怎么了?"

"嗯,没有啊,没什么。"迁怒马雷无助于解决问题,亚乌菈抛开杂念,说出了刚才想说的话,"舅舅看起来好像很开心。"

听到亚乌菈的话,马雷也点了点头。

这一点亚乌菈有些理解不了,因此她沉吟着歪起了头,说出了她的疑问:"不过话说回来,自从舅舅来到这个村子之后,每天都到药师头领那里去,那里真的有整天泡着的价值吗?"

"有没有呢?不、不过你想啊,利用这种树的森林祭司魔法连我也不会,说不定他们的药学也发展出了独特的成果呢?"

"舅舅那么聪明,他都会觉得很有趣,也许真的是这样吧。可我还是觉得这样一个乡下村子里不会有什么有价值的知识。再说,用这种树的森林祭司魔法只是马雷不会用而已吧。莫非马雷之外的森林祭司也都不会用?"

"嗯。会不会呢?其他人也许会用,但是我觉得,它就像生活魔法一样,是这个世界上诞生的特有的精灵魔法。不过,不管怎么说,既然舅舅每天都去,不就说明这里的知识绝对有相应的价值吗?"

这一点上亚乌菈只能表示赞同。

"是啊，说是这么说。"亚乌菈抬头看了看天花板，然后又把视线转向马雷道："那么，为什么舅舅每天都那么开心呢？"

"那、那应该是因为那个吧？那、那个，得到新知识——情报后觉得很开心吧？毕竟舅舅非常重视情报。"

"啊，是这样。舅舅确实重视情报。正因为是这样，所有事情才会按照舅舅的计划发展。"

他们的主人不只是头脑聪明，想必正是对情报甚至称得上饥渴的重视，让他们的主人拥有了看穿一切的睿智。

亚乌菈记得听迪米乌哥斯说过，他们的主人在行动时会放眼千年之后的未来，看到主人待人接物的态度，亚乌菈就觉得迪米乌哥斯分析得确实有道理。

对主人的敬佩让亚乌菈赞叹起来。

她觉得主人不愧是统领所有无上至尊的人。

对于亚乌菈来说，地位最高的无上至尊是泡泡茶壶大人，其次是安兹大人，地位稍微低一点的第三名是佩罗罗奇诺大人，然后是并列第四名的红豆包麻糬大人、夜舞子大人，其他无上至尊的排名要更靠后。对马雷来说，第四名以后所有人都是并列。

"舅舅就是厉害，相比之下——"亚乌菈的脸沉了下来，"再看我们。"

马雷的脸色也显得阴沉起来。

"嗯、嗯，特别的情报，舅舅应该会想要的情报我们还一点都没有搞到……可是我们还得去玩，对吧？"

"有什么办法吗？我其实也很讨厌继续玩过家家。但是，除了过家家之外，还能玩什么呢？玩别的我们不可能输，故意输给他们，万一他们觉得我们看不起他们不也很麻烦吗？毕竟眼下还是和和气气为好。"

姐弟二人沉默了。

如果不想想办法，他们还得去玩过家家。可是他们没有合适的借口来推辞，也没有替代方案。如果这不是无上至尊的指示，他们或许还能用身体不舒服来推脱，但是他们现在又不能那样做。

"总而言之，我知道了我作为驯兽师的能力对黑暗精灵不起作用，这算是至今为止谁都没有搞到的情报吧。"亚乌菈看着马雷脸上露出的苦笑，继续说了下去，"顺便说一下，其中也包括一百级的黑暗精灵。"

马雷似乎想起了什么，脸上露出了相当不乐意的表情。

* * *

在透过树叶的缝隙洒下的阳光中，安兹从精灵木之间的桥上走了过去。

偶尔有黑暗精灵向安兹挥手，不仅如此，迎面走来的黑暗精灵还会笑着跟他打招呼。

"菲欧尔先生，今天又是到药师头领那里去吗？"

"是的，您说得对。"安兹想也不想便回答了对方的问题。

他刚开始还对这个假名字不适应，这才过了几天，他现在已经彻底习惯了。

"说出来不怕您笑话，我没有做药师的天分，让临时师父费了很多功夫。"

"菲欧尔先生作为魔力系魔法吟唱者有着出类拔萃的才能，要是您还有药师的天分，那才让人惊讶呢。这就好比森林祭司和游击兵，没有人在这两方面都很优秀一样。"

安兹曾经用魔法杀死了逼近这个村子的魔兽——巨大催眠蛇，他也因此赢得了这里的黑暗精灵的强烈尊敬。

跟他打招呼的人，向他挥手的人，所有人的言行中都透着对他的敬意。

"您能这样说，我就觉得心里没那么过意不去了。我很想再和您聊一会儿，可是总不能让临时师父等着我，先失陪了。"

"非常抱歉，我才应该道歉，您正赶时间的时候叫住了您。"

"不会不会，您太客气了。"双方又客套了几句，安兹便继续向前走去。不一会儿，到了这些日子每天都要去实习的"公司"。

他喊着"我来晚了"，走进了精灵木中。

安兹倒不是真的迟到了，准确地说，这个村子里的每个人都只能凭自己的感觉计时，因此除了猎人之外，所有人都没什么时间观念，做约定的时候也基本上不以时间为准，就算以时间为准，也是相当粗略的时间。所以，药师头领也没有指定安兹在这个时间来。

不过，他确实比平时稍微晚了一点，所以礼貌起见还是打了声招呼。

实际上——

"你来得不算晚啊！"

精灵木中传来了这样的话语。

在安兹熟悉的作坊里，药师头领也不回头看他这边，正用不熟练的动作，慢慢地把捣碎的药草转移到托盘里。

安兹坐到药师头领旁边，拿起放好药草的托盘，把它装到天平上，另一侧的托盘里已经放好了砝码。

遗憾的是，两边托盘里的东西重量并不相等，安兹反复换了几次砝码，天平才终于平衡了。随后，安兹把砝码的重量写在了事先准备好的一沓纸上。

"好了，请继续吧。"

药师头领一直不耐烦地看着安兹放砝码的样子，听到他发话，粗暴地拿起放着药草的托盘，开始把药草盛到其他容器中。药师头领虽然刮得很仔细，但是不可能从托盘里刮下所有捣碎的药草，一点点药草的碎片——连同捣出的汁液一起留在了托盘里。

看到药草沾在了托盘上，药师头领还是一脸的不耐烦，拿起刮刀想把剩下的药草也刮下来。

如果有硅胶刮刀之类的工具，或许能把托盘刮得干干净净，遗憾的是药师头领手中的刮刀是木制的，虽然多少刮下来了一部分，但是托盘上还是沾着药草。

"啊！麻烦死了！！"

药师头领一边叫唤，一边挠着脑袋。

刚刚认识安兹的时候，他绝对不会表现出这样的一面。药师头领会这样，不光是因为在这几天的教学中与安兹打成了一片，更是在用过度的表演表现安兹提议的做法让他多么烦躁。也就是说，他在暗暗向安兹呼吁："不要再这样搞了。"

"请忍一忍吧，临时师父。"

药师头领噘着嘴转向了安兹。

如果是女孩子、小孩子脸上带着这样的表情，安兹也许会产生别的感想，可是男人——而且是成年男人噘起嘴，哪怕是美男子，也没法让安兹产生什么感想。

"别让我做这么麻烦的事，临时徒弟。"

"等等，我们为什么要这样做，我应该已经说过了吧？而且您不是也认为有道理吗？不是我强迫您这样做的吧？"

"那个时候我确实觉得你的话也有一定的道理。毕竟这个村子里不可能有巨人。可是，我躺在床上又想了想，觉得最重要的还是通过手记住重量的感觉，等你以后回到城市里再好好称一下不就行了吗……"

可能是越说越没有自信吧，药师头领的声音渐渐变小了。

与此同时，安兹也在心里咂着舌头想：他注意到了这一点啊。

安兹也说不上药师头领的反应算快还是慢，可是不管怎么说，他不希望药师头领回过这个味儿来。

他们现在之所以用天平来称量药草，是因为药师头领想让安兹用手和舌头记住药草的用量。

如果只是手——安兹努力操作他在使用的幻术，还能蒙混过关，可是他没法品尝出味道。要是药师头领要求他记住药草放在舌头上时带来的麻痹感，对于没有舌头的安兹来说是无论如何都做不到的。可是安兹又不可能对药师头领说实话。

于是，他找了个借口说："在我的城市里，既有像巨人一样巨大的种族，也有像矮人一样比我们个头小的种族。我不觉得同样的药量连这些种族的人也能治好。所以我想准确称量制作一个人使用的药所需要的药草分量，到时候再根据各种族的体重来制作。"

药师头领是专为黑暗精灵治疗的药师，听到安兹的这番话，他当然会觉得确实有道理。

安兹也不觉得自己的这番话完全是在骗人，当然他也明白自己说的不完全是真相。

因为安兹的理论只适用于铃木悟的世界，并不适用于这个世界。

这个世界上有一种名叫魔法的特殊物理法则。这样想来，与魔法有一定联系的药水之类的东西，肯定超出安兹了解的过去世界的常识。

实际上，即使是少量的药水，照样能治好巨人的伤口。

当然，普通的人类和普通的冰霜巨人生命力的最大值不同，所以恢复的量看起来会不一样，而实际上恐怕是一样的。当然，安兹没有做过那么严谨的实验，所以这是安兹用他所知的YGGDRASIL的——最接近这个世界法则的知识做的推测，因此，他说的话并不是完全没有正确的可能性。

（现在回想起来，也许我一开始就应该说自己有味觉障碍……）

如果他一开始就那样说了，肯定能把现在的辛苦免掉。但是，如果说了那样的谎话，肯定还会有别的辛苦等着他。

（现在后悔也来不及了。我现在需要想的是，该怎么说服他，让他赞同我的意见，可是……我想不出来啊。我以为已经说服了他，没有提前想好新的说辞，这是失误啊。）

安兹操纵幻术生成的面孔，缓缓地闭上眼皮。当然，这只是幻术，所以安兹的视野没有变化。

姐弟二人对他说过："脸一动不动，就像戴着面具一样。"所以后来他会不时故意闭上眼睛。没有用布遮住的部分——眼睛和眉毛是最容易表现感情的部位，如果这个地方完全不动，而且眼睛始终盯着一点晃也不晃，会令见者感到毛骨悚然，而安兹自己本来没有注意到这一点。

因此，他在双胞胎姐弟的帮助下反复练习，现在技术已经熟练到了只要有意——他表情的变化过程相当生硬，无论如何也达不到下意识的水平——改变表情，看起来还算逼真的程度。

不知道药师头领是如何理解安兹的沉默，他继续说了下去：

"再说，要是搞这种事情……对啊！所谓生产效率会下降。一天能制作出的药品变少了，对村子来说可是严重损失！！"

药师头领说得很有道理。

这个村子里有好几名森林祭司，虽说等级不高，也能治好大部分需要紧急治疗的伤。不过，离开有森林祭司的村子，外出的猎人之类的人才会需要药师们制造的药。

如果森林祭司和猎人同行，他们受伤的时候可能会得到及时的救治，但是到了狩猎的时候，不擅长隐藏的森林祭司就会拖后腿。

安兹这种不太懂狩猎知识的人会想：设置一处营地，让森林祭司在那里待命不就行了吗？可是这个村子有自己的规矩，其中大多都是从过去的经验中总结出来的。一个对这片树海一无所知的外人，没有资格对村里人的做法插嘴。

"再说，谁敢说药草放在这个托盘上绝对不会变质？对不对？"

这天平和托盘，都是这个世界上安兹所知的最优秀的炼金术师，巴雷亚雷家曾经使用过的东西。他们都这样用，安兹觉得应该没有问题。当然，这一点安兹也告诉过药师头领了，说这是他的老师给他的，所以应该没有问题。

但是，即便如此，如果药师头领问他："你的老师用的是同一种药草吗？你敢说把这种药草放上去也绝对不会变质吗？"他也不知该如何回答才好。实际上，安兹确实也要去问问才敢说。

"关于这一点，我以前也说过，应该没有问题。"

"'应该'对吧？'应该'不是绝对，对吧？也就是说你自己也不敢说绝对不会变质——说明你没有自信，对不对？你觉得这样行吗？药有时会害人。要是因为在这个托盘上放过而变了质，说不定会变成害人的毒药，对吧？"

"我觉得，应该没有这种可能性。"

"当然，或许是吧。但是，要搞清是否真的是这样，就得把所有的药都制作出来检验才知道。再说，就算做了检验，也可能会因为变化太小，没法马上检验出变质。而且更大的变化可能会在几天，或者几周过后才出现。如果用药的是危重患者，本来有救的生命可能会因为那一点点变质救不回来。"

药师头领的这番话同样很有道理。

安兹并没有根据，没法一口咬定绝对不会，因此，他不可能驳倒药师头领的假设。

还有一点很糟糕，那就是安兹的药师知识只是临阵磨枪，他没法用药师知识提出另一种假设来对抗药师头领。安兹觉得如果巴雷亚雷家的人在这里，应该能马上驳倒药师头领。

可是，安兹现在不能让步。

考虑到药师头领有指导他用舌头记住材料用量的可能性，他必须坚持自己的主张。

"那么，还是请临时师父继续这样做吧。我会把资料带回城里去，按照临时师父说的，做出所有的药，进行各种各样的检验。"

安兹不等药师头领说话，继续说了下去。给对方反击的机会是愚蠢的行为。顺便说一下，安兹觉得自己就是个愚蠢的人，所以经常受到对方的反击，不，那或许应该算是来自背后的攻击吧，特别是来自迪米乌哥斯的。

"城市里药师的数量不是这里可以比的，如果能得到他们的协助，就能在短时间内制作出很多的药。而且城市里还有各种各样的种族，我想为了检验这些药是否谁使用都没有问题，应该向那些种族的药师求助才对。"

药师头领露出了有点不乐意的表情，想必对他来说，那么多人学会他的部族中传承的药剂配方，不管是不是秘方，都不是一件很值得高兴的事吧。安兹也能理解他的心情，这倒不是说为了保护既得利益，主要是把知识教给有敌对可能性的人简直愚蠢透顶。

当然，安兹也不是真的打算这样做，这话只是为了闯过这一关信口说出来的。

安兹也从朋友那里学到过。

智慧的果实只有独占才有价值。

就算安兹要推广他获得的知识，最多也只会在纳萨力克之内。

"看来您没有异议，那就请您继续吧，临时师父。"

遭到安兹的反击，药师头领哼唧起来，好像很不服气，可是他似乎没有想出进行有力反击的方法。他夸张地低下头，重新开始向托盘上放药草。

药师头领的动作很快。他做得这么快，安兹没法一边完成自己的那道工序一边做记录。

药师头领的目的明显就在于此。

要是药师头领把自己的工序完成，发现安兹还没有结束他负责的工序，肯定会说什么来揶揄安兹。药师头领想必不光是想早点结束他不喜欢做的事，更是被安兹驳倒后想方设法撒气。

（别把我看扁了！）

确实，安兹在工作速度上不可能战胜有多年制药经验的药师头领。但是这几天里，安兹一直在药师头领身边重复简单的工作，所以他不打算没有尝试就认输。

噢噢，安兹心中燃起了斗志，他也开始拼命加速。

通过这几天积累的经验，安兹开始很快地找到与药师头领递过来的药草托盘重量相当的砝码。既然没有时间记录，那就把该记的东西塞进脑子里。安兹的脑瓜绝对称不上好使，但也不是一点记忆力都没有。

随着安兹加快速度，药师头领的手也动得更快了。

两个人都默不作声，像在比赛一样埋头干活，要是有冷静的第三者看到了，一定会为他们的速度感到可笑。

（不过——真有意思。）

安兹一边记忆那种药的制作方法，一边想象它的效果。

（这种药的效果相当弱，不过，要是同时用上那一招，说不定会得到一加一大于二的效果？）

对于YGGDRASIL玩家来说，在数据量大到无法计数的游戏中，构筑新的战术是最有趣的事情之一。在这一点上，安兹——不，铃木悟也不例外。

用YGGDRASIL没有而这个世界有的技术制作出的药，潜藏着用到新战术中的可能性。

（用魔法道具来弥补弱点比用魔法更好。不，那样太花时间，要在短期内……）

实际上有没有一加一大于二的效果，安兹要在进行验证之后才知道。即使如此，获得新技术还是令他感到兴奋。

（早知道我就更用心地学习一下了……）安兹想起了恩菲雷亚的面孔。（我有现成的人脉嘛，只要我提出来，他一定会教我各种各样的药学知识……）

之所以没有这样做，是因为安兹一直以来都把时间花在了另一种意义的学习上。学习这个世界的技术的事，他则交给了蒂图斯他们。

（说实话，让我运营组织——国家是勉为其难。我觉得比起让我做这种事，还是让我投身于钻研技术方面比较合适吧？而且我也更喜欢做那方面的事……）

刚刚开始在这里学习药学的时候，安兹就模模糊糊产生了这种想法，他现在又一次就这个问题思考起来。

如果铃木悟有优秀的头脑——虽然安兹的脑壳是空的——说不定能很好地完成两方面的学习，可惜他的头脑并不好。不仅如此，他还要把劳力花费到自己不擅长的领域，称得上是一直在浪费时间。

（到目前为止，我一直在想怎么逃避工作。这不对，人都有适合自己的岗位。等回到纳萨力克后……我试着向雅儿贝德申请转岗吧。可是，对啊，可是，这样做会不会让NPC们对我感到失望呢？我是公会会长，自称"安兹·乌尔·恭"的人，这样做真的正确吗？大家……会怎么看呢……啊！）

突然，药师头领的手停了下来，两人的比赛，以及安兹的思绪都被打断了。

药师头领转头看向了身后——作坊门口。

安兹一不留神差点儿露出胜利的笑容，他马上装作若无其事，朝着同一个方向看了过去。安兹发现门口倒是没有来人，于是他试着竖起耳朵听声音。

他觉得远处好像很吵闹，可是听起来又不像是突发事件，如村子遭到魔物袭击，有人受伤时会出现的嘈杂声。

"从城市来的人，你们是最后一批吗？"

"啊？啊，是的。您说得对。我没有听说除了我们之外还有其他人要到这个村子来。莫非？"

"是啊，没错，有人来到这个村里的时候就会有这样的声音，而且是外人。如果来的是附近其他村子的黑暗精灵，人们不会有这样的反应。这样想来，莫非是精灵来了吗？"

要不然是有人从纳萨力克来了吗？

安兹认为不会。如果想和安兹取得联系，他们可以用"讯息"之类的方法，应该不是纳萨力克的某个人来找他们了。不过，如果说来者是精灵，他倒是能想到一个可能性。

"是精灵旅行商人吗？"

"或许……有这个可能。不过我又感觉有点不像。不管是什么人，应该和我们没关系，要是有，很快就会有人来叫我们。"

药师头领像在说服自己一样回答了安兹的问题，重新转向了桌子。

"我们还是继续工作吧。你的老师应该也教过你吧，有些材料的药效会在配药的时候随着时间的推移衰减。"

两人开始以比刚才缓慢得多的速度推进工作，可是刚开始没多久，他们不得不又一次停了下来。村里的一名黑暗精灵气喘吁吁地跑了进来。

"曼戈先——"突然跑进作坊的黑暗精灵看到安兹后马上放

低了声音,"啊——菲欧尔先生,打扰您工作了。"

没有村民不知道安兹天天泡在药师头领的家里求教。看来,这名黑暗精灵是一着急忘了。

"你对我的临时徒弟道歉,却不对我道歉。这是什么意思啊?"

药师头领嘟嘟囔囔地抱怨,不过,他应该不是真的生气。他脸上的表情确实显得不满意,但让人觉得更像是一个孩子在恶作剧一般撒娇。

"啊!对不起,曼戈先生。打扰您工作了。"

曼戈·吉莱纳——这就是药师头领的名字。

道歉之后,黑暗精灵偷偷瞥了安兹一眼,不肯开口说有什么事。

"啊,要是我在不方便,那我可以出去,需要我出去吗?"

"不,倒是没什么不方便的。只是……是这样,曼戈先生,刚才精灵来了村里,说森林外的人类国家已经打到了附近。"

说到这里,那名黑暗精灵又瞥了安兹一眼。

"原来如此,如果是这样,那发动攻击的应该不是我所在的国家。我想大概是那个叫教国的——我的国家附近的那个国家吧。我听说过教国正在攻打精灵王国。"

来报信的黑暗精灵看起来像是放下了心。

"所以精灵是来告诉我们,让我们村子也派兵参战。那个精灵为了通知其他村子已经离开了。长老们想召开集会,商量今后该怎么办。"

5

相当多的黑暗精灵来到了广场上,恐怕除了孩子,全村人都聚集到了这里。

村民们似乎总是在这个广场召开集会。

虽说是广场,但这里毕竟是黑暗精灵村子,它是悬在空中的。它由精灵木伸出的桥固定在半空,是一个像托盘一样的地方。这个广场看起来没法在下雨的时候使用,可是村子里又没有集会所——没有可以容纳这么多人的精灵木。安兹猜测,人数少一点的时候,他们会在某棵精灵木里召开集会,而不是在这里,不过现在跟他们打听也不合时宜。

安兹作为顾问参加了集会。

说实话,他不想承担这样的职责。

他往往会全力以赴避免站到这种要承担责任的立场上。再说,连顾问费都拿不到,谁会愿意承担这样的职责呢。

安兹最愿意作为观察员参加集会,可是黑暗精灵希望他作为顾问参加。安兹自己也对集会的内容感兴趣,所以犹豫很久之后,实在没办法才点了头。

安兹感兴趣的首先是集会的结果,知不知道他们得出了什么样的结论有很大的区别。其次是谁赞成,谁反对。再就是讨论是在什么样的气氛下进行的。安兹想了解的是光看会议记录——通过听别人说无法了解的事。

即使集会中得出了某种结论，被人们当成了全村人的共同意见，村民中还是会有人觉得不服或不能理解。安兹他们虽然还没有决定今后该如何对待这个村子，不过他个人认为，会给纳萨力克造成损害的人就处理掉，能为纳萨力克带来利益的人就纳入麾下，这样做应该就不错。

换成雅儿贝德和迪米乌哥斯，他们就算不参加集会，应该也能把以上这些情报推测出来。可安兹只是个凡人，他只有参加才能得到这些情报。

看着聚集在一起的黑暗精灵，安兹突然想起了"安兹·乌尔·恭"。哪怕是在脸不能动的虚拟世界中，他参加会议时还是能感受到会场中的气氛。

虽说如此，那气氛其实也没什么特别的。他们的会议总是通过投票表决来做出决定，对察言观色的能力没有多么高的要求。不过黑暗精灵的集会恐怕和他们的会议不一样。

（这个顾问说不定是个美差……我只要半途离席放弃表决权，就不用承担责任。再说带着一定的发言权参加真正的会议，这样的经验其实挺难得。）

其实安兹不清楚什么是真正的会议。他当然参加过会议，铃木悟毕竟是社会人，而从来不召开会议的公司反而比较少见。他虽然会参加，但是他的一票无足轻重，当时所谓会议也只是徒有其名，不过是高层向下属传达决定的场合。所以铃木悟只能说是在场，不能算参加。

那么，来到这个世界之后又怎样呢？

纳萨力克地下大坟墓的会议对安兹来说简直太痛苦了。

安兹作为统治者，他的意见无论错得多么离谱，都会被解释成正确的，所以他没法说错话。但是，守护者们认为安兹是绝对的统治者，是能看穿一切的天才，他们还会一直寻求安兹的意见。这样的反差就是挤压安兹精神的重担之一。

（在这样一场没人揣测绝对统治者的集会上，要是我能得到一些关于会议的经验就好了。因为在纳萨力克，总会优先考虑我的意见。）

能得到什么，想得到什么，安兹觉得很难把它们转化成具体的语言，但他还是希望会有什么能让他拓展见识的收获。

过了一会儿，人们都到齐了，长老们也来到了广场。

左右两侧杂乱地排列着很多黑暗精灵，把长老们围在中央，形成了一个"凹"字，安兹的位置在离长老区稍远的地方。

（嗯，说实话我失误了，一直泡在临时师父那里，没能完全了解这个村子里黑暗精灵之间的关系……）

到场的村民中也有很多安兹只是打过简单的招呼，连名字都叫不上来的人。

作为情报搜集的一环，村里的重要人物方面，安兹也努力做了调查。但是，如果说以这些人物为中心形成了什么样的人际关系,他了解得还称不上详细。

但是他很明白,这也是没办法的事情。即使他更加努力地构筑人际关系,他和黑暗精灵们也没法在这么短的时间内亲密到什么都能推心置腹地说出来的地步。

(毕竟大人要考虑的事情太多了,希望孩子不是这样……)

安兹根据他对这个村子浅显的了解,觉得村民们排列成的这个形状没有特别的意义,只是朋友、家人等关系亲密的人三五成群聚在一起。

安兹想着他们胸前要是都有写了名字的工牌该多好,同时换上一副幻术生成的认真表情,等待集会开始。

"那么我们开始吧。"那位比较年轻的男性长老说道,"我想大家已经听人说过了,不过为了保证准确性,还是允许我重新说明一下。今天,从精灵王那里来了使者,使者说北方的一个人类国家已经打到了精灵王都附近。他——"

有几个人把视线转向了安兹这边。

他们的想法肯定和来药师头领家报信的那位一样。安兹觉得恐怕有必要尽早撇清,他可不希望黑暗精灵们对他有什么误解。

"——抱歉。"安兹举起了手。黑暗精灵村子里虽然好像没有这样的规矩,但是他毕竟是要打断长老说话,道声歉还是应该的吧。"慎重起见,我觉得应该声明一下,那不是我所在的国家。打过来的是一个只有人类的单一种族国家,而且会把精灵当成奴隶。"

听到"奴隶"这个词，人群中传出几个表达厌恶的声音。除此之外，安兹还听到了"这我倒是知道""精灵"等没有什么意义的嘟囔声。黑暗精灵的集会中似乎所有人都可以自由发言。

"我以前也说过，我生活在一个多种族共存的国家。所有人都受到法律的保护，所以没有对立，人们也不会受到攻击。啊！我是说某个种族不会受到其他种族的攻击。虽然不法之徒比较少，但也不是完全没有。如果只身走在危险的地方，说不定……我没法说绝对不会受到袭击。对不起，打断了您说话。"

安兹轻轻地向长老低了一下头表示道歉，长老也点头示意。

"他们的意思是，其他国家打过来了，请求黑暗精灵也派兵。"

"那可不是在请求。"一个年轻人用毫不掩饰厌恶感的声调说道，"那是在命令我们派兵。"

表示同意的声音虽然显得比较小，但是在人群中此起彼伏。

长老们似乎也不打算马上阻止人们表达不满，安兹觉得他们应该也在相当大的程度上和那些黑暗精灵有相同的感想。

"所以我们觉得应该商量一下要怎样做才好，这才召集了这次集会。我们打算在全村讨论出结果后，带着结论去和其他村子商量。所以，我想这样大家就明白了，大家现在提出的意见并不会直接成为代表所有黑暗精灵的意见。再说，就算带着我们的意见去和其他村子协商，其他村子也不一定会同意，在某些情况下甚至有可能无法讨论出结果。"

这位长老说到这里，另一位长老继续说了下去：

"——不，无法讨论出结果的可能性应该更高吧。哪怕是在这个大家都认识彼此的村子里，我们甚至也有可能无法统一意见。结果就是像以前一样，黑暗精灵们分成不同的部族生活。"长老把脸转向了安兹，看了看他后说："意见不一致绝对不是坏事。只是我认为，不应该拘泥于自己的想法，我们要在村子里交换意见，得到各种各样的想法，然后放宽视野，决定自己应该如何行动。"

意见不一致还能是好事？安兹有着公会会长的经验，他难免会产生这样的想法。

组织的负责人支持不统一意见，成员分头按自己的想法行动，安兹觉得这样的想法恐怕是错误的。

不喜欢，不能理解——如果能以这样的理由不遵守公会的决定，建立公会这个组织岂不是没意义了吗？本来公会就是团结起来才能发挥强大力量的组织，要是分散开来，每个公会成员都会被各个击破。

虽说如此，安兹肯定不会把这样的话说出口。

在这种情况下，外人不应该只认准自己的意见，强迫当事者接受。换成安兹他们自己，听到外人插嘴内部事务，他们会是什么样的心情呢？

再说，或许正是在大树海这个险境的生活，让黑暗精灵形成了更重视个人意见的习惯吧。

安兹在这个村子里仅仅生活了不到一周,已经形成了强烈的印象,觉得黑暗精灵们自己决定自己负责的想法比人类更强。

这样想来,黑暗精灵的思维方式应该是在过去几十年、几百年的生活中培养出来的。安兹反倒觉得,它要是因为一个外来者的意见发生了改变,那才会有各种各样的问题。

再说——

(黑暗精灵们分散开对纳萨力克是不是更有好处呢?)

"为此,我才请了解外面世界的这位也来参加我们的集会。"

长老突然提到了安兹,他虽然内心有些慌张,但还是轻轻点头表示同意。

"我也不知道我能不能帮得上忙,但我愿意绞尽脑汁为大家想办法。"

"噢噢!"赞叹声中,一个黑暗精灵提出了问题:"那么长老们是什么意思?村子里根本没有士兵,要把谁派去?"

"我们赞成派兵。确实,我们还没听说有黑暗精灵的村子遭到攻击,但这可能只是目前还没有遭到攻击。大家应该也知道,我们的村子位于精灵国的东南边境,如果敌人依次攻击,我们想必会是最后受到攻击的吧?"

"他们歼灭精灵之后,我们黑暗精灵恐怕也没法幸免于难。既然是这样,那我们应该帮助精灵把敌人赶走。"

"这就是我的疑问,长老们啊。不能只因为精灵受到了攻击，就认定黑暗精灵一定也会受到攻击吧？"

事实确实如此，安兹——纳萨力克经过调查，没有发现黑暗精灵被当成奴隶出售的事例。

"反过来说，如果黑暗精灵站在精灵一边参战，那个人类国家说不定会把黑暗精灵也视为敌人。再说，我们和人类的国家开战，能打赢吗？"

人们惊呼了一声。

这是当然会有的问题。

人类国家已经打到了精灵王都附近，安兹觉得在这种情况下实现大逆转恐怕很难，只要是正常人都会觉得精灵大势已去。

"我赞同长老的意见。"另一个黑暗精灵脸上带着反感的表情说，"梅隆，以前我们刚刚逃到这片森林里来的时候，精灵们可是接纳了我们。你的意思是说你不想报答这份恩情吗？！"

刚才质疑的那个名叫梅隆的黑暗精灵慌忙回答道："不，我不是这个意思。我们并不是只有战斗和不战斗两个选项吧？打个比方，我们说服精灵们一起逃走不就好了吗？这片森林还有很多谁都没有涉足过的地方。我虽然不知道人类这种生物是什么样的，不过总不会比我们更适应森林里的生活吧？只要我们逃跑，他们也许就不会追来了……实在不行，移居到远处的森林里也是个办法。再说，人类为什么要攻击精灵？会不会是精灵先攻击了人类？"

"如果真是这样，那他们是自作自受啊。"

药师头领嘟囔了这么一句。他的声音虽然很小，但是足以让所有人都听到。

"确实，为什么精灵在和人类的国家战斗？人类也生活在这片森林里吗？"

长老像在求救一样，看向了安兹。

"——不、不好意思，我不知道战争为什么发生。我也是刚刚得知人类的国家已经打到了这里。不过，人类的国家在大树海之外，我认为绝对不是因为生存竞争。"

"是这样啊。光是这片森林，就已经大到了我们没法完全了解的地步，想必外面的世界更大吧。那您觉得我们该怎么做才对呢？"

（什么？你要问我这个局外人这种问题，这可真让人为难啊。总而言之，黑暗精灵并不算是我非常想要的种族……）

比如精灵木、药师的知识，安兹倒是也有一些想要的东西，但并不是无论如何都想搞到手。

（……可是，话说回来，我也不是希望他们死掉。只要不说谎，同时引导他们做出不会死掉的选择就行了。）

安兹突然想起了亚乌菈和马雷。

他虽然不知道姐弟二人的交友进展得是否顺利，但是如果得知一起玩的孩子们死了，他们可能会伤心的。

安兹稍微思考了一下，得出了答案。

（嗯，现在这种情况下想引导他们是不可能的，毕竟我这次没有准备资料。)

安兹可不想匆忙制订一个满是漏洞的计划，结果弄巧成拙。他觉得既然是这样，还是坦率地说出自己的想法为好。

"首先，以怨报德的行为是最令人不齿的。如果人们认为黑暗精灵是不可信的种族，那下一次就不会有人肯帮助黑暗精灵了。"

"嗯嗯。"长老们都点着头。

"另一方面，没有能赢的保证——我说的不是精灵们给的保证，而是大家在冷静地搜集情报之后得出的结论。如果大家在没有这个保证的前提下一起上战场，那恐怕就只能说是盲目了。"

"嗯嗯。"年轻人们都点着头。

"所以，如果换成我，我会做出模棱两可的选择。"

所有人都露出了困惑的表情。感受着所有人的视线，安兹想起了YGGDRASIL时代，他们在公会战争中采取的策略。当时为了无论哪一方获胜都能获利，他们同时加入了两个阵营，上演了一出好戏。

同样的情况下还有更毒辣的策略，但是只有站在安兹他们当时的立场上才能成功实施，对现在的黑暗精灵来说是不可能的。

"首先，每个村子都派出几名援军。这些人大概会在战斗中死去，就算明白会死也要送去。精灵肯定会抱怨援军少，但是考虑到要保护村子，黑暗精灵只能派出这么多援军。只要搬出这类借口，精灵想必也就无话可说了，毕竟黑暗精灵是派了援军的。派出援军的同时，剩下的人撤离此处。"

安兹解释完之后，很多黑暗精灵都说"原来如此"。与此同时，也有人说这样做有些滑头。不过，表现出好感的人还是占了多数。

"生活在城市里的黑暗精灵果然厉害，我们的头脑可没那么灵活。"

听到长老的话，安兹让幻术生成的脸上露出了苦笑。

（听着怎么不像是在称赞我……）

不过，安兹也能明确感受到，长老的这番话中并没有揶揄和讽刺的意思。

（不过话说回来，连我都能想出来的办法，他们居然没能马上想到，或许是因为他们太淳朴吧。但是同样的事情，蜥蜴人就做过啊……不好！）

"不能说是因为生活在城市里，只是我这个人比较滑头而已。"

"不，没有这回事。舍小保大——这在种菜时也是很普遍的做法。"

药师头领说完，安兹看到几个人脸上露出了惊讶的表情。他觉得药师头领大概很少在这种场合发言，甚至可能连参加都不参加。

"非常感谢，临时师父。我忘了说一件重要的事，唯独这一点，请大家一定要记住。"安兹等所有人的注意力都集中到他身上，才继续说了下去，"这只是我的建议，只是众多意见之一。要决定怎样做的还是直面问题的各位，因为要为决定承担责任的是各位。"

安兹认为唯独这一点是绝对要说出来的，哪怕对方本来就明白，他也应该说出来。

安兹可不想因为自己提出了建议，事后变成推卸责任的目标。

去做援军的几个黑暗精灵肯定会死，不对，应该说他们的死就是给精灵的交代。这样一来，牺牲者的亲朋好友等可能会对安兹怀恨在心。

所以，安兹必须让他们自己做出选择，这样到时候他才能说："这不是你们自己决定的吗？"

（这种话对想推卸责任的人说了也是白说，不过我们毕竟没有必要和那种人建立友好关系。而且布妞萌也说过，笼络所有人是不可能的。不过，要是和亚乌菈、马雷一起玩的孩子们的父母被派出去，说不定会留下一些隐患？可是，我要是去干涉，那才有问题啊。话虽如此……我回头还是问一下……考虑到剩下的时间恐怕有点难啊……）

如果此事对纳萨力克大有好处，那当然要另当别论。安兹想必会干涉黑暗精灵的选择，而且还会把能回收的道具借给他们，努力让他们活下来。但是这些黑暗精灵没法给纳萨力克带来多大的好处，安兹觉得他们就算全死了也不可惜，自然不打算做出那种程度的努力。

安兹还想到了另一个点子，就是建议黑暗精灵向教国投降，可他没法把这种话说出来。毕竟安兹也不知道投降能不能让黑暗精灵们保住性命，而服从也不一定会带来更好的结果。

"您的意见真是太宝贵了。"长老从安兹身上移开视线，转向黑暗精灵们，"大家有什么意见吗？"

没有人提出异议。

这个村子的方针依据安兹的建议基本定了下来——居然就这样定下来了。

他们开始商量派几个人去、派谁去，还有要向什么地方逃。

长老说过，还要和其他几个村子开会讨论，考虑到这一点，他们现在就商量这些似乎为时过早，可是等和其他村子讨论好再商量又有点晚了。

安兹怀着复杂的心情看着眼前的一幕。

他的意见得到了采纳，这满足了他获得承认的欲望，但是没有像演示会成功时那样的喜悦。他觉得这是因为自己没有明确的目标。

安兹不是在为纳萨力克的利益诱导黑暗精灵们，只是白白承担了发言的责任。他觉得现在只能尽快离开，让别人承担这个责任。而且——时间已经很有限了，他必须马上行动。

"非常抱歉，看来我继续待下去已经没有意义了，那我先回两个孩子那里去了。"

最年长的长老代表黑暗精灵说道：

"这一次真是非常感谢您的帮助。我们会整理出结论，再向其他村子提出意见。"

安兹一边想着长老没必要这么谦卑，一边回答道：

"既然是这样，可以请您到时候不要说出我的名字吗？"

"这、这又是为什么呢？"

"我是和这个村子以及住在这个森林里的黑暗精灵没有什么关系的人，如果其他村子的人得知是这样的人提出的意见，想必会有人不愿意接受。"

这当然不是安兹的真心话，他真正的目的是尽量减少受到怨恨的可能性。

"不会，没有的事。虽说您离开了森林，但还是和我们同根同源的黑暗精灵，怎么会有人轻视您说的话呢？好吧……我明白了，这一点我会为您保密的。"

"那真是太感谢了。那么……虽说比当初的计划早了一些，我们也差不多该离开村子，回城市去了。"

"这么快！"

"很抱歉突然向您辞行，毕竟要是孩子们有个万一，我没法跟他们的父母交代。"

"菲欧尔阁下也会觉得危险……人类强大到了这个地步吗？"

刚听到这话时，安兹有些困惑，然后才想到，有他和亚乌菈这么强的实力,也会像逃跑一样离开这个村子,这让黑暗精灵们联想到了教国的强大。

"关于这一点我不清楚。虽说我有自信能战胜大多数对手,但我毕竟不了解人类国家的所有强者,会发生什么还是未知数。我是想不怕一万就怕万一,担心孩子们会有什么三长两短。"

"原来如此。"长老点了点头。

"再留下去,我们会舍不得和大家说再见,所以我打算马上做好准备,然后离开。"

"这……起码请几位参加一次送行宴会吧。我们连欢迎宴会都没有召开,如果几位离开的时候我们还是什么都不做,那简直太不像话了。"

"不了不了,不必了。现在情况紧急,我们怎么好耽误大家为今后做打算。"

反复进行几次"举行宴会""不用举行"的攻防战后,安兹用"这不是最后的离别,下次见面时我们再开宴会就好"说服了长老,取得了胜利。布鲁贝利不知为什么在视野一隅跳着奇怪的舞蹈,安兹觉得那也许是他打算在宴会上表演的节目。

"告辞。"安兹说完正打算走,长老又叫住了他。

"啊,菲欧尔阁下,有一件完全不相干的事,我本打算等没有别人的时候再说,现在可以请您听一下吗?"

"什么事?"

"请问菲欧尔阁下,您有已经缔结了婚姻关系的对象吗?"

听到长老的提问，安兹眨巴起了眼睛。

"如果没有，您觉得从这个村子里娶一位妻子如何？"

安兹看了看周围的人，发现没有一个黑暗精灵对他表现出负面感情，女性黑暗精灵的眼睛里反倒有着期待的光芒。她们倒不是打算为了村子牺牲自己，甚至有些女性对他露出了表达好感的笑容。

安兹并不是特别了解女性，正相反，他甚至可以说是完全不了解女性的那种男人。尽管如此，他还是看得出她们脸上的笑容绝对不是装出来的。

"不、不了，不用了。那个……其实是这样，对我怀有好感的女性还不少，我也一直很为难，哈哈……"

出乎意料的攻击让安兹有点乱了阵脚，说话的腔调多少有些前后不一致，不过，长老似乎并不是特别在意。

"我想也是啊。像您这样拥有优秀能力的男性，想必会有很多女性倾心。"

男性受女性欢迎的程度会随着战斗能力的高低发生变化，黑暗精灵社会在这方面看起来和人类社会一样。不对，安兹看女性黑暗精灵们的态度，感觉在这种危机四伏的地方，这种倾向可能会更强。不过，女性们好像认可了他刚才的借口。

安兹觉得最后还有一件事应该说清楚。

"我还有最后一件事要说。如果大家……决定抛弃这个村子，逃到我所在的城市去，我很愿意为大家提供支援。到时候大家不要客气，尽管吩咐我就是。我还想再到这个村子一次，可能会是在几个月后。如果大家在那之前得出了放弃这个村子的结论，希望大家能把迁移后的位置画在地图上，埋在我们借住的精灵木前。"

"我们希望不会发生那样的事，万一真的到了那个时候，就请您多关照了。"

长老低头向安兹行了个礼，在场的所有黑暗精灵也跟着低头行礼。

看到所有人都抬起头，安兹说道："那么我就先告辞了。"他环视所有人一周，低头行了个礼，最后才转向药师头领，深鞠了一个格外郑重的躬。

随后，安兹迈开了步子。

黑暗精灵们没有再叫住安兹，当然，他也觉得不会发生那样的事，他走到了人们的视野之外。

亚乌菈和马雷正等在那里。安兹不必再扮演舅舅了，姐弟二人也渐渐表现出楼层守护者的样子。亚乌菈还像有所忌惮一样，迅速用视线扫过安兹的全身。

"安兹大人……您平安无事就好。不过，他们没有把您怎么样吧？安兹大人最后一次转向这边之前，人群的气氛突然变得很诡异，就像猎人把箭搭在了弓上一样。"

安兹能想到的可能性只有一个。

"是啊，长老跟我提起了一件有些麻烦的事，也许那就是当时女性们对我的想法吧。不过,我没事,我已经把黑暗精灵们说服了。"

"是……这样吗?可是安兹大人向我们这边迈起步子之后,那种气氛还是没有完全消散。不对,我觉得甚至变得更强了……"

安兹皱起了眉头。据安兹的观察,女性们看起来对他的解释还算满意,难道说他的判断其实是错的吗?只是,他也想不出什么药到病除的好办法,再说他们马上就要走了,还有什么办法是比逃走更有效的吗?

"按说我应该先问这个问题。现在有注意我们这边的人吗?"

"不要紧,没有。"

亚乌菈说得十分肯定。

既然她这样说,那肯定没有问题。不对,应该说正因为亚乌菈知道没有问题,她才会在刚刚会合时先问了那件事。

"——那我想应该不要紧了。你听到我们说的话了吗?"

"是的,安兹大人。内容我已经简要地告诉了马雷。"

与其在这里说,不如回到借来的精灵木里说。但是,姐弟二人说不定注意到了安兹的疏漏。安兹觉得自己要是有什么疏漏,哪怕有点难为情,他还是应该回到那个地方继续参加集会。如果真的是这样,回到住处再折回来会损失太多的时间。因此,安兹觉得虽说危险,还是有必要在这里说。

"那么,你们对那件事有什么看法吗?坦率地跟我说说你们的感想吧。"

姐弟二人看了看彼此。

"我没发现有什么问题,我认为安兹大人的建议是完美的。"

"是、是的。听姐姐说过之后,那、那个,我也是这么想的。"

(嗯?难道他们没有注意到,和他们一起玩的孩子们的父母有可能被送上战场做牺牲品?要不然就是他们虽然注意到了,只因为是我的意见所以没法提出异议?)安兹观察着姐弟二人的表情。(看不出来。不过我觉得还是明确问一下比较好吧?)

如果是前者,姐弟二人可能会为此伤心,好不容易形成的友情也会出现裂痕。安兹觉得应该说得再明确一点:

"和你们姐弟两个一起玩过的孩子的父母也有可能会被派出去。"

两人露出了困惑的表情,接下来凝视着彼此的脸,然后再次将视线转向安兹。作为代表开口的是亚乌菈:

"是啊,这有什么问题吗?"亚乌菈脸上带着如堕五里雾中的表情道:"有什么不妙的吗?"

"不,没什么。"

你们为什么能表现得满不在乎呢?这样的问题安兹问不出口。

他只是想,原来友情还没有形成。仅此而已。

(难道……就像我的伙伴们优先考虑现实世界的生活一样,

他们姐弟二人也是在优先考虑纳萨力克。如果是这样，我该怎么做才正确呢？）

安兹正不知如何是好，亚乌菈把手放在耳朵后面，做出了想把远处的声音听清楚的动作。想必是黑暗精灵那边提起了什么重要的话题吧。为了不干扰亚乌菈，安兹和马雷都不说话了。

"——安兹大人，黑暗精灵们好像说起了安兹大人。"

"他们在说什么，能跟我讲讲吗？"

"是的。大概就是这样。"

亚乌菈不断改着她的话音，学着黑暗精灵们的腔调，把他们说的告诉了安兹——不过学得不怎么像。

"为什么要答应为他给了我们建议的事保密呢？他说他居住的国家就在仅有人类的国家附近。如果那个国家知道他在这里给出了这样的意见，你不觉得可能会导致他将来惹上麻烦吗？长老觉得会是这样吗？不知道，不过……尽可能不做会给他带来麻烦的事，这不是理所当然的吗？就这样，其他村民也赞成长老的意见，他们决定为安兹大人保密。"

"原来如此。谢谢你，亚乌菈。"

"那、那个，这样一来，安兹大人诱导黑暗精灵的事，那个，就不会走漏风声了吧？"

安兹没有诱导黑暗精灵做什么的打算，他也确实想问问马雷，为什么会认为他是在诱导黑暗精灵，他觉得自己只是提了一个建议。不过还有一点更重要。

"不过，考虑到有精神操控系的魔法，如果想要完美避免情报泄露，就有必要杀了他们啊……"

"要动手吗？"

亚乌菈想也不想便问了一句。

"不，不动手。我觉得杀了他们没有益处。不对，或许应该这样说——就算教国知道了也没有害处。因为教国是我们的潜在敌国，我们又不打算加深和教国之间的友情，为敌人的敌人提供支援是理所当然的。等等，这样的情报泄露给教国好处才更大，我的外表和名字都是假的，教国想调查就要把精力白白花在没用的事情上。"

安兹说到这里，偷偷观察了一下双胞胎姐弟的反应。

"不过……真是遗憾啊，如果教国直接攻击这个村子，我们倒是能得到更多的利益。"

双胞胎姐弟看了看彼此，脸上露出困惑的表情。马雷向安兹提出了问题：

"那、那个，安兹大人，为什么没有让教国来袭击这个村子？那、那个，只要化装成黑暗精灵，那、那个，杀掉教国的士兵，带着追兵逃到这里来不就行了吗？"

安兹觉得马雷说得没错。

他也明白还是那样做对纳萨力克好处更大。只要运用游戏里拉火车的技巧，完成那样的操作应该不难。尽管如此，他还是没有那样做——

（因为我不想那样做。）

安兹也没想到在这个村子里的生活竟然如此愉快。他也说不出个所以然，就是觉得不想亲手毁掉这个带给他快乐的村子。

安兹觉得这应该是人之常情。谁都不愿意做自己不想做的事，但是，纳萨力克地下大坟墓的统治者绝对不该这样。作为组织的负责人，他应该把组织的利益放在第一位，可是这一次，他还是优先考虑了自己的感情。

他认为从某种意义上来说，这可能称得上是对纳萨力克的背叛。

（我口口声声说要帮他们姐弟二人交朋友，结果玩得最开心的是我。）

今后要注意避免发生这样的事情才行。安兹考虑问题和采取行动时，必须把纳萨力克地下大坟墓的利益放在第一位。

这是唯一还留在纳萨力克的公会会长的使命，也是NPC们的主人的职责。

安兹在心里发着誓，同时为该如何回答马雷的问题犯起了愁。他觉得这种情况下，应该老实地承认他对自己的要求不够严格，然后道歉。

"是啊，这个我也考虑过。如果是为了让纳萨力克获利，就应该这样做。尽管如此，我却没有这样做，都是因为我对自己的要求不够严格。作为纳萨力克的统治者，我这样做是不对的，我保证不会让这样的事再次发生。"

姐弟二人露出了大吃一惊的表情。

"咦，不、不会……没、没有那样的事。"

"就是啊，安兹大人做的一切都是正确的！"

两人安慰安兹的时候，他们正好走到了借住的精灵木。只要把放在这里的东西收拾好，他们撤退的准备就算完成了。

他们原本就没有多少行李，所以撤退准备很快完成了，拿着行李走出了精灵木。就在这时，亚乌菈抬起头，安兹顺着她的视线看去，只见药师头领正向这边跑来。

他很快便跑到了安兹他们面前。

药师头领有点喘不上气来。他作为药师有着很高的能力，安兹认为他的等级应该不算太低，但是他身体能力的数值还是很低。虽然不知道他练了哪些职业，不过安兹猜测他能力值的成长版面大概和魔力系魔法吟唱者一样，所以才会跑了几步就喘成这样。

药师头领的样子看起来不像是来送钱别礼的，安兹觉得他一定是直接从集会的地方跑过来的，或许是来告别的吧。

"您怎么了？没能好好向您道别，请您——"

"不是，我是想送最后一件礼物给临时徒弟。有几个女人想跟着你们一起到城市去，我看到她们快步跑回自己家去了。如果你没有那个打算，还是赶紧离开这个村子为好。"

"什么？"

"这有什么好奇怪的？她们或许没打算靠你生活，但是我觉得，她们到了那里人生地不熟，一定会向你这个唯一能依靠的人求助，借此慢慢拉近和你之间的距离，这就是她们的策略。顺便说一下，我们这里主张只要能养活，一夫多妻、一妻多夫都没有问题。大家肯定都觉得，分道扬镳的部族要是能以你为桥梁，重新合而为一也不是一件坏事。要是其他村子听说了这件事……我可是你这个临时徒弟的……好吧，这样说吧，我是站在你这边的……我想说的是什么，你明白了吗？"

安兹心想：糟透了。

要是有人接触到他的身体，他的真面目就暴露了。谁都没法保证那些女性黑暗精灵情急之下不会向他动手。

精灵把不死者视为敌人，而黑暗精灵也一样。

在完全把黑暗精灵纳入麾下之前，绝对不能让他们知道安兹的真面目。而且考虑到将来要把黑暗精灵纳入麾下，他又绝对不能伤害打算去做先遣队的女性黑暗精灵。

"咦？你连想都没想过结果会搞成那样吗？一点也没有？我说我说，你是认真的吗？像你这样一个头脑灵光的家伙居然一点都没想到？你是不是想到了这个可能性，只是没想到她们这么快就会付诸行动呢？我说我说，你可要感谢我来提醒你啊。"

安兹能采取的策略只有一个。

"快走！我们小跑起来！告辞了，临时师父！"

三十六计走为上策。

匆匆忙忙完成告别，三人跑着冲过药师头领身边。

他们很快便跑进了森林中，不过还是没有停下脚步。一直跑到安兹觉得女性黑暗精灵肯定追不上的地方，他们这才站住。

"没事了，没有追兵的踪影。那么，我们就这样回纳萨力克吗？"

听到亚乌菈的报告和提问，安兹脸上露出松了口气的表情，然后坏笑起来。当然，他的那张脸一动未动，甚至没有操作脸上的幻术。

"我们不会这样做的。回到纳萨力克，带上士兵再开始行动也是个不错的主意，但我不想浪费这个绝好的机会。布妞萌教过我一种战术，就由我们三个少数精锐来实施这个战术吧。"

"那、那是什么战术呢？！"

马雷问这话时眼睛在闪闪发光。安兹有点高兴，要是马雷表现得不以为意，安兹的精神强制镇静恐怕又要被触发了。

安兹得意地回答道：

"严格来说其实算不上——抢怪。"

5章 抢怪

第五章 抢怪

1

教国军事机关最高负责人大元帅有一对左膀右臂,他们是方面军司令元帅瓦雷利安·艾恩·奥维尼耶和盖尔·拉泽尔斯·巴尔盖里。这次与精灵的战争,就由瓦雷利安负责指挥。

教国军在离精灵王都相当近的地方设置了一顶大帐,当成综合作战司令室,其中除了瓦雷利安之外,还有六名作战参谋的身影。瓦雷利安已经五十多岁了,而参谋们都还很年轻,只有二十多岁。

在战斗能力方面,用年龄做指标未必有意义,但是某些工作需要积累知识和经验,年龄就成了一个指标。这样想来,可以说这几位参谋还太年轻。

这些年轻人都带着黑眼圈,眉头紧皱。长时间的疲劳作业,让他们看起来都已经筋疲力尽。

瓦雷利安正快速扫视一份与他们的疲劳有些关系的资料。

那是他们昨晚遭到精灵夜袭后的损失报告书——这会儿还是早上,所以那只是几个小时前的事。

"好多啊。"

瓦雷利安早就料到了,但看着报告还是无论如何无法产生其他的感想。

话虽如此,教国信仰系魔法吟唱者的数量比其他国家多得多，只要伤兵还有一口气，又能得到及时救治，即使生命垂危也能治愈。因此，在死伤者的详细名单中，死者的数量其实相当少，其中大半是伤员，而现在想必也已经痊愈了。

不过，提到阵地内的精灵死者，其数量却比教国的还要少。

精灵发动夜袭遭到了反击，瓦雷利安认为这种情况下，他们不可能带着同伴的尸体撤退。所以，报告书上的人数应该就是全部精灵死者。

这样想来，杀伤对损耗比率（战损比）非常低。

"是的。毕竟精灵王都很近了，或许是敌人中的强者变多了吧，造成了这么多的伤亡。"负责统计数据的参谋表示同意，"但是敌方兵力的分母似乎很小，所以我认为精灵方面的损失应该也不小。"

一位英雄胜过一千名士兵，那么，这一位英雄的死也会带来巨大的损失，所以死亡人数并不能直接代表战斗力受到的削减。

作战参谋说的就是这个意思，不过，就算明白这一点，他们沉重的心情也没法变得轻松。

"士兵们看我们的目光会变得更苛刻。"

"他们的战友可是失去了生命啊，对他们来说，那也是当然的反应。"

听到另一位参谋的抱怨，瓦雷利安叹息着，回答了这么一句。

作为一个人，更希望受人喜欢而不是被人讨厌，这是理所当然的。而指挥官和士兵之间有没有互信关系，在战斗指挥时会产生很大的差别。对于像瓦雷利安这样修习了指挥官系职业的人来说，如果部下不是真心服从，他们的支援能力就无从发挥。

"直到目前为止，我们成功抵挡住了精灵的每一次夜袭，这说明防卫阵地的构造没有问题，但是如果对方派来了精锐，我们还是非得有拥有同等力量的强者不可。"

"确实。虽然我们也有一定数量的精锐，但大多是信仰系魔法吟唱者。擅长的领域不同……就得远超敌人实力才能与之抗衡。"

如果是正面战斗，信仰系魔法吟唱者一方会占优势，但是在夜间的袭击中，游击兵则远比信仰系魔法吟唱者强大，其差异就在这次的死伤人数中表现了出来。

"为了不让昨晚的情况再次发生，我觉得我们应该做的是建立更坚固的防御阵地。大家有什么好主意吗？"

参谋们马上提出了好几种意见，瓦雷利安觉得他们也许是遭到袭击时就开始了思考。

其中几种是瓦雷利安也考虑过的，也有一些是他没有想到的。如果能把这些点子全用上，阵地想必会变得相当坚固。但问题是把这些点子全用上，需要相当多的人力和资源，还有时间。实际实施时，恐怕需要考虑什么样的办法才最高效，进行取舍。

再说最重要的是——

"阁下，您说要加固防御阵地，可是我们花费更多的时间继续在这里战斗有意义吗？"

瓦雷利安觉得这是当然会有的问题。

"高层发来的指令书你……"他说到这里，环视其他人一周，然后才继续说下去，"你们应该也读过了。我们有必要继续在这里战斗一段时间。不对吗？"

没有人否定，但是，不否定并不意味着赞同。

他们没有马上赞同也是天经地义的。瓦雷利安在这些人当中是最年长的，他明白参谋们心里有什么想法，但是他绝对没法粗暴地将之归结为太"年轻"。

说实话，他们的想法才是对的。

这次精灵袭击中的牺牲者死得毫无价值，因为那不是绝对无法避免的牺牲。

教国军距离精灵的王都很近，他们的指挥部设置在了称得上是最前线的地方。指挥部可以迅速掌握情报，对敌人的动向能马上做出反应，这就是最前线的好处。但是，如果精灵中的强者发起破釜沉舟的猛攻，指挥部就有首当其冲被攻陷的危险。而现在精灵已经被逼得没了退路，他们采取这种战术的可能性很高，考虑到这一情况，教国军毫无疑问必须尽快展开有威胁的攻势。

之所以这样说，是因为让敌人中的强者只顾得上敌方据点的防卫，那么己方指挥部陷落的风险就会大大降低。

但是，最高执行机构的指示是驻扎在这里耐心与敌人展开拉锯战，他们的指示当然是在预料到精灵会发动夜袭的基础上下达的。

确实，随着战况的恶化，精灵会开始避难和逃亡，把指挥部设置在行动起来最迅速的前线，能阻止精灵避难和逃亡，将其一网打尽，这样的指示他们倒是还可以理解。为了把敌人的精锐部队和至今为止几乎没露过面的精灵王引诱出来，最高执行机构想让他们在这里充当诱饵，这样的意向他们也可以赞同。但是有个前提，不能加上火灭圣典不来支援的条件。

他们为什么不能借助火灭圣典的力量呢？

并不是因为火灭圣典的副队长阵亡在精灵王手中。

虽然最高执行机构曾经解释过，说火灭圣典要执行另一项任务，但是在这个指挥部里，没人相信这种托词。

瓦雷利安知道答案，而作战参谋们虽然年轻但非常优秀，所以最高执行机构的想法他们都心知肚明。

最高执行机构不允许火灭圣典参战，是因为他们有几个意图。

其中之一是让部队积累经验。

在这样的森林里生活，对习惯了城市生活的人来说，是比想象中还要困难的。这里的生活和他们以往的安全生活不同，必须对周围的一切保持警惕。

因此才有了这一系列的战斗。

精灵代替了森林中会对人发动攻击的魔兽。

如果今后还有同样积累经验的机会，那自然另当别论，但是这样的机会恐怕不会再有，再说总有这样的机会也是个让人头疼的问题。

可是，没有必要真的让部队蒙受损失。

如果目的是积累经验，在安全的地方进行演习就好了。举个例子，可以让火灭圣典扮演敌人。最高执行机构不可能连这点心眼都没有。那么，他们为什么要让部队做这种事呢——为什么不惜让士兵真的牺牲呢？

这是——

（一种意识改革。）

一名士兵如果想保护更多的人，就需要猎人和游击兵等职业的技能。

通过与精灵这个擅长森林战的种族战斗，让众多士兵学习在这片森林中作战的技巧。如果有需要，就促使他们产生修习游击兵等职业的热情。而死者的出现就是很有效的推动力，同伴牺牲得越多，士兵们的危机意识想必就会越强。

因此，上头驳回了让能将精灵一网打尽的六色圣典——特别是火灭圣典支援前线的请求。

瓦雷利安想起了上头的命令，在心里皱起了眉头。

他明白高层的意图，但也不是心服口服。

"阁下，我有个建议。"

一位参谋紧张的声音响了起来。他是指挥部中的参谋里最年轻的一位。受到召集来参加这场战争的都是年轻参谋，这不用说，也是意识改革的一环。

瓦雷利安示意他继续说下去。

"我们当然预料到会发生这样的情况，可虽说如此，死亡人数已经接近了可以容许的最大值。在这种情况下，一鼓作气攻陷敌方王城下的平民区恐怕是极其困难的。特别是我们没能将参加夜袭的精灵全部杀死，恐怕会遭遇比我们预料中更疯狂的抵抗。我不赞成牺牲更多士兵的生命，请您一定要向最高执行机构请示一下，看看能不能变更作战计划。"

这位参谋也知道作战计划是不可能变更的，瓦雷利安觉得一定是摆在眼前的牺牲者人数让他承受不住了。

他很想叹一口气，不过还是克制住了自己。瓦雷利安理解参谋们的心情，因为只要是军官，不管是谁都会经历这个过程。

人命，现在单指本国人民的生命，价值是很高的。

这或许称得上是教国的一个弱点。

这绝非坏事。不对，应该说反而是一件好事。轻视人命的国家，重视人命的国家，无论是谁都会想做后者的国民。

如果说教国军部一直靠英雄来保护士兵的做法过于目光短浅，这确实没错，但不让士兵做无谓牺牲的想法本身并不能说是错误的。但那是不拿武器的人才会有的想法，职责就是夺取和牺牲生命的军人，真的该有这样的想法吗？

不牺牲就没法取得胜利，这种时候一定会到来。

不得不在没有圣典的情况下战斗，这种时候也一定会到来。

如果到了那个时候，指挥官把生命的价值看得太重，心生畏惧不敢开战，那就成了致命的问题。

最高执行机构并不想让教国的指挥官把士兵的生命不当回事，而是认为瓦雷利安他们这些部队高层必须能忍痛做出牺牲的决定。

现在，年轻的参谋们接触到了必须经历的痛苦，痛苦带来的折磨已经表现在了他们的脸上。

瓦雷利安觉得他们肯定没法睡好觉。士兵在他们的指挥下流血牺牲，那惨叫声恐怕始终萦绕在他们的耳边。

瓦雷利安觉得这些年轻人有点可怜。

要不是最高执行机构突然改变方针，他们应该有机会慢慢积累经验。如果有那样的机会，他们也不至于一下子承受这么大的精神压力。

想必是局势风云突变，时不我待吧。现在教国不仅要求每一个士兵都是千锤百炼的精兵，还需要每个指挥官都是资质过人的强将。士兵需要培养的是战斗能力，而军官需要的则是敢于冷静地命令他们"牺牲"的气魄。

（最高执行机构预测，未来可能会与魔导国发生战争，战斗中会有很多士兵死伤，普通民众也会有伤亡。正因为如此，要让他们趁这次机会接触死亡。真是好狠心……）

"你的心情我非常理解。"其他参谋，包括瓦雷利安在内，所有人都有相同的想法，"可就算是这样，也要继续下去，不要只盯着眼下，把目光放长远。"

最年轻的参谋默默低下了头，片刻之后重新抬起头来，用恳求的目光盯着瓦雷利安说道：

"那最起码、最起码请允许在攻打精灵王都时使用大规模的攻击方式。为了破坏敌人的战线——王都外围的防线，请给予高火力的魔法支援。别说投石机那样的攻城武器，要是连火箭都不允许使用，牺牲者的数量还会进一步增加。"

"这也不能允许。你应该已经推测到为什么了吧？"

来到这里的年轻人都是出类拔萃的人才，肯定已经从教国的现状推测出了答案。瓦雷利安要是再亲口说一遍，年轻人恐怕会嫌他啰唆，但他觉得或许还是明确地说一遍比较好。

"今后，教国与那个邪恶的魔导国的对立恐怕在所难免。到时候，如果这座城市在我们手中而且完好无损，我们就能让民众逃到这里避难……或许会做出这样的选择。就是因为这一点，我们才从中途开始不再继续砍伐树木，而是直接穿过森林到了这里。同样是因为这一点，我们不能让这座城市受到严重的破坏。明白吗？"

"果然是这样啊。最高执行机构是以与魔导国的战争为前提制订的作战计划。精灵的城市是他们用魔法建造的,哪怕因为火灾等原因毁掉了一部分,应该也可以让精灵俘虏用他们的魔法将城市复原。这样不行吗？"

听到另一位参谋的话,瓦雷利安表示同意。

"你说得没错,我知道有这样的意见。也有人主张可以利用精灵们在别的地方重建城市。但是考虑到时间有限,我们不能走这一招棋。"

教国确实有利用精灵俘虏的计划。只要使用魅惑等魔法,强制精灵俘虏服从并不难。但是,精神操控系的魔法在短时间内多次施放,会导致目标在一段时间内更容易抵抗相应的魔法。

另外,瓦雷利安听说教国已经做过了实验,就算使用魔法,从头开始培育精灵们的树还是需要比较长的时间。虽然教国与魔导国的战争会在什么时候开始还是个未知数,但是他们已经估算过了,很难从头开始建造起一座能让大量民众避难的城市。

所以,教国只能充分利用现有的资源,什么都不能浪费。

"我们能做的,只有在明知会有伤亡的情况下,强行突破精灵的城市——这个最后的防线。当然,上头并不希望出现众多死者。为了将来与魔导国的战争,我们需要尽可能多的士兵,现在不能失去他们。"

瓦雷利安觉得上头实在是在给他们提出不合理的难题。

他也觉得上头的要求自相矛盾,但是,他也明白最高执行机构的良苦用心。

"阁下，而且最重要的是，闯过鬼门关的人会变得更强大，对吧？"

"是啊……没错。你说得对。"

说这话的是在场者中指挥官系职业等级仅次于瓦雷利安的一位参谋。瓦雷利安对他的话表示赞同。

一个英雄胜过一千名士兵，这是教国的一贯主张。但是，眼下只有英雄还不够，于是教国开始着手强化每一个士兵。这才是上头让部队以这么残酷的方式进行战斗的目的。

一切都基于教国与魔导国之间有可能发生的战争。

而且这样一场战争发生的可能性极高。

"我知道大家心里都很苦，但我还是希望大家想尽办法，为了让尽可能多的人再次踏上教国的大地。"

瓦雷利安向参谋们低头鞠了个躬，年轻人们纷纷表示同意。

其实——还有一个原因。

还有一个导致他们在这里拖拖拉拉地战斗的原因。

有一位不为人知的，这片战场上的人当中只有瓦雷利安知道的人物，他们在等着这个人物到达战场。

精灵王拥有强大的力量，连即将踏入英雄领域的人都能一击杀死，称得上特级战斗力，而教国有一张用来葬送他的王牌。

这从战略角度来说是正确的。强者对强者，英雄对英雄，而要对付超越者——

但是，瓦雷利安发现最高执行机构只打算用那个人来对付精灵王，他们在这件事上似乎异常固执，而且不是出于军事方面的考虑。

他不明白最高执行机构的意图到底是什么。

但是瓦雷利安还在等着那个人。

他在等着这次远征要打出的最后一张牌。

就在这时候，传令兵跑了进来，打断了他们的会议。神情紧张的传令兵径直走向瓦雷利安，贴到他耳边报告道："阁下，本国的增援来了。"

"是嘛。"瓦雷利安只回答了这样一句，他一边从座位上站起来，一边向诧异地看着他的参谋们说道，"各位，不用继续防守营地了，把负责守卫的士兵投入前线，做好发动总攻的准备。"

漫长的战斗即将结束，战局终于迎来了最后阶段。

* * *

（为什么要这样战斗？教国不怕牺牲本国的士兵吗？）

距离安兹他们离开黑暗精灵村子已经过了一周。从远处看着教国攻打精灵王都，他首先产生的就是这样的感想。

教国军队用木头做成了墙一样的东西，躲在它后面向前推进。安兹倒是明白，他们是害怕精灵射出的极其精准的箭，可他还是觉得教国军队的战斗方式效率太低。

因为那木墙没有保护头顶，所以不能阻止曲射等用上了特殊技能的攻击。毕竟用上了特殊技能的攻击并不多见，多少出现一些牺牲说不定也在教国的容许范围之内。可是，就算是这样——

"在教国，信仰系魔法吟唱者应该很多，用大范围的魔法攻击精灵不就行了吗？目前，精灵占据了有利的地势。召唤天使从空中进攻不就可以消除劣势了吗？不对，干脆斩草除根，把精灵栖身的树点着难道不是更明智的办法吗？周围有这么多树木，用它们制造攻城武器，从远处把点着的东西投掷进去不就行了吗？"

安兹知道有生命的粗壮树干似乎不会轻易燃烧，但是细小的树枝和叶子应该很容易点燃才对。而它们冒出来的烟会让精灵难以呼吸，还会遮挡视野，让他们无法瞄准。教国进攻时完全不采取这类手段，在安兹眼中显得十分诡异。

（还有，他们为什么不动用强者呢？只要有像弗鲁达和葛杰夫这种高等级的人，就能发动更强的魔法和更厉害的攻击，而且能以一己之力改变战况。在这种情况下没有雪藏的必要了吧？）

"嗯。我是觉得无法理解，你们姐弟二人在看过教国的战斗后，有没有发现什么，或者是推测出什么？"

安兹向和他一起观察战况的姐弟二人提问。片刻之后，马雷回答道："啊，那个，他们会不会是什么都没想呢？"

"不会不会，我觉得这肯定不会吧。一支军队中一定会有司令官和许多名参谋，这些人不可能都不动脑子。他们这样做，一定有什么特殊的原因。"

但是安兹想不到答案——他们为什么这样做。或许有可能是无能的指挥官因为政治因素独掌大权，不把参谋的意见放在眼里，一意孤行调动军队。但是考虑到他们先前砍伐树木后再进军的做法稳重谨慎，安兹又觉得不像是这样。

"嗯。不光是这一边，他们也从其他方向发动了攻击，但是那边的做法也和这边一样啊……"

教国对精灵王都形成了半圆形的包围网，而在王都另一侧的湖对岸也安排了几支部队。

"他们好像也没有让精灵俘虏站在前面……会不会是先把死了也不可惜的士兵派了出来……教国有类似奴隶制的制度吗？"

"不，他们虽然会把精灵当成奴隶卖掉，但我不记得听说过教国有人类奴隶士兵。我对教国的政治体制也算是有个大概的了解。不过，很难说情报是充分的。但是，即便如此，我还是觉得，应该不会吧？"

"那、那么，那些会不会是召唤出来的士兵，那、那个，您看有可能吗？"

"被箭射死的士兵身体好像没有消失，我想这应该也不会……"

安兹看到其他士兵慌忙把倒下的士兵搬向后方的阵地，他觉得这不像是打算让死了也不可惜的士兵去牺牲。

为什么有更好的策略不用，偏要豁着人命上呢？

安兹绞尽脑汁，说出了一个有可能的答案。

"难道，他们是发现了我们在这里，才用那种方式战斗吗？"

"咦？"

"不、不会吧……"

"不对，不一定是因为我们，不过他们那样战斗有可能只是伪装作战的一环。为了让敌对国家或组织误以为他们愚蠢，或者是为了雪藏强者？"

教国想用虚假情报欺骗的未必是魔导国。或许只是安兹他们不知道，其实教国有其他的敌对国家，打算用错误情报欺骗那个国家。

安兹他们曾经这样做过许多次，他觉得教国能想到同样的策略并不奇怪。

（教国是历史比较悠久的国家，说不定树敌众多。不过，他们真的会为了提供假情报牺牲士兵吗？可是，我又想不出其他雪藏强者的好处。这样想来……教国想欺骗的敌人是魔导国？或者是据说在王国北面的评议国？教国组成以人类为主，评议国由异种族组成，两国关系不好倒是有可能的。唔，如果是这样，我们是不是应该考虑与评议国组成同盟……不，雅儿贝德和迪米乌哥斯在这方面恐怕早有考虑。话虽如此，全盘丢给部下不闻不问的上司又有什么用呢。我装作若无其事，稍微打听一下好了。)

纳萨力克中有人推测,在安兹与王国的最后一战中出现的里克·阿加内亚这个神秘人物,或许与人们认为在评议国中的白金龙王有关。

他们这样推测,只是因为两者都和白金有关。不过,如果真的是这样,那么为了对付评议国,与教国结盟或许不错。或者反过来,为了对付教国,与评议国联手,借机调查其内情应该也不错。

不管怎么说,安兹觉得或许应该先下手,总比让评议国和教国为了对付魔导国抢先建立起共同战线要好。当然,安兹都能想到的问题,两位智者很有可能已经考虑到了。

(唔,考虑到他们两个人可能正在为结盟做各种各样的准备,这次还是应该避免让教国发现我们的真实身份。要不然就除掉目击者?)

"安兹大人。那么,要不要我潜入教国的阵地窃取情报呢?"

听到亚乌菈的建议,安兹摇了摇头。

"不,那是绝对不能做的。"安兹向两人解释了自己的想法,"这样说吧。假设有和我实力相当的人与纳萨力克为敌,你们认为这个人能潜入纳萨力克窃取其想要的情报吗?"

"是的,能!"

"我觉得也是。如果真的和安兹大人一样,与诸位无上至尊拥有同等的力量,真的有这样的人,我想是可以做到的。"

"啊，嗯……"

亚乌菈和马雷满怀自信，马雷甚至很少把话说得这么流利，肯定了安兹的假设，但那不是安兹想要的答案。

"嗯，我的这个问法不好。我想想，这样吧，假设夏——"

（不对！）

安兹能预料到这个问题姐弟二人会给出什么样的答案。

如果安兹假设潜入者实力和夏提雅相当，亚乌菈绝对会毫不犹疑地回答"不可能"。确实，这个答案是安兹想要的，可她推导出答案的依据不是安兹想要的，这样没法达到安兹想要的效果。

安兹思考起来，该用谁来举例才好呢。

（潘多拉·亚克特的话……他可以变身成公会成员，亚乌菈他们说不定会回答"有可能"。那么，选迪米乌哥斯，嗯，如果是那个家伙，成功从纳萨力克窃取情报似乎也没什么稀奇的。亚乌菈……还有马雷肯定不行。这样想来……）

"我再问一遍刚才的问题，假设，听好，只是假设。假设和雅儿贝德实力相当的人与纳萨力克为敌，这种情况下，你们觉得这个人能偷走纳萨力克的所有情报吗？"

"咦？雅儿贝德来偷吗？"

"那、那个，您发现了什么迹象吗？"

"什么？不是啊！我根本没想过雅儿贝德会背叛纳萨力克！"安兹慌忙解释着，嗓门都显得更大了，"我不是说了吗？这是假设,只是与她实力相当的人,是打个比方啊。"

双胞胎姐弟心里的疙瘩好像还没解开,不过他们看了看彼此,然后由亚乌菈作为代表回答道:

"我想就算是雅儿贝德也不可能。首先,雅儿贝德并没有练过潜行一类的能力,我也不记得听她说过她有这类效果的装备。"

"是啊……确实是这样。毕竟雅儿贝德是坦克,确实没有那类的能力。"安兹这次又举出了不恰当的人物当例子。"……不考虑这方面的因素,运用她的智谋也不可能吗?"

"是、是的。我觉得不可能。"

算了吧。安兹想不出合适的人物,所以虽然对不住雅儿贝德,他还是决定就这样说下去。

"嗯,是啊,我也觉得不可能。多种多样的防御手段保护着纳萨力克,不是靠一个人的力量就能突破的。那么,你们想想,不觉得其他地方也会是这样吗?"

"我不觉得。纳萨力克地下大坟墓是诸位无上至尊建造的神圣之地,是特别的地方。绝对不可能和其他地方一样。"

听到马雷毫不犹豫地说出这话,安兹差点儿说出"啊,是的"。不过他忍住了。

马雷有这样的想法心意,作为制造了纳萨力克的人之一,安兹感到非常高兴,不过,现在他想说的不是这个。你应该想想上司到底想表达什么,学会领会精神——可是这样的话安兹说不出来。

因此，他决定只当没听到马雷的这番话。

"是这样，我始终怀有这样一种想法：只要是纳萨力克能做的事，其他组织也能做到一点都不奇怪。"

安兹单枪匹马没法把纳萨力克的情报窃取出来。那么，认为安兹同样无法从其他玩家建立的组织中窃取情报，这难道会是错的吗？

不，不可能是错的。

如果他们能阻碍敌方的谍报行动，那么敌方同样能阻碍他们的谍报行动。安兹觉得行动前不做好这样的假设恐怕就太愚蠢了。

正因为如此，安兹才没有向玩家身影若隐若现的教国派遣谍报员。特别是教国有悠久的历史，如果教国有玩家，漫长的岁月就是他们的优势。

实际上，教国确实成功开发出了安兹不知道的、回答三个问题就会死的魔法。

"当然，恐怕迟早会有必须冒险赌博的时候。只是，我没法确定现在是不是那个时候。亚乌菈和马雷啊——"

双胞胎姐弟回答："在。"

"确实，纳萨力克地下大坟墓很强大。但是，不要认为我们独一无二，所向无敌。千万不要小看我们的对手，绝对不要忘记搜集情报。"

听到姐弟二人回答"是",安兹重重点了点头。

"好!那么——我们再观察一下情况吧。现在这样的状态下,我们没法达到目的。"

他们来这里是为了抢怪。不对,准确地说和抢怪有点不一样。

所谓抢怪,是指趁别人与魔物战斗时,横插一脚攻击魔物,夺取经验值等收益的行为。在当前形势下,如果说是要抢怪,意味着安兹他们要攻击精灵或者教国,并借此使另一方蒙受损失。

但是,这并不是安兹的目的。

安兹盯上了精灵王城里应该会有的魔法道具。

王室之类历史悠久的家族,很有可能拥有与其历史相应的珍贵魔法道具。珍贵的魔法道具往往具有强大的力量,而魔法道具的力量可以直接等同于战斗力。

教国已经打到了这里,安兹不认为精灵王国还能翻盘。也就是说,如果安兹不行动起来,精灵王国的魔法道具恐怕会落入教国手中。安兹不能允许潜在敌国的战斗力增强,因此,他们这次的目的就是抢在教国之前,夺取精灵王国的魔法道具。

这样做还有另一个好处,就是不直接与教国发生冲突。当然,如果露了马脚,教国会强烈谴责魔导国。但是,安兹他们要拿走的是还不属于教国的东西,很容易为自己开脱。

综上所述,这与其说是抢怪,不如说是趁火打劫更准确。

顺便说一下，安兹他们在YGGDRASIL时代做过很多次这样的事。攻方公会完成占领后看到敌对公会空空如也的据点大光其火的样子，安兹他们不知道偷偷看着窃笑过多少次。正因为有经验，安兹这次马上想到了这个点子。

　　只是，有一个问题。

　　安兹他们不知道精灵王国，更不要说王城里有什么魔法道具，不应该单凭臆测开始行动，搞不好王城里什么都没有。这样一来，安兹他们不光会白冒险，还会白白导致魔导国与教国的关系恶化。按说他们应该先搜集情报，然后再行动。

　　就算精灵王室确实拥有魔法道具，在这被逼到了悬崖边上，称得上是最后一战的情况下，精灵们也很可能不会把魔法道具继续留在宝物库，而是带出去投入与教国的战斗。除此之外，也不是没有精灵们已经把魔法道具转移到了安全地点的可能性。

　　可是，安兹他们的时间太少了，来不及调查。

　　"再稍微观察一下情况，我们就溜进王城吧。要是魔法道具被精灵带出去了，那就麻烦了。"

　　"我可以去追的。"

　　"是啊，没错。凭亚乌菈的追踪能力……不，不好说他们一定没有森林行者的能力。最好在魔法道具被精灵带出去之前拿到手。嗯，考虑到我们要找宝物库的位置，还是早点儿行动比较好。"

　　"那、那我们怎么做？"

"这样吧，我们现在就去好了。"

安兹看了看教国的战况。

距那次集会已经过了一周，如果和周围的村子达成了协议，那个黑暗精灵村子的村民有可能在战场的某个地方参加了这场战斗。

安兹有点想知道他们在不在，如果在，在什么地方。他一直后悔当时自己作为纳萨力克的统治者犯了错误。他觉得现在应该只考虑纳萨力克的利益。

安兹把视线从王城转向了马雷。

"那么，马雷。看情况，可能需要你充当前卫——坦克，可以吗？"

安兹要在最后确认一下。

"好、好的。我、我可以。那个村子，也是这样，这个精灵的王都也是，都算自然环境，完全没有问题。我会努力的！"

马雷和亚乌菈的打扮都和平时不一样，特别是铠甲部分。这次亚乌菈穿着弓兵装备，马雷则换上了倾向于防御的装备。

两人穿的不是安兹给的装备，而是泡泡茶壶给他们准备的，水平不如姐弟二人平时的。尽管如此，毕竟是泡泡茶壶先生特意为他们两人挑选的装备，他们的整体能力并没有下降太多。

不过，这是一次潜入作战。按说安兹也应该和姐弟二人一样，穿上与平时不同的装备，再让他们二人穿上无声鞋之类的鞋子，然后三人都用面具或其他什么东西遮住脸。这或许才是比较聪明的做法。可是，这些措施他们都没有采取。

最大的原因，是别人一看就知道是不死者的安兹穿着与平时无异的装备。这是因为安兹判断，姐弟二人改变装备后或多或少比平时弱了一些，在这样的情况下，如果连他都换了装备、变得比平时弱，就太危险了。

安兹翻来覆去沉思了很久，最终得出了"杀光所有目击者不就好了"这一非常简单粗暴的结论，放弃了潜行的计划。

还有一个小原因，就是姐弟二人穿着的铠甲。

他们的铠甲是备用装备，不过还算优秀，这是因为铠甲里有一种数据水晶，会让几个装备槽不能用，从而提升铠甲的性能。马雷的铠甲会让面部装备槽不能用，所以，只要穿上这件铠甲，马雷就不能戴面具。

可是话说回来——

（备用装备的外观也是性别反转的啊。）

不仅如此——

安兹非常想问：为什么制造了这样的铠甲啊？

特别是马雷的铠甲。

马雷穿的正是该被称为礼服铠甲的装备，肚脐周围没有保护起来，露肉过多，让人忍不住想问制作者出于什么考虑把铠甲做成这样的形状。

YGGDRASIL铠甲的防御力，可以说是由其中使用的金属的质量、金属的重量、数据水晶三者的合计值决定的。所以，马雷的腹部也不是毫不设防，最起码有数据水晶带来的那部分防御力，可以说魔法的效果弥补了外观上的空缺。

现在战场上正在战斗的普通人，哪怕全力砍在马雷的肚子上，恐怕也没法伤到他。但是按照YGGDRASIL时代的设定，这种没有防守的部分，是容易受到致命一击的。

说实话，马雷的礼服铠甲不是适合坦克的装备。

作为坦克，标准的打扮就是装备像雅儿贝德那种厚重的铠甲。

哪怕是泡泡茶壶，虽然有不能穿铠甲的种族劣势，但也会双手持盾，还学会了提高黏体坚固性的特技。

泡泡茶壶自己就是坦克，她是出于什么考虑，给马雷配了这样的装备呢？

安兹心想：答案会不会是"什么都没考虑"呢？

不。安兹觉得她一定是认真考虑过的，只不过不是为了战斗，而是为了满足自己的喜好。

安兹克制着自己感慨那对姐弟相像的心情，想为以前的伙伴辩护。可是，原来的马雷只是NPC，他没法改变自己的装备。

这样想来，现在马雷穿的露肚脐铠甲只是换着玩的装备，平时只会放在仓库里吃灰。可是泡泡茶壶准备的这件装备凑凑合合能用来战斗，普通人可不会考虑这么多。安兹觉得从这一点上来说，或许应该称赞泡泡茶壶，明明只是换着玩的装备，她却多少给了它一点实用性。

安兹的脑海中闪过了姐弟二人的样子,那位姐姐似乎——她没有脸——露出了满意的笑容,那位弟弟则好像欲言又止。

2

教国加强了攻势,精灵王都外围的防线最终崩溃了。

看到教国的士兵进入了城市内,安兹他们也赶忙开始了行动。

安兹用上"完全不可知化"进入了精灵王城,他做的第一件事,就是找到落单的精灵并将其抓住。

等了几次机会,安兹找到了一个看起来像仆人的女性精灵。

安兹马上魅惑了她,用"传送门"逃回了亚乌菈和马雷待命的地方。安兹像不久之前抓住那名男性精灵时一样打听出了情报,可惜的是她掌握的情报没有什么价值。

安兹判断问不出更多的东西,毫不犹豫地向女性精灵发动了"死"。他觉得这座精灵王城即将陷落,就算有一个仆人失踪,也不会闹出什么大问题。

剥掉尸体上的衣服等能辨别出女性精灵身份的东西之后,安兹使用"传送门"将其扔到了远处——亚乌菈发现连甲熊王的地方。野兽想必会把这具尸体打扫得一干二净,就算没有,它也只是一具没有伤痕的神秘尸体,哪怕有人发现了,也不会联想到安兹。

安兹本来觉得把尸体传送到城堡上空，伪装成坠落死亡——自杀的样子，从眼下精灵们的处境来考虑似乎很自然。但是考虑到伪装成失踪打下伏笔，将来说不定能派上用场，他才做出了这样的选择。

虽然在处理尸体等事情上多少使用了一些MP，但从安兹的回魔速度来考虑，这点消耗算不了什么。他们的时间不多了，而且也没有必要继续观察战况。

精灵利用整个王都的地形，采取类似游击战的战斗方式，所以教国方面还在苦战。但是考虑到兵力差距之类的因素，王都彻底陷落只是时间问题。安兹觉得没有能够彻底改变战局的强者登场，说明双方的强者都不在这个战场上的可能性很大。

安兹听说过精灵王是一位强者，可是他没有现身守护王都，安兹觉得这或许说明他已经逃离了此地。

这样想来，王城里的魔法道具也可能已经被他带走了，他们的这次行动很可能白费力气。安兹心里一边嘟囔，一边向亚乌菈和马雷说道：

"——好了，开始吧！"

安兹他们大致搞清了目的地的位置。遗憾的是没能问出精灵王国最强大的国王有什么样的能力，使用着什么样的魔法道具。安兹觉得自己或许应该找一个看起来地位更高的精灵，可是他又没有时间挑三拣四。

剩下的问题只有一个。

（怎么隐身——不对，更确切地说是该让谁隐身？）

他们现在身处战场腹地，从一开始就没有三个人分头行动这个选项。

三人至今为止一直保持隐秘行动，要是现在大摇大摆出现在这里，一直以来的努力岂不是白费了吗？

所以，要是三个人都能隐身当然最好。

确实，他们三个人都有隐身的手段，但是，又都有各自的问题。

只有亚乌菈知道发动了"完全不可知化"的安兹在哪里，而且还能凭直觉猜到他的大致位置。森林祭司倒是能学会看穿"完全不可知化"的魔法，但是马雷除了攻击魔法之外，只学会了很少其他种类的魔法，其中并没有那一种。

如果亚乌菈装备着吉利斗篷潜伏起来，安兹和马雷是没办法发现她的。

马雷平时穿的斑驳阳光披风可以提高他在野外，特别是森林中的隐身能力，但在房屋内效果会减半。很遗憾，由活着的树木形成的王城也相当于房屋，斑驳阳光披风的效果会降低。所以，哪怕是安兹也能大致看出来隐身后的马雷在什么地方。亚乌菈和安兹能看出马雷的位置，这说明敌人也很容易发现马雷，这样隐身就没什么意义了。

也就是说，如果安兹隐身，亚乌菈能找到他，但是马雷没法发现他。

如果亚乌菈隐身，安兹和马雷都找不到她。

马雷的斑驳阳光披风的隐形效果很差，哪怕他用吉利斗篷也是一样的，很有可能被外人发现。

结论就是，如果三个人不能一起隐身，就应该有一个人潜伏起来当底牌。那么，要说谁最合适，安兹认为亚乌菈才是最适合承担这个任务的人，但在紧急情况下，如果安兹和马雷都不能掌握亚乌菈的位置，他们很可能会吃亏。战斗时动起来搞不好会一头撞到亚乌菈的身上。

（这可真是个严重的失误啊……）

安兹明明有整整一周的时间，可以不客气地说，在来这里之前，他应该先和亚乌菈和马雷商量好的。

在YGGDRASIL时代，安兹其实有过多次这样的隐秘作战经验。比如第一次去打纳萨力克就成功将其攻占的时候，所有的同伴都隐身悄悄溜过了满地都是兹维克的湿地地带。不过这是因为每位成员都在平时就准备好了给自己隐身的各种办法，而且大家都很习惯这样行动，所以不用事先商量，只要到了需要隐身的时候打声招呼就可以。

安兹是想起了"抢怪"这个令他怀念的词，沉浸在YGGDRASIL时代的那种感觉中，有点忘了形，完全忘记了和双胞胎商量这件事。

要说为什么姐弟二人没有提醒他，他猜测，他们恐怕是因为完全信任他，但想到要真的是这样，那简直太可怕了，安兹没敢问。认为"安兹大人一定是有什么深意",实际上,姐弟二人确实用满是信赖的目光看着他。

他可说不出自己其实什么都没有考虑,那简直羞死人了。安兹让他并不实际有的右大脑高速运转到像是要冒烟的地步。他觉得虽然可以反过来问"你们怎么看",但是在这里浪费时间实在太可惜了,他应该先说出自己的想法。

"那我就用'完全不可知化'了,亚乌菈打头吧。"

安兹做出了决定。

双胞胎姐弟不隐身。依靠亚乌菈的感知能力,尽量避免遇到人。摆出这样的阵型,如果遭遇意外的战斗,姐弟两人上前迎战,安兹可以在后方支援。安兹判断比起被人看到,还是他们三人在看不到彼此的情况下遭到孤立更危险。

姐弟二人没有提出异议。

(这样真的、真的没问题吗?!你们如果觉得有什么问题,尽管跟我提出来就好啊!)

老实说,安兹更希望有人能向他提出异议。

他觉得三个人一起思考,肯定能想出比他自己一个人思考更好的点子。

而且两人之所以同意,只是因为点子是安兹提出来的。这说得好听一点叫信赖,说得难听一点就是把责任全丢给了安兹。如果安兹犯了什么错误,或者制订了有漏洞的作战计划怎么办?而这是常有的事。虽说就算得不到令人满意的结果,姐弟二人也不会说什么，但这绝对不是什么好事。

（这就是NPC的问题。可是……现在又不能硬逼他们提出自己的想法，也没有时间讨论。这次只能暂且搁置这个问题，在接下来的行动中更谨慎一点了。）

安兹嘱咐好亚乌菈和马雷，发动了魔法之后，跟在他们身后在王城里走了起来。

安兹一个人溜进来的时候就发现了，这里精灵的数量很少，他们没有遇到什么人。当然，这在很大程度上也是因为亚乌菈一直在听周围的声音，挑没有人的时候才向前走。

（王国的王城也是这样，到最后几乎没有人了，但他们起码在入口处建造了路障，努力抵抗了啊……）

可是精灵王都明明正在受到教国的攻击，他们的王城却一点抵抗措施都没有，看起来就像什么事都没发生一样。

（没有一点死守到底的气概。看来地位高的精灵已经放弃城市逃跑了吧？除了这个国家以外，这附近好像没有以精灵为主的国家。但是这片树海相当大，更靠南的地方很有可能也是精灵王国的领地，而那里有其他的精灵城市。）

安兹觉得如果真的是这样，到时候发现没有魔法道具也只能自认倒霉了。

不管怎么说，答案马上就会揭晓。想也是白想的事，继续想下去就太愚蠢了。

宝物库——禁止入内的区域好像在楼上。

那里比国王的房间还要高两层，是这座王城最高的地方。安兹也考虑过是不是能从外面溜进宝物库，但是宝物库又怎么可能有窗户呢。

就这样，三个人不断地向上走。

在没有被任何人发现的情况下走完楼梯，到达目的楼层后，亚乌菈惊讶地小声说道：

"这里怎么回事？"

高出地面十五米左右的天花板整个放着光，仿佛整个天花板都安装了照明。安兹环顾四周，没有发现窗户，可以肯定那是用魔法手段生成的光。

不过，那光也不至于亮得晃眼。

安兹稍微活动了一下自己的身体，确认自己的身体没有受到惩罚。

这似乎不是神官等职业能使用的、会对不死者产生负面效果的光。考虑到这里是精灵的国家，安兹觉得这很有可能是森林祭司的信仰系魔法。

天花板发光本身倒不是什么特别神奇的事情，纳萨力克地下大坟墓第六层也是这样。再说魔力系魔法也好，精神系魔法也好，都有照明类的魔法。只是，如果光完全没有附带效果，安兹很难识别出它到底属于哪个系统，是什么魔法。

亚乌菈之所以惊讶，其实也是因为看到了天花板对面的地板。

——地板被土覆盖着。

整整一层都没有分隔空间的墙和隔板，大概有一百米见方的地板都被土覆盖了。

虽然没有完全覆盖整个地板，但是入口对面的大门旁边都被土覆盖了。

亚乌菈踢了几下地面，翻开了表面的土，下面的地板马上露了出来。看来覆盖地板的土其实没有多么厚。

"会不会是用土来代替地毯？"

确实，这么一说，安兹还真有点这样的感觉。那个黑暗精灵村子也没有在地板上铺地毯的文化，最多铺着草编的像坐垫一样的东西。

"咦，这是不是有点……好吧，文化倒是什么样的都有，可是这也太像蛮族才会做的事了吧？莫非这是防贼的手段？为了让贼留下脚印？"

"但、但是，如果是为了防贼，应该会安排巡逻的人或者警卫吧？"

安兹也赞同马雷的意见。他环顾四周，发现这里没有一点守卫的迹象。

（真是毫不设防啊，竟然没有一个守卫。等等，莫非是因为教国的攻击，连守在这里的人都派出去了吗？不过那个仆人虽然说这里禁止入内，但是没有说这里安排了卫兵啊……）

"我觉得，也许是考虑到要据守王城，特意运来了土，这样在城堡里也能种蔬菜了……"

"对啊。"听到马雷的想法，亚乌菈发出了同意的声音，安兹也发出了同样的声音。

阳光确实没法照进来，但是只要有森林祭司的魔法，在这里种田应该没问题吧。说不定这天花板的光就和阳光一样，能让植物正常生长。

亚乌菈挖开的那块土只是外围部分，更靠近中央的地方说不定深得足以种植蔬菜。

（如果有像夏提雅那样在阳光下会受到惩罚的种族，或许能得到更多的情报。如果这光是魔法道具发出来的，倒是可以使用"道具高阶鉴定"……）

贼不走空，安兹决定在宝物库里翻一翻，如果没有好东西，就试着把那发光的天花板带回去好了。

决定之后，安兹就开始跟着两人走了起来。两人都凭借技能的力量没有在地面上留下足迹。安兹不光用了"完全不可知化"，还靠"飞行"飘在空中，所以也不会留下足迹。

一行人到达了房间中央——

"啊，我感觉到了诡异的气息，所以过来看一看。居然是黑暗精灵，而且还是一对双胞胎孩子。"

安兹突然听到了这样的声音。

他回头一看，在距离他们一行十多米的地方，出现了一名精灵。

这名精灵左右瞳孔颜色不同，容貌冷峻标致。如果问安兹这名精灵看起来像不像仆人，他能自信地回答"不像"。

这名男子的一言一行中都透着习惯了下令的——傲慢。

"什么？"

安兹不小心发出了谁也听不见的惊叫声。刚才那里还没有那名男子，这一点是不会错的。安兹觉得自己和马雷都有可能没法发现，但他不认为连亚乌菈都会看漏。

这名男子不是用了不可视化躲在这里，如果是那样，安兹应该早就发现他了。

他或许是用了潜伏系的特殊技能瞒过了安兹的眼睛，同时用了不可视化，所以才没有被亚乌菈发现吧，要不然就是——

（他是传送过来的吗？糟了，我应该事先用上"延迟传送"。）

亚乌菈一闪身，移动到了安兹及那名精灵之间，护住了他。安兹看到马雷用双手紧紧握住了杖。

两人已经做好了开始战斗的准备，那个精灵却没这个打算。在安兹的眼中，他看起来浑身都是破绽，但这或许是那名精灵想引他们贸然出手故意露出的。如果换成高等级的战士，或许能看穿那名精灵到底想干什么，可惜安兹不是。

安兹稍微离姐弟二人远了一点，试着对男子轻轻挥了挥手。

男子的视线一动不动。

也就是说，男子没有识破安兹的"完全不可知化"。

安兹开始观察双胞胎姐弟。

进入王城之前,他给姐弟二人的指示是:"遇到身份不明的人,在对方开始明确的攻击之前,只管搜集情报。"

亚乌菈若无其事地伸出手握住了自己的项链。安兹觉得她大概是打算姐弟二人一边商量一边搜集情报吧。

安兹理解她的心情,但还是觉得她这样做有点草率。

要是入侵者在安兹眼前做出可疑的举动,安兹会马上发起攻击。在他眼中,触摸装备在身上的道具无异于拔出了枪。

安兹预测神秘精灵会攻击姐弟二人,摆好了架势以便随机应变使用恰当的魔法,然后困惑地歪起了头。

精灵男子没有动。

他倒不是没有注意到亚乌菈的举动,但是他表现得并不是特别在意。

安兹不知道精灵男子是对自己的能力相当有自信,还是没有搞懂亚乌菈在做什么,又觉得对方也有可能是想先搜集他们的情报才没有马上攻击。

"嗯?这是怎么回事?你的眼睛,我不记得有过黑暗精灵女人。等等,有过吗?嗯嗯嗯,既然是这样,那就试试好了。"

男子释放出的或许应该称为震慑力的某种气场变大了。安兹感觉男子的身体仿佛随之膨胀了起来。

"啧。"亚乌菈咂了下舌头。

"'光辉翠绿体'。"

"嚯！嚯！嚯！这个都能承受住，是这样啊！这种事好像还是第一次吧。"

"我说啊，干什么，你向我释放了杀气？你不想活了？"

"'不屈'。"

"哈哈哈哈哈哈哈！"

男子放声大笑起来，就像听到了最好笑的笑话。亚乌菈的眉毛竖到了很吓人的角度，她用相当大的力气攥紧了拳头，不过又在安兹观察的过程中慢慢松开了。

"'高阶抵抗强化'。"

"真是太棒了！哎呀，哎呀，是这样啊！是这样啊！我连想都没想过，是孙辈啊。我明白了！就算子辈不够优秀，血统也有可能在孙辈这一代觉醒！没注意到这么简单的事情，我居然也会犯低级错误。"

"什么？你嘟嘟囔囔些什么呢？"

"'高阶全能力强化'。"

"很好很好，看来我的方向没有错。对吧，我的孙儿。"

（孙儿？他在说什么？这家伙到底产生了什么误会啊。）

"咦？你难道是泡泡茶壶大人的……"

听到这话，安兹感到了转瞬即逝的惊慌。他想到有可能是泡泡茶壶一个人传送到了这个世界上，留下了这个后代。

不过——

（可是这样想来，他身上怎么没有一点史莱姆的特征。难道是像索留香一样的可变型吗？！）

"茶？你在说什么啊？"

（不是吗？这样想来……难道是明美？！）

夜舞子有一位名叫明美的妹妹，她创建了一个精灵人物，但是对YGGDRASIL没有多么热衷，是一个与安兹没有多少交集的人物。

"嗯，你是个纯种的精灵，对吧？"

"糟了。'魔法吟唱者之祝福'。"

"你在说什么胡话——怎么，莫非你不知道我是谁……应该不会吧？"

"我知道，我知道。"

"是、是啊，我知道。"

"你俩演得都好假！"

姐弟二人的台词说得毫无情感，态度里也没有一点尊敬的意思，安兹忍不住喊了出来。事实上，他们确实没能骗过精灵男子，他惊得张开了嘴。

"你、你们居然不知道我是谁。这怎么可能呢。真是的，我倒是听说有名叫黑暗精灵的部族住在边境地区，你们的不开化真是令人吃惊啊……"

男人瞪着姐弟二人。

"你们是我的孙子孙女，所以我原谅你们一次，但是无知是一种罪恶，你们留在我身边，我可要好好教育你们。"

"你要教育我们……那么，说到底，你是谁？我还是先确认一下吧，你是精灵们的国王，应该没错吧？"

安兹觉得亚乌菈之所以这样推测，大概是因为精灵中有点实力的人，她只知道精灵王一个。

"'生命精髓'。啊！"

安兹吃了一惊，惊叫起来。这名精灵男子有着巨量的生命力。他的生命力远超昂宿星团中的女仆，安兹觉得按照YGGDRASIL中的等级来说，这名精灵男子估计最少也有七十级，说明他是一个不容小觑的对手。

"哎，真是令人难以置信。你们活了这么多年，到底从父母那里学到了什么？我是这个国家的国王，是所有精灵种的……现在的顶点，对精灵来说，还有比戴凯姆·霍甘的名字更重要的知识吗？"

（可恶。）

安兹咒骂了一句。

他虽然猜到了，但是发现自己的猜测是事实，还是忍不住骂了句。

一直以来的隐秘行动都白费了，他现在只觉得可惜。

精灵王是能大幅削减魔导国的潜在敌国——教国兵力的、宝贵的最强战斗力，可他们现在必须亲手消灭掉他才行了。

在这种情况下，他们恐怕没法不杀精灵王。如果精灵王比较弱，安兹还可以让他失去战斗能力，然后改写记忆。但是，安兹通过"生命精髓"发现，这个国王的战斗能力——准确地说是 HP 量——在这个世界上可以说高得惊人。

当然，正常战斗他们毫无疑问会赢，毕竟安兹这边有三个一百级的强者。可是，如果说捕获他，那恐怕就很难了。因为在与这种水平的强者战斗时，他们也没法手下留情。

从他刚才突然出现来看，这个精灵——戴凯姆拥有未知能力的可能性很高。在情报如此欠缺的情况下以捕获他为前提来战斗是很危险的。

不过，幸运的是，戴凯姆没有提到明美的名字，可知他十有八九与她没有关系。如果有关系，他应该会有一个和她有关联的名字。

如果戴凯姆真的是夜舞子亲人的孩子，那安兹只有在被逼得走投无路的时候才会考虑杀他。

"国王？那你怎么还待在这里？人类不是打过来了吗？你赶紧去干掉他们，保护你的人民啊。"

"'魔力精髓'，原来如此……"

作为这个世界的居民，戴凯姆的魔力也称得上是巨量的，或许和夏提雅的 MP 值不相上下。

从生命力和魔力这两个数值，再加上精灵的文化，可以推测出戴凯姆的职业。安兹觉得他十有八九和马雷一样是森林祭司，而且是后卫型的森林祭司。

"我为什么一定要那样做？你好像对国王这个职位有误解。

国王是国民应该服侍的最尊贵的人，他的职责不是伺候国民。人上之人对人下之人的所作所为要称为慈悲。慈悲是乞求来的，不是要求来的，就算得不到，也要认命，明白吗？"

安兹心想：这家伙在说什么？

他听得目瞪口呆，觉得如果这家伙真是这样想的，脑子肯定不正常。不仅如此，安兹更觉得把这样的家伙当成国王的精灵们很可怜。

"你是说你不打算救你的国民？不过，是啊，你说得倒是有一定的道理。"

"是、是的，不能说完全不对啊……"

（什么？！）

安兹大吃一惊，凝视着双胞胎姐弟的脸。他们看起来不像是打算通过赞同来讨好精灵王，引诱他说出更多的情报。

安兹不明白那家伙说的那番话中，到底哪里有一定的道理，哪里不能说完全不对。

（等、等等，莫非错了的是我吗？作为国王，难道那才是正确的思维方式吗？吉克尼夫倒也不能说完全不会给人这种傲慢的感觉。掘土兽人的国王是什么样来着？那家伙总是低三下四的啊。）

"嗯，毕竟是我的孙儿，虽说不学无术，却有能理解事物本质的头脑。"

"——啊，不对。不能再浪费时间了。对付他应该用这个。

'魔法结界·火'。"

"不过，你犯了一个致命的错误。只有诸位无上至尊才是其他所有的人应该服侍的，而你这样的精灵杂碎不是。当然，如果只是你手下的那些精灵服侍你，我觉得那就随你的便好了。"

（不对不对。这样的想法绝对不对。可是我就算提醒，他们恐怕也不会改……而且我也能理解亚乌菈和马雷的心情。如果他们在纳萨力克外有亲近的人就好了。从这层意义上来说，我倒是很看好与那位眼神很凶恶的少女建立起友好关系的希丝。毕竟这次计划实施得不顺利。不，考虑到返回时说的那些，希丝好像也……看来还是塞巴斯——啊！我又跑题了！）

"什么？无上至尊？黑暗精灵中有这样的传说吗？"戴凯姆稍想了一会儿，然后微微摇了摇头，"好吧，无所谓。到底是什么样的传说，回头再慢慢听你们说就行了。"

"你还有慢慢听的时间吗？我刚才也说过了，现在人类的国家已经打过来了。"

浪费了一回合——安兹想着，赶忙发动魔法。

"'虚伪情报·生命'。"

就在这时，下方传来了钝重的震动声。安兹猜测或许是教国终于开始动用攻城武器了。

双胞胎姐弟和戴凯姆都将视线转向地板，合上了嘴。这时候，安兹还在继续使用魔法。

"'虚伪情报·魔力'。"

"啧。不过话说回来，那些人类也太烦了。我亲自去把他们消灭掉倒是也可以……真麻烦。走吧。"

"要去哪里？"

"'穿透力上升'。"

"我没有考虑过到底要去哪里，不过，不管去哪里，只要有我的力量都不会有问题。"

"走一步看一步简直太糟糕了。那我们跟着你走会怎样？"

"是土，没错吧。嗯，要是猜错了，就等于白白浪费了啊……"安兹稍微犹豫了一下，然后拿出卷轴，使用了魔法。

"'大地之主'。"

"哎。"戴凯姆上上下下打量着亚乌菈的身体。"你还是个孩子啊。等你长大还需要一些时间……好吧，没办法。我已经等了这么久。几十年的时间说成误差虽然显得有些长，但我只能当它不是一段太长的时间。你问跟着我走会怎样，答案很简单，你要给我生孩子。"

"什么？你在说什么？"

"啊？'高阶幸运'。"

"你也是。"戴凯姆把目光转向了马雷那边。"女人怀孕之后要花很长时间才能再怀下一个。从这层意义上来说，我更看好你。你要和我一样，让女人多生一些孩子。我本来担心血统会变得不够纯正，但是孙辈能觉醒，应该认为曾孙辈也有可能觉醒才对。不能只凭猜测来判断，要脚踏实地做好实验。对啊，这样考虑虽然麻烦，还是得带几个为你生孩子的女人走才行。但是……你为什么明明是男人却打扮成女人的样子呢？这是黑暗精灵的文化吗？老实说，我并非不介意你们不是纯种的精灵，不过，总比把目标范围扩大到所有人类种族要好得多。"

亚乌菈和马雷半张着嘴，看着戴凯姆。

"好吧，现在你们听不懂也没关系，走吧。"

不知戴凯姆想起了什么，他走近愣在原地的姐弟二人，向他们——向亚乌菈伸出了手。

安兹拍开了戴凯姆的手。这一动作被判定为攻击，"完全不可知化"马上失效了。

戴凯姆还没来得及把惊讶的视线转向安兹，安兹攥起的拳头已经打在了他的面门上。

戴凯姆被打飞了，滚倒在地上。

"恋童变态，竟敢对朋友托付给我的女儿产生这么恶心的欲望，去死吧！"

安兹在破口大骂的同时，头脑一隅那个冷静的他也在为自己的失态咂着舌头。

安兹用着"完全不可知化"，明明没有被发现，却一冲动动手打了精灵王，自己现了身，还有更不划算的事吗？

安兹的感情一旦超过某个限度就会自动镇静，如果那个能力生了效，他应该更冷静地应对——不是挥拳头，而是直接对精灵王用即死魔法之类的招数。安兹觉得或许是他的厌恶感太强烈，愤怒则没有到触发自动镇静的地步吧。

"什、什么？"

戴凯姆带着一脸困惑站了起来，他的两个鼻孔不断向外冒着鼻血。不过他其实没有受到多大的伤害，"生命精髓"告诉安兹，戴凯姆被打掉的生命值是微乎其微的。

即使在毫无防备的状态下挨了安兹使上浑身力气挥出的一拳，戴凯姆也只流了那么点血。

安兹觉得戴凯姆可能用了"虚伪情报·生命"之类的魔法或者道具来伪装HP值，不过隐瞒得应该不会太多。

安兹向姐弟二人伸出了手掌，示意他们"不要动"。

从HP和MP的合计值来推测，戴凯姆应该有七十级以上，不到八十级的战斗力。

虽然可能性很低，但有一点必须警惕。

虽说YGGDRASIL中没有，但这个世界或许会有HP和MP不会随着等级提升的职业。也就是说，人本身虽然有一百级，但是从HP和MP的合计值来看只有七十级。

首先应该说这种可能性很小，但是，事无绝对。

（虽然可以三个人一起上，一鼓作气干掉他，但是现在这样做不是上策，至少先搞清楚他刚才是怎么传送过来的……）

安兹正思考接下来的战术，戴凯姆大声叫道："——不、不死者！这种地方为什么会有不死者，而且还是突然出现的！"戴凯姆的视线从安兹转向了双胞胎姐弟。"你们当中有死灵法师吗？！"

两人还没来得及回答，安兹先开了口："没错，这两位大人就是力量强大无比的死灵法师。而且我是这两位大人和两位的父母，共计四位大人齐心合力制造出的守护者。我绝对不允许弱小的人碰触这两位大人。如果你能够消灭我，当然可以带走这两位大人——"为了让对方感到不快，安兹使出浑身解数故意发出嘲笑声，"不过，我觉得你恐怕不行啊，对不对？"

"啊……"戴凯姆放开了按着鼻子的手，他的鼻血好像已经止住了。"真没想到，竟然能让我流血……我已经几十年，不对，几百年没有流过血了。原来如此，好像不光会说大话，确实有点本事，只是对国王说话时礼节不够到位。不过，你们很幸运嘛，祝贺你们，我会马上让你们明白与我之间的实力差距。我这就教训教训你们。"

戴凯姆看着亚乌菈和马雷说出了这段台词，看来他完全把安兹的话信以为真了。

安兹思考起来。

戴凯姆为什么要表现得毫不怀疑地相信了敌人（安兹）的话呢？

难道这家伙没有让自己隐身的手段吗？如果他有，应该能想到突然出现的安兹并不是召唤出来的，而是从一开始就用"不可视化"隐身了。

这样想来，莫非他也是马雷那种专精一项的森林祭司吗？

（难道说，他早就知道我在这里，只是在演戏……如果是演戏，他的目的是什么？）

安兹想站在精灵男子的角度思考一番，可是为了不让对方生疑，他没法在思考上花费太多时间。

"那就堂堂正正地一对一战斗一场吧。这样一来，你不就能知道我的主人和你谁高谁下了吗？"

戴凯姆瞪圆了眼睛，放声大笑起来，就像是听到了有趣的笑话。

安兹向马雷用了无吟唱化的"讯息"。

（马雷啊，我刚才只是撒了个大谎，如果我在战斗中落了下风，你们可要协助我，确保能把他杀掉，你偷偷帮我告诉亚乌菈吧。）

这是当然的，安兹怎么会把姐弟二人交给这样的家伙。再说，在赌命的战斗中，堂堂正正的一对一称得上愚蠢透顶。虽然有些比赛输掉了也无所谓，但是在你死我活的战斗中，输是绝对不能接受的。

但是——

安兹心想：真是失误了啊。

他本打算花点时间，多加一些强化效果。可是，安兹绝对不能允许那样的变态碰到亚乌菈，更不要说戴凯姆可能有强行传送等安兹不知道的技能。

"我刚才看到你们使役不死者的样子，确信你们肯定是我的孙辈。"

地面动了起来。

那样子就像打到沙滩上的海浪回到海里时一样——铺在地板上的土开始向戴凯姆移动。

安兹没有理会那土的样子，仿佛故意做给戴凯姆看，像从衣服下面掏出来似的取出卷轴，发动了魔法。

安兹非常舍不得，但是他不得不用。他现在不知道敌人的知识量有多少，不能提醒敌人。

安兹发动的是第八位阶的魔法，"次元封锁"。

恶魔和天使等异界的居民会用这种效果的特殊技能，而这就是与之拥有同样效果的魔法。它能让以传送为代表的瞬间移动到远处的魔法无效化。

在安兹使用卷轴的时候，聚集在戴凯姆面前的土变成了一个巨大的土块。

土块变成了安兹也见过的元素的样子。

马雷发出了惊叫声，安兹也被吓了一跳。

（居然是根源土元素？！）

看到那不能用通常手段召唤的元素，安兹在惊愕之中变得更警惕了。

安兹和马雷不一样，他拼命克制住了自己的惊讶，没有发出叫声。不能让敌人知道你知道——这是《谁都可以轻松PK》中所写的诀窍之一。

马雷的外表毕竟是个孩子，敌人很可能会误以为他是被根源土元素那骇人的样子吓到了。但如果是安兹惊叫起来，敌人很可能会认为他有关于这种元素的知识。

所以安兹用力耸了耸肩。

"哼！什么？土元素不就是个头很大的土块吗？你召唤它干什么？不打算亲自动手，而是想让它做我的对手？你是不是太小看我了？"

"呵呵，莫非你知道这是什么吗？"

戴凯姆咧嘴露出了不屑的笑容。

（很好！）

"当然知道。它是土元素，没错吧？以前我的敌人曾经召唤过土元素，但是被我消灭了。当然，那个土元素并没有它这么巨大，所以我要说，你能召唤这么大的土元素，应该称赞你的强大。大小是强弱的指标之一，毕竟这是事实嘛，不过大小并不能说明一切。"

"是啊，你说得没错。比如龙王那种个头大本事小的东西也会输给精灵——不过，值得称赞，你的知识没有错，你答对了，它就是土元素。哈哈哈。你的见识，不，应该说是记忆力，我很佩服。"戴凯姆那显而易见的嘲笑变得更明显了。"——难得的机会，这不值一提的元素的攻击，你亲身体验一次怎么样？"

根源土元素以缓慢的动作举起了它的拳头。

（根源土元素的动作应该更快。他这是故意的啊，真是太好了。）

像猫在戏耍猎物一样的战斗方式，正中安兹下怀。

（简直太棒了。）

安兹隐藏起笑容——当然，安兹的面孔是不会动的——开始回想根源土元素的能力。

根源土元素的等级超过八十，在同等级的原初元素中算是偏重防御的坦克。不对，应该说土元素本身都可以说是偏重防御的坦克。

土元素的攻击具有大地中会有的几乎全部——其等级以下的——金属的属性。也就是说，打个比方，像露普斯蕾琪娜那种怕银的生物，就会被其克制。

另外，只要土元素的敌人和它自己双方都接触土地，土元素的所有能力都会得到微量加成。不过，因为室内的土全都聚集到了戴凯姆那里，精灵木形成的地板露了出来，它的那种能力应该不会生效。土元素还有钻进土里的能力，但是在这里那种能力也不能使用。结论就是，对于根源土元素来说，这里不能说是一个很有利的战场。

它的攻击手段中，安兹应该当心的是它双拳的叩击。这种攻击方式虽然简单，但是破坏力很强。尽管速度和精度不能说很高，但安兹这样的后卫职业很难避开。不仅如此，这种攻击还是殴打属性，对安兹的攻击效果格外好。

它还能把手臂伸展得像鞭子一样，发动大范围的横扫攻击，但这种攻击的伤害会大幅下降。

和攻击一样，土元素防御时也被认为具有各种各样金属的属性。它拥有五级全种类武器耐性，而且物理伤害减轻的效果也会同时生效。鉴于以上的因素，土元素确实适合做坦克，如果只能靠物理攻击，它可以说是相当难对付的对手。

但是，它当然也有弱点。

它不具备有威胁的控场技能——没有特殊能力。也就是说，不具备能一招扭转战局的能力。

除此之外，金属类常见的弱点它都有。

（如果换成黑洛黑洛，想击败它应该会很容易吧。）

也就是说，土元素很怕酸之类的攻击，而且——还有另一个弱点属性。

安兹做好了从道具盒中取出短杖的准备。他现在还不能拿出来，敌人认为他只是个普通不死者，他不应该展示会提醒敌人的能力。

问题是他要不要挨这一下。

因为挨了全力一击，安兹这才明白它不是普通的土元素——这样的一场戏似乎会很有意思。可是这样做也有坏处，那就是敌人发现根源土元素没能一击杀死安兹，恐怕会警惕起来。

（怎么办好呢……看来他确实是专精召唤的森林祭司，这一点不会错。这样想来，他的土元素一次攻击的破坏力当然也会比普通的更大。平白承受伤害对接下来的战斗来说也是不利的。那么我现在应该——）

"'骷髅障壁'。"

土元素的拳头挥了下来，安兹的面前同时生成了一堵由骨架构筑起的巨大骨墙。骨墙马上被砸烂，消失了。

（果然……魔力在减少？）

"什、什、什么！"安兹为了让精灵男子能清楚地听到，故意大声喊了起来，"为什么，它为什么能一拳毁掉我的骨墙！！"

"哈哈哈，普普通通的土元素一拳就毁了它，看来你的墙脆弱得很啊？"

安兹向看起来很得意的戴凯姆施放了魔法。

"'不平等决斗'。"

这是一种第三位阶魔法，哪怕敌人用传送逃跑了，用这种魔法把自己和敌人连在一起的使用者也会跟着传送到同一个地方。不仅如此，哪怕敌人受到"延迟传送"的保护，这种魔法触发的传送也不会受到影响，使用者会与敌人同时传送到敌人的目标地点。

虽然它乍一看很方便，不过这是一把双刃剑。如果敌人传送到一群同伴中间，和敌人连在一起的使用者也会传送到同一个地方，遭到大群敌人围殴。正因为如此，这只是在等级很低的时候就能学会的第三位阶魔法。安兹听说在被修正之前，这种魔法还能用来和同伴一起传送，打过补丁后才成了只能对敌人施放的魔法。

当然，如果戴凯姆传送到的地方有与安兹实力相当的敌人，安兹有必要立刻逃跑，不过这个"不平等决斗"正如其名，即使使用者发动传送，也不会带着敌人一起传送，正因为有这一个小小的优点，它并不会使逃跑变得更困难。

"你做了什么？"

"我对你使用了即死魔法。原来如此，你有防即死的手段？"

"好吧，看来你还算是比较聪明。发现自己打不过贝赫莫特，知道应该攻击我。不过，莫非你以为我比元素弱吗？"

（使役者比被使役者更弱，按照YGGDRASIL的常识来考虑，这是不可能的，但实际上你的等级就是比它低吧？你不把我放在眼里，认为我是弱者，但是没有回答我的问题，这是因为你没有防即死的手段吗？还有，你叫它贝赫莫特？）

戴凯姆抬了抬下巴，只见根源土元素挥起了拳头。它的动作比刚才要快，而安兹同时听到戴凯姆使用了魔法。

"'沙罗双树的慈悲'。"

（啧，我倒是料到了他能用使第十位阶的魔法，但是没想到他会发动这么麻烦的魔法啊。杀他的时候恐怕要同时用上魔法二重化才行。）

"沙罗双树的慈悲"是一种第十位阶的魔法，其魔力消耗量在第十位阶中是顶级的，与"现断"相当。

这种魔法有三个效果。

首先是在一定时间内，使用者的体力会缓慢恢复。不过，恢复量很小，在这么高等级的战斗中很难说有实际效果。

其次是赋予使用者对即死的完全抗性。如果只想得到即死抗性，其实可以学习位阶更低的魔法。尽管如此，还是有很多森林祭司学习了这种魔法，这当然是有理由的。

吸引他们的就是它的第三个效果，体力降到零，死亡时可以复活。这种魔法触发的复活没有等级下降的惩罚，虽然有体力下降到零这个条件——溺死等，不因伤害引起的死亡不算——这也称得上相当好用的魔法。神官之类的职业有在死亡后马上施放可以避免等级下降的复活魔法，森林祭司也有"不死鸟火焰"之类的魔法，但是人们为了防止粗心大意导致的死亡，往往还是会使用这种魔法。虽说如此，因为复活时的体力值相当低，如果受到多次命中的攻击，直接死亡的概率还是很高。不过因为这种魔法保住了一命的事例，安兹也不是没听说过。

顺带一提，这种魔法也属于复活魔法，可以避免因安兹的王牌"死亡是所有生命的终点"导致的死亡。不过复活生效之后，就算效果时间没有结束，魔法也会失效。因为这种魔法本来就是会在复活发动后失效。

（可能是我骗他说用了即死魔法，反而提醒了他……真是失误了。我应该说一种我不会用的魔法，今后就这样做好了。）

"'魔法三重化·骷髅障壁'。"

不出所料，根源土元素一下打碎了骨墙中的一道，接下来的一下又毁掉了另外一道。还剩一道——安兹趁着戴凯姆的视线被遮挡，移动位置的同时取出了卷轴，施放魔法。

"'刺耳噪声'。"

这是一种强化魔法，可能不需要，但是慎重起见，安兹还是用了。

大概是根源土元素又一次发动了攻击，'骷髅障壁'被打碎了——

"'魔法三重化·骷髅障壁'。"

新生成的三道骨墙中，第一道被打碎的同时，安兹听到了戴凯姆使用魔法的声音。

"'元素相貌'。"

这是森林祭司的第八位阶魔法，能让使用者得到元素拥有的抗性之类的特征。用过这种魔法之后，以毒和病为代表的各种负面效果都会变得对使用者无效。除此之外，致命一击也会变得无效，依赖致命一击来触发的效果也就失去了意义。

第九位阶也有一种类似的魔法叫作"精灵形态"。

安兹擅长的攻击方式接连不断被防住，他觉得这可不是个好兆头。

话虽如此——

（能耗掉他多少魔力呢？）

"'魔法三重无吟唱化·高阶魔法封印'。"

安兹又稍微移动了一下自己站立的位置。这样一来，以戴凯姆为轴,安兹已经从最开始的位置向楼梯方向移动了九十度。

根源土元素发动攻击,骷髅障壁随之破碎,遗憾的是,安兹这时没法再制造出骷髅障壁了。

"'魔法三重最强位阶上升无吟唱化·魔法箭'。"

安兹的魔力被扣掉了很多。

哪怕是低位阶魔法,用上四种魔法强化,也会耗掉这么多魔力。

如果根源土元素是召唤物,"高阶排除"没有被抵抗掉就能把它一下干掉,不需要用这么多乱七八糟的魔法。但是,如果戴凯姆专精召唤,即使有这么大的等级差距,安兹也很有可能无法放逐根源土元素。

再说,"高阶排除"只能放逐召唤物,没法放逐用创造类的能力生成的对象。

(我记得叫元素副官来着?消耗经验值生成的对象,好像可以半永久性地使役。不过,为了维持根源土元素,他似乎要消耗魔力,看这样子又不像……那我也不能赌运气啊。)

不过,安兹觉得还是应该为此做好准备。

"总算——"戴凯姆看着双胞胎姐弟和安兹站的位置,歪着头问道,"你为什么要去那边?你说你是守护者,居然打算逃跑吗?"

"啧!"

"哈哈哈!那我就帮帮你好了。"

安兹正毫无防备向楼梯跑着,根源土元素一拳打向了他的后背。身体巨大的根源土元素攻击附带击退效果,安兹被打得飞出去老远。

"哟,挨了一下居然还能动,看来你不只会说大话,有点真本事嘛。不过,这也是徒劳的抵抗。"

安兹虽然被打飞了,但是受到"飞行"的保护,他没有失去平衡,而是落在了楼梯前的地上。

"既然你要逃跑,那就是说你要把这对主人留下,我说得没错吧?"

"那怎么可能。"

说到这里,安兹又一次生成了"骷髅障壁"。

"又来这一招?这样又没法伤到我的元素,有什么用啊?真是愚蠢。"

戴凯姆隔着骨墙,话音中带着无奈,嘲笑起了安兹。

"哈哈哈!我可知道人类正在攻打这个国家。我说,精灵王啊,你不觉得拖延时间对我有利吗?"

"我明白了。原来是这么回事啊,你脑子还挺灵光嘛!可惜没有意义,因为那不可能。"

"啊?你说不可能?"

"没错。我能操纵这最高阶的元素,难道你指望区区人类击败我吗?"

(以前那个召唤天使的家伙提到最高阶,搞得我哭笑不得,但是说根源土元素是最高阶确实不为过。教国是明知戴凯姆有这么强的实力还打了过来吗？这样想来，他们应该有击败戴凯姆的办法。可是，这家伙却没有想到这一点。是教国没搞清情况，还是这家伙没搞清情况呢？不过，如果教国了解戴凯姆的实力，会在那时候说那玩意儿就是最高阶的天使吗？）

不知戴凯姆看到安兹默默沉思的样子想起了什么，他用真心感到无奈的声调说道：

"稍微动动脑子就能想到为什么啊，真是个无知的家伙。好吧，这也是没办法的事。毕竟你是不死者，脑壳里只有空气没有脑子。"

（我想不明白。如果教国是做好了准备才与精灵开战，那就说明其阵营中起码有和这家伙实力相当的强者。这样想来，拖延时间就对我们没有好处了啊，最好能避免连续战斗……）

关键在于他能不能做好消磨敌人的工作。

安兹一边这样想，一边发动了"骷髅障壁"。

正如安兹用"讯息"告诉马雷的那样，为了取胜而战斗的时候，一对一是愚蠢的。不过这一次，除非眼看就要输了，安兹不得不一对一战斗下去。而且这次战斗中还有一点很麻烦。

那就是战斗方式受到了一定程度的限制。

安兹知道戴凯姆无法看穿"完全不可知化"。那么，如果用上它，安兹想必能占据绝对的上风。

但是，他不能那样做。

为什么呢？

假设安兹使用"完全不可知化"，开始不会受到攻击，战斗会变成什么样呢？

不光是"完全不可知化"，如果他使用了"时间停止"等高位阶的魔法，让敌人发现了安兹比自己更强，会怎样呢？

戴凯姆如果断定自己无法取胜，想必会撤退的。幸运的是，他不会将攻击目标转向双胞胎姐弟，虽然不能断定他肯定不会，但是可能性很低。得到亚乌菈，其次是马雷——就是这名精灵男子的目的。安兹认为他不会采取会让他们姐弟二人受到致命伤的行动。

但是，安兹还没搞明白戴凯姆为什么会突然出现在这里，如果他现在设法撤退，安兹会很被动。

戴凯姆能突然出现，说明他也有可能突然消失。不对——安兹觉得应该设想最坏的情况，认定他有突然消失的能力才对。

如果让他逃掉了，这个变态将来可能会一直惦记着亚乌菈和马雷。

安兹认为必须避免出现这样的情况。

只要安兹还没摸透戴凯姆的实力，他就会觉得自己一直让姐弟二人站在悬崖边上。

所以正如他在"讯息"中说的那样。

——不能放跑他，一定要在这里杀了他。

因此，安兹没能马上要求姐弟二人参战。

数量形成的战斗力差距是决定胜负的重要因素之一。在搞不清楚彼此实力差距的情况下，如果安兹遇到了比己方更多的敌人，他会首先想到撤退。安兹觉得应该考虑到戴凯姆也会这样想。

在创造出百分之百可以杀死敌人的机会之前，最好不要让敌人察觉到战局对自己不利，将其吓跑。正因为出于这种考虑，安兹不仅没有借助双胞胎姐弟的帮助，甚至没有召唤不死者。

不仅如此，他还撒谎说戴凯姆战胜自己就能带走姐弟二人，这也是出于同样的目的。

对敌人进行心理诱导，限制敌人的行动，避免其脱离战场。

（沉、沉……那个词怎么说来着？对了，是沉没成本，我得让他的沉没成本变得越来越高。希望他没有识破我的意图。希望他的战斗经验并不丰富。最起码也要让他不敢再惦记亚乌菈和马雷才行。）

* * *

"好、好可怕啊……"

亚乌菈听到通过项链传来的马雷那颤抖的声音，她马上表示同意。

"嗯，好可怕。"

"安兹大人居然这么可怕啊。"

亚乌菈和马雷现在很明白了，为什么他们的主人，绝对的统治者会采取这样的战斗方式。

把敌人摸透——应该也有这个目的吧。但是，这不是主要的。

他们的主人只有一个主要目的。

为了不让敌人逃跑，确保杀死敌人，他是在把敌人拖进泥潭之中。

在不知道敌人体力的情况下，怎么判断在战斗中，应该在什么时候逃跑——选择止损呢？

这一点仁者见仁智者见智，不过除了伤害完全不能生效之类的特例，人们恐怕往往会选择自己体力低过某个界线的时候吧。

那么，体力还有很多，但是魔力见了底的时候，人们会怎样选择呢？

尤其是已经在战斗中投入了很多魔力的时候，人们会怎样选择呢？

如果有再坚持一下就能取胜的预感，人们会怎样选择呢？

明白该止损了却做不到，这就是止损的难点。所以，一般情况下，人们需要通过吃亏来积累经验和搜集情报，为自己制定止损的规则。

也就是说，缺乏战斗经验，缺乏敌方情报的情况下，人就很有可能做不到适时止损。

而他们的主人看穿了这一点。

他们的敌人身居国王这种尊贵的地位，傲慢、没有与实力相当的对手战斗的经验，所以他们的主人把他逼到了无法下决心止损的境地。

"那些丢人的台词完全是在表演。这样说虽然失礼，但我觉得安兹大人真是聪明得像怪物一样啊……"

亚乌菈说着，打了个激灵。

"难怪迪米乌哥斯说安兹大人比他更聪明，这也是理所当然的啊……"

马雷说着，也打了个激灵。

"故意让敌人看到自己使用卷轴的样子，这招也好厉害啊。"

"安兹大人是一点底细都不让敌人摸清啊。"

看着主人对待战斗一丝不苟的姿态，姐弟二人感受到的只有敬畏，同时也学到了很多东西。

姐弟二人同时想着：有这样的一位主人，我们是多么幸福啊。

* * *

贝赫莫特刚刚破坏掉一道骨墙，另一道马上生成了。

戴凯姆看着这样的情景，靠微笑掩饰着敌人用那无谓的拖延时间的战术带给他的烦躁。

这是第几次了？戴凯姆嫌麻烦没有计数，不过，最少也有二十多次了吧。

这骨墙虽然十分脆弱，贝赫莫特一拳就能砸碎，但是敌人会一次生成好几道骨墙阻挡贝赫莫特的攻击，同时不断变换位置。

（这杂碎还挺会想办法。不对，它应该是只会用那种水平的魔法，所以只能拼命躲。）

就算说它是杂碎有些过火，但是那个不死者绝对不可能比他——比贝赫莫特更强。他获得的所有情报都向他证明着这一判断是正确的。

如果那个不死者比贝赫莫特更强大，它应该会发动更积极的攻击。但是那个不死者只会在东逃西窜的同时用魔法来防御。这样战斗看起来简直像是在等待外来的救援。确实，每次破坏骨墙，贝赫莫特也会受到一点损伤，但是这点损伤实在微不足道。戴凯姆觉得哪怕是这个愚蠢的不死者，也不会天真到打算通过这种方式打倒贝赫莫特。

（想方设法对贝赫莫特造成微小的伤害，恐怕是为了让人类更容易击败它，所以才付出这么感人的努力吧。可是，贝赫莫特的体力可比你想象的更多，恐怕会是你的魔力先用尽吧？）

骨墙又碎了，下一道骨墙露了出来。

戴凯姆叹了口气。

这样的战斗已经持续了太久，一想到还得继续陪这个不死者玩下去，他就觉得没了耐心。

（或许这也是它想达到的目的之一吧，指望我会在失去耐心后离开——但是，该怎样做才能更轻松地消灭它呢？）

戴凯姆很明白，不理会那骨墙才是最聪明的做法。可惜的是，戴凯姆使役的贝赫莫特没有什么特别的能力，如果不攻击那堵长长的骨墙，它就得绕个大弯子过去。可是贝赫莫特就算绕着走，那个不死者恐怕还会生成新的骨墙阻拦它。

那就成了没完没了的追逐游戏。

戴凯姆可以控制和使役比自己更强的元素。通常情况下，人不能召唤和使役比自己更强的东西，但是戴凯姆修习的职业让他可以打破常理，不过他也要付出代价，就是战斗行为发生期间，他的魔力会慢慢消耗。

戴凯姆使役贝赫莫特时没有必要聚精会神，所以他也可以使用其他魔法。但是，这样做的话，他能使役贝赫莫特战斗的时间就会减少。

（没办法。看来只能用攻击魔法了，贝赫莫特和我，如果两边一起攻击，它应该就顾不上生成那种墙了。）

确实，戴凯姆可以使用最高第十位阶的魔法。

那是这个世界上的魔法吟唱者无论怎样努力都无法到达的领域——只有天之骄子才能踏足的魔法绝对领域。

但是，戴凯姆是专精召唤的，所以只能算是勉强能用，绝对称不上擅长。不过，他觉得即便如此，只要使用第十位阶的魔法，肯定能消灭那个不值一提的不死者。不过，戴凯姆也有些拿不定主意——像那样使用宝贵的魔力真的明智吗？为了在战斗中使用贝赫莫特，难道不应该节约魔力吗？

（看来要想办法让那个不死者搞明白，人类无法击败我和贝赫莫特。这样一来它应该就不会白费力气拖延时间了……）

戴凯姆已经说过了，但是那个不死者看起来好像不相信。

好吧，他也明白这是当然的。

他毕竟是那个不死者的敌人，它不相信他的话是理所当然的。不过，戴凯姆实际上并不是在说谎。一直以来，他从来没有遇到过能战胜贝赫莫特的敌人，甚至达到了古老级的龙也不是贝赫莫特的对手。那只龙虽然用第二位阶的魔法强化了自己的身体，但是面对贝赫莫特的拳头也只能被砸扁。

即使是戴凯姆自己，如果与贝赫莫特战斗，也一定会丧命。

他觉得能战胜贝赫莫特的恐怕只有他的父亲。但是，他的父亲已经死了，也就是说，这个世界上已经没有了能击败贝赫莫特的人。

（也许它以为我的魔力用光了就能战胜我，可惜这种想法也是错的……）

人们往往会认为只要耗尽了魔力，魔法吟唱者就会变得很脆弱，很容易就能击败。毕竟这个不死者自己就是魔法吟唱者，它想必是从亲身经历中得到了类似的经验。

戴凯姆承认这种认知确实有一部分是正确的。

戴凯姆是专精召唤的元素使，如果魔力用光，失去了使役贝赫莫特的能力，他的战斗能力将会锐减。但是，这并不意味着他很弱。戴凯姆是最高阶的森林祭司，他的肉体拥有超越多数生物的性能。

戴凯姆只要挥起拳头，就能把脆弱的人类打成两截，踢出一脚能在铁铠上留下脚印，想必其内部人类脆弱的肉体会被挤碎。

他有自信，仅凭其肉体能力就能扫平数千数万规模的人类军队。

不过，如果要问他是不是万无一失，他也没办法百分之百肯定。

至今为止，他的战斗完全依赖贝赫莫特，所以还是有点心里没底。如果是数以千计的士兵，为了杀光它们，他必须挥舞数千次拳头，他只有尝试过才知道体能是否够用。再说最重要的是——

（我亲自出手——让人类的鲜血染红自己身体的野蛮行为，我做得到吗？）

戴凯姆为身为元素使的自己感到骄傲，对他来说，亲自挥舞武器杀死敌人的行为简直野蛮至极。那样的战斗是他绝对要避免的。

那么，他该怎么办才好呢？

（魔力已经消耗掉了不可忽视的量。虽然还能战斗一段时间……但也不是说能长时间战斗，长时间使役贝赫莫特。我还要在杀人类的同时，用魔法让孙子孙女动弹不得——让他们无法抵抗。考虑到这一点，魔力好像没有富余啊。）

因此，戴凯姆不能把更多的魔力消耗在这个可恶的不死者身上。

（不管这个不死者，直接带走孙子孙女怎么样？可是，他们恐怕会马上把它重新召唤出来吧……）

到那时候，他只能再重复一次这徒劳的战斗。

再说那样带走他们没法达成戴凯姆的目的。

戴凯姆要通过战斗获胜来展示自己的强大，让孙子孙女搞明白谁高谁下，挫挫他们的锐气。如果不这样做，就算带走姐弟二人，他们恐怕也会无休无止地反抗下去。

他有必要在这里彻底消灭这个不死者。

（说了半天又回来了，那么，如何消灭它呢？）

一直以来，在贝赫莫特的拳头面前，所有的敌人都像是不堪一击的枯枝。戴凯姆连想都没有想过，自己有一天会进行这样的一场战斗，追逐没完没了东躲西藏拖延时间的敌人。

（哼——这是个不错的教训。今后我要把那些四散奔逃的虫子也杀掉，多积累一些经验。首先——就用它来练练吧。）

戴凯姆盯着耸立在贝赫莫特面前的骨墙。不，他是盯着应该站在那对面的不死者。

（还是没有别的办法。现在哪怕消耗大量的魔力，也要在短时间内消灭那个家伙。我作为元素使，使用攻击魔法是非常，没错，非常丑陋的……可是没办法。毕竟不是要近身肉搏，还算可以接受。）

戴凯姆下定决心后，选择并使用了魔法。

"'阳光爆裂'。"

这种第七位阶的攻击魔法让太阳般的光芒和热量爆炸开来。在出现半球状白光的同时，令戴凯姆恨之入骨的骨墙瞬间被炸没了，但是后面的另一道骨墙依然完好无损。

（原来如此，看来范围攻击魔法也不能一次破坏掉两层骨墙。）

要是能把所有骨墙都一次破坏掉当然最好，不过试出敌人骨墙的一种性能也不亏。有了这次的经验，下一次戴凯姆就可以选择更合适的魔法。

范围攻击魔法有许多种，扩散式、爆炸式、放射式，相互之间多少有些不同。

随后，贝赫莫特用它那巨大的右拳摧毁了另一道骨墙，紧接着它的左拳也挥了下去，最后的骨墙也被摧毁了。戴凯姆总算看到了不死者那惊慌失措的样子。

（它肯定还要生成下一道骨墙吧？）

如果真是这样，戴凯姆要做的就是根据刚才的结果，选择其他的攻击魔法。

但是，他的预测落了空。

不死者开始向远离贝赫莫特的方向走，同时从长袍下面掏出了道具。戴凯姆觉得它应该是掏出了卷轴。

精灵的卷轴用特殊的树皮制作而成，最高只能灌注森林祭司可以使用的第三位阶魔法。戴凯姆觉得或许因为那个不死者使用的不是森林祭司的魔法，所以那种魔法卷轴才会是那样的形状。

（为什么要用位阶那么低的魔法？这么不把我放在眼里？它以为用那种魔法就能防住我的攻击吗？莫非那家伙使用的卷轴能灌注位阶更高的魔法？可是，它什么时候拿到了那卷轴？是用特殊的召唤术吗？）

不死者的卷轴消失，魔法发动了。

"啊！"

浓雾以不死者为中心涌了出来，笼罩了戴凯姆的整个视野。他现在只能看到几米内的东西，之外的东西他已经看不到了。那雾浓得就像洒进了牛奶一样。

那家伙又用了这种恶心人的魔法。

戴凯姆确实想用攻击魔法，但是在看不见的情况下效果肯定不好，用范围魔法也是一样。再说刚才那个不死者是一边走一边拿出了卷轴，恐怕在使用这个魔法的同时还在继续移动。就算戴凯姆对它刚才的位置施放魔法，目标也不一定还在范围内。

贝赫莫特开始寻找不死者，只是，它动作很迟缓。

贝赫莫特对敌人的感知依靠视力，但是因为没有能看透雾的眼睛，所以失去了目标。

那好。戴凯姆想着，发动了第四位阶的"震动感知"。

戴凯姆只要用了这种魔法，即使微小的震动他也能感知，从而确定目标的位置。按说在地面上用效果比较好，但是地板也没有问题。可是——

（什么？居然没有震动？）

戴凯姆的孙子孙女虽然被白雾遮挡住了，但他能通过"震动感知"发现他们还在那里——虽然没有移动，但应该是换了站立的姿势。这样想来，它应该不是用传送等手段逃跑了，更不可能是他的孙子孙女解除了召唤。那么，这是怎么回事呢？戴凯姆发现了其中的奥秘。

（它没有碰地板！它浮在空中吗？！）

戴凯姆看到它跑着逃走，形成了先入为主的认识，没想到它其实是用某种手段飞在空中的。他能通过"震动感知"感知地板传来的细小震动，如果敌人在空中，他就感知不到。

这家伙简直太擅长激怒别人了。

"无谓地拖延了这么长的时间！真是个麻烦的杂碎！"

戴凯姆真的很不愉快。他觉得干脆把人类都引进来，连他们带这个不死者一起处理掉，可能会更快更轻松。

（它明明很弱！我要是在外面战斗，早就消灭掉它了！）

戴凯姆没法马上想出把孙子孙女和这个不死者引出去的办法。破坏王城的墙壁把他们丢出去倒是个办法，但他不觉得事情会发展得这么顺利。

戴凯姆向没头苍蝇一般到处乱走的贝赫莫特发出命令，让它在自己身边待命。

他虽然不知道隐藏在雾中的那家伙会怎么行动，但它有可能直接来攻击他。戴凯姆不可能被那家伙一击杀死，所以受到攻击也无所谓，但要是让那么弱小的家伙把他打得再流一次血，那就太让人生气了。

在他等待敌人的下一步行动期间，时间也在慢慢流逝。戴凯姆虽然还没有等多久，但是，魔力渐渐减少的感觉，让他觉得时间过得格外慢。

（不能继续浪费时间了！）

戴凯姆决定把这雾吹散，回想着一种又一种他已经很久没有使用过的魔法。一直以来，他都是靠贝赫莫特杀死所有的敌人，所以有很多学会后从来没有使用过的魔法。不过，他当然会用能产生暴风驱散雾的魔法。

他选择的是第九位阶魔法——"暴风雨"。

狂风刮了起来，暴雨下了起来，眨眼间雾被吹散了。但是同时，"暴风雨"带来的暴雨又遮蔽了他的视野。狂暴的大风力量非常可怕，就连戴凯姆都要全力以赴站稳才能不被吹跑，要在这暴风雨中活动极其困难。

只有贝赫莫特凭借它那巨大的身体，虽然速度变得比平时迟缓，还是能顶着暴风迈开步子。

（在这样的大风暴中，那家伙肯定也动弹不得。）

大雨遮蔽了视野，贝赫莫特恐怕也不知道那个不死者在什么地方。但是戴凯姆能找到它。"震动感知"会捕捉到所有落在地板上的雨点，如果有人在地板上来回走动，他会没法分辨其震动，但是他在这种情况下能找到雨点较弱的位置。这层楼的平面图在戴凯姆的脑海中展开，上面出现了两个雨点被遮住的地方。其中一个是他孙子孙女的位置，那么另一个必然是那个不死者的位置。

（它在动？）

大雨如注，连视野都会被遮蔽，而且还有凭贝赫莫特那巨大的躯体也只能勉强迈步的大风暴。在这种暴风雨中，那个不死者是怎么动的？就算它在飞行也会被风吹跑才对。

戴凯姆只踌躇了一瞬间，马上解除了"暴风雨"。

魔法产生的暴风和大雨都像根本没有出现过一样消失了。但是地板和衣服都湿透了，成了证明那场暴风雨并非幻觉的证据。

戴凯姆把贴在脸上的湿头发撩起来——他看到不死者刚才的位置耸立着骨墙，大概是在他解除魔法的同时刚刚生成的吧。

"你这浑蛋，适可而止吧！！"戴凯姆向它大声怒吼，"你不敢堂堂正正战斗吗？！偷偷摸摸躲在墙后面！简直太卑鄙了！！"

"在战斗中用计谋不是理所应当的吗？请你不要逼我说出这种谁都明白的道理。好了，我也想问你几个问题，可以吗？"

骨墙对面传来了不死者的声音。

考虑到魔力正在渐渐消耗，戴凯姆觉得最好不要理它，可是他又觉得很好奇。不死者说的话称得上代表那对双胞胎姐弟，甚至是其父母的想法，他认为应该听一听。

"问什么？"

"你不用管那些人类吗？这里的战斗已经开始了相当长的时间，现在精灵们说不定正在下面遭到屠杀呢。"

和他预料中稍有不同的问题虽然让他觉得有点惊讶，不过戴凯姆还是决定实话实说。

他也考虑了一下要不要解除贝赫莫特的战斗状态，但是解除后到恢复现在的形态多少需要一些时间。那个不死者如此卑鄙，哪怕在说话的过程中，只要它发现戴凯姆有破绽，也肯定会发动攻击。戴凯姆就算挨上一两下，也绝对不会受到致命伤，但他也不愿意白白挨打。虽然维持贝赫莫特会消耗魔力，戴凯姆还是决定让它保持战斗状态待命。

"考虑到我的血统有可能像你们这样在他们的后代身上觉醒，救下他们或许也有一定的好处，不过除了他们之外别处还有精灵。再说，如果有人能只靠自己逃生，还是那样的人希望更大一点，对不对？说白了，会被区区人类杀掉的弱者没有特意去救的价值。"

"下一个问题。我听说这里有精灵的秘宝,这是真的吗?"

"精灵的秘宝?是指我,还是贝赫莫特(它)?"

"你说的它是指那个根源土元素吗?"

"根源土元素?"

"你没有听过这个词吗?你召唤的不就是根源土元素吗?莫非是其他的种族……有其他的元素名?你们用别的名称叫它吗?"

这么可恶的不死者保持着无知的状态被消灭掉虽说是应该的,但是贝赫莫特被当成了普通的土元素或者其亚种,这一点还是让戴凯姆感到很生气。为了教好孙子孙女,他现在也必须指出这个不死者可笑的谬误。

"它叫贝赫莫特,大地的守护元素贝赫莫特。"

"贝赫莫特?看来我没有听错啊……大地的守护元素?不是陆地大魔兽?团队级头目?我所知的贝赫莫特外貌可和它完全不同。是谁第一个用这个名字来称呼它的?是你吗?"

"不是——"

"那么,是谁?"

不死者的追问有些出乎他的意料。它为什么要把这一点问得那么清楚呢?陆地大魔兽是什么?戴凯姆觉得说它是团队级头目(需要团队迎战的强大敌人)倒是没错。这家伙——也可能是他的孙子和孙女——或许知道什么连戴凯姆都不知道的事？如果是这样，他也许不应该继续回答它的问题。

"如果你想让我回答，先把那堵墙解除掉怎么样？面都不露只管提问，这难道不是很没礼貌吗？"

"那你就不用回答了，我不过是求知欲受到刺激才提问的。"

戴凯姆把目光转向双胞胎姐弟。

他开始想是被召唤的不死者自己想得到情报，还是他的孙子孙女从某处得到了什么情报。被雨淋湿的姐弟二人脸上带着失望的表情，戴凯姆没能从中有所发现。

"那就再问另一个——"

"够了，我没有一点必要继续和你说下去了。"

戴凯姆感到焦躁的同时在投向双胞胎姐弟的视线中用上了力。他不能继续消耗魔力了，而不死者的提问也和他预想之中完全不同。他觉得既然如此，那就没必要再多说了。

"闲聊到此结束。"

骨墙突然消失了。

戴凯姆正打算对双胞胎姐弟使用"绿色锁链"，这一下打了他个措手不及。应该攻击哪一边，戴凯姆犹豫起来。

"看来已经到极限了啊。总而言之，魔力减少得足够多了。"

"什么？"

不死者那极其镇定的声音让戴凯姆十分困惑。

他不明白为什么能从它的声调中听出从容。

它明明只是个除了拖延时间外别无所能的不死者。

他只要向贝赫莫特下令，它就会被砸扁。

戴凯姆马上看向了不死者身后的楼梯。他以为或许是因为人类已经到了楼梯口，这个不死者认为目的达到了，所以才表现得那么从容不迫。可是，他没有看到人类的影子。戴凯姆侧耳倾听，不光没有人类的——他听不到任何人的脚步声。

不死者看到戴凯姆的反应，不知想到了什么，它又开口道：

"我说了，魔力减少得足够多了。你还能维持根——贝赫莫特多久？我想应该还能坚持几分钟吧？"

"好吧，是这么回事啊。你以为我没有魔力就能赢我吗？确实，我没能避开你的那一拳。但是，那是因为你突然被召唤出来，如果我知道你要攻击我，我肯定能避开的。"

"我知道。"

不死者的腔调听起来还是那么镇定。戴凯姆不禁咽了口口水。

他不明白这家伙怎么能这么镇定。

他觉得太奇怪了。

他不明白自己为什么会被这样一个平平无奇的不死者震慑住。

他可是继承了曾经征服过这个世界的精灵的血统，他可是现存精灵中的最强者。

他把牙咬得直响，将自己内心出现的令他羞耻的感情压了下去。

"我明白了！"戴凯姆大吼一声，"你用拳头让我流了血，所以傲慢地认为肉搏战能战胜我。你知道吗，其实你那一拳根本没有给我造成多大的伤害！"

"这我也知道。"

戴凯姆大声怒吼之后，不死者还是平静地回答着，戴凯姆感到了一阵莫名其妙的寒意。

莫非它……

一个不可能的假设闪过了他的脑海，他甚至觉得自己是昏了头。

那么，为什么？

它为什么要那样战斗？

它是在演戏。

戴凯姆认为它是故作从容想欺骗他。

除此之外不可能有其他意图。

"贝赫莫特！"戴凯姆发出了连自己都不知道该算是怒吼还是尖叫的声音：

"砸碎它！！"

"那就开始吧。"戴凯姆听到了那个沉静的声音，紧接着便明白了它的意思。"'魔法三重最强化·噪声爆裂'——释放。"

首先发生了声波的爆炸，接着出现了天使的翅膀。

狂暴的冲击波扑向阻挡在不死者和戴凯姆之间的贝赫莫特，光雨摧残着它那巨大的身体，令戴凯姆想起了刚才的暴风雨。

大地守护元素的生命力眼见着减少下去。元素与肉身生物不同，不会流血或者身体缺损，但是戴凯姆身为其使役者，知道贝赫莫特已经奄奄一息了。

戴凯姆只觉得困惑。

除了困惑之外，他什么感觉都没有。

贝赫莫特是最强的元素，没有敌人能与它抗衡。在以往的战斗中，它的生命力尽管受到过损耗，但相对于它极高的生命值上限来说不值一提。

它现在——

它居然——

它的体力从未减少到像现在这样奄奄一息的地步。

"这、这怎么……可能……"

"果然血多啊。我用了针对它的魔法，六下还是没有放倒它。如果我更专精攻击魔法，结果会不一样吗？"

戴凯姆从它那依旧平静的声调中感知不到任何情感，它和刚才那个不死者相比简直像换了个人。

（这、这到底是，发生了什么？）

一直在戴凯姆心中膨胀的困惑稍微收缩了一点，它空出的缝隙被恐惧占据了。

那个假设的轮廓在他的脑海中变得更清晰了。

莫非它——这个不死者比他更强吗？

"什么！贝赫莫特！把我——"

保护好——贝赫莫特按照他的命令，移动到遮挡不死者视线的位置，向它挥出了右拳。

（打中了！！嗯？什么？！）

贝赫莫特又挥出了左拳，这只能说明它没能一拳消灭掉那个不死者。

戴凯姆看到那个不死者尽管挨了两拳，依然满不在乎地站在贝赫莫特对面。

它没有被砸扁。

所有挨过贝赫莫特拳头的敌人都被砸扁了，无一例外，那个不死者却像什么都没有发生过一样。

"'魔法三重最强化·噪声爆裂'。"

贝赫莫特——无敌的大地守护元素在戴凯姆的面前变成了一大堆土块。

那一刻，巨大的丧失感从他心中涌了出来。

一直稳稳当当坐镇在戴凯姆心里的某种东西消失了，只留下了一个突兀的洞。

"虽然这个魔法的伤害远超它剩余的体力……不过考虑到你可能有技能，我认为这不是个错误的选择，你说呢？"

"呀——"

不可能。

贝赫莫特是绝对无敌的大地守护元素，是戴凯姆的分身，它不可能败北和灭亡。

但是，它已经不在戴凯姆眼前了，这是事实。

那么，他该怎么做呢？

他应该采取什么样的行动呢？

他眼前的这个不死者到底是什么来头？

"不要那么害怕嘛——'现断'。"

剧烈的疼痛袭来。

他的人生中从未经受过这样的疼痛。

"啊，啊啊啊。"他低头一看，发现胸部冒出了血，被雨淋湿的衣服正在被染成红色。"好疼，好疼啊！！"

好疼。

好疼。

好疼。

只有这两个字不断捶打着他的脑子。

"我很理解你的心情。如果我的身体不是这样，挨了刚才那一拳，想必也会和你一样疼得发疯吧。好了，我有一个提议，你投降吧。只要你投降，我就不会继续折磨你，同时保证你投降后的安全。"

"啊，啊，啊啊，好疼……真、真的吗？"

无法忍受的疼痛让戴凯姆双眼满含泪水，他向孙子和孙女提出了问题。

姐弟二人显得有些不知所措，然后他的孙女回答道："是真的。"

"你听到了吧，我的主人们也答应了。那就请你解除武装吧。请放心，我看过后，只要没有危险的东西，就会还给你。这是真的，我绝对没有说谎。我向主人们发誓，我保证，相信我吧。"

不死者用真挚而温和的声调这样说着，戴凯姆觉得似乎可以相信它。

好疼。

他知道"沙罗双树的慈悲"正在缓慢治疗他的伤口，但是它没法缓解极深的伤口带来的疼痛。

为了从这疼痛中解脱，干脆投降好了——这样的念头闪过他的脑海。但是——他的自尊不允许。

长期以来，戴凯姆作为国王，一直是这个王国最尊贵的人，他不能向比自己年纪小的黑暗精灵乞命，哪怕他们是他的孙子和孙女，也不能。

好疼。

他没有魔力了。不对，有还是有的，但是他觉得即使用剩下的魔力与这个不死者战斗，恐怕也赢不了。

他开始思考是否应该在近身战斗中寻找可能性。

不，他现在对自己没有自信。他觉得如果反复受到不死者那么厉害的魔法攻击，先死的恐怕会是他。

好疼。

戴凯姆将视线转向不死者后方的楼梯。

那里没有人。

那么——

跑。他只有这一条路。

好疼。

好可怕。

好疼。

好可怕。

即使如此,戴凯姆还是跑了起来。

流出的血证明他的生命正在流逝。

对死亡的强烈恐惧从他心里涌了出来。哪怕魔法道具会带给他对恐惧的抗性,也没法消除他心里自然涌出的恐惧。

正因为如此——在恐惧的推动下,他的肉体才完美回应了他精神上的需求。他的脚用前所未有的力量把地板蹬向了后方。

周围的景物马上向身后退去,戴凯姆与不死者的距离减到了零。

"站住!我可要下杀手了!"

戴凯姆没有理会不死者的警告,从它身边跑过去的那一刻,不死者用力咂了下舌头,发动了魔法。

"'时间停止'。"

他没有感觉到疼痛。不对,也许有,可是开在他胸口那深深的伤口——在奔跑中产生的疼痛太剧烈了,他顾不上感觉其他的疼痛。

那好——戴凯姆继续向前跑着，楼梯近在咫尺。

胸部的疼痛强烈得惊人，不过，他双脚的行动没有受到影响。

"亚乌菈！"

不死者好像又吟唱了魔法，但是这个魔法还是没有影响到戴凯姆。

既然这样，他要做的就是继续跑下去。

戴凯姆到达了楼梯——他的脚下发生了爆炸，而且是三次。

爆炸的冲击力让他向上一升，但戴凯姆把自己的身体机能发挥到了最大限度，保持住了平衡，没有减速，继续向前狂奔。他没有感觉到脚有多么疼，或许应该说是胸口深深的伤口带来的疼痛和恐惧让他什么都感觉不到了。

他觉得不死者似乎在后面说着什么，但是他顾不上仔细听。

戴凯姆像直接跳下去一样飞快地跑下楼梯。

他没听到有人从后面追来的声音，绷紧的弦稍微放松了一点，剧烈的疼痛马上从他的双脚传了上来。

他差一点发出尖叫，最终还是拼命克制住了自己，这种情况下大声尖叫可不是好主意。

他向下看去，发现双脚已经皮开肉绽，大概是刚才脚下爆炸时受了伤吧。

清楚地看到伤口后，戴凯姆觉得疼痛变得更加强烈了。

他移动视线，看向自己跑来的方向。他流下的血形成了一条血迹，就算敌人不擅长追踪，恐怕也很容易发现他的踪迹。

他觉得好疼。

他不想跑。

即便如此，他还是更怕如果不逃跑，一定还会有更强烈的疼痛在等着他。

最重要的是——他不想死。

戴凯姆一心求生，他忍着疼痛迈开自己的脚。

（为什么会搞成这样，为什么我的孙子孙女不肯配合我？！）

他觉得简直莫名其妙。

他们为什么不肯为了精灵种族的利益配合他呢？

（可恶！）

戴凯姆奔跑着，同时心里含着眼泪咒骂着——他害怕发出声音会暴露自己的位置。

* * *

面对戴凯姆，安兹用他能发出的最温和的声音呼吁他投降。安兹不知道是因为满足了戴凯姆那神秘的传送不能使用的条件，还是因为戴凯姆被逼到悬崖边上思维受到了限制，总之戴凯姆表现出了响应呼吁的迹象。

终于成功了。安兹心里坏笑起来。

刚才的提议当然是在骗人，安兹根本没有保证戴凯姆生命安全的意思，而是打算在戴凯姆放下装备后处理掉他。

安兹本来想过，或许彻底击败戴凯姆，他就不敢再惦记姐弟二人了，但是又一想，觉得最保险的还是"死亡"。

可是紧接着，安兹便看到戴凯姆的眼睛里好像燃起了一团火。

（嗯？）

戴凯姆突然跑了起来，而且是朝安兹的方向。

（啧！你想近身战斗吗？！那好——来吧！）

安兹打算在话语中表现惊愕和畏惧，同时注意把内心的笑意隐藏好。

确实，安兹是魔力系魔法吟唱者，近身战斗是他不喜欢的战斗方式，戴凯姆可以说是抓住了安兹的弱点。但是，对安兹来说，戴凯姆有战斗的意愿是一件令人高兴的事。安兹可以牺牲少量的HP，稳稳当当地杀死戴凯姆。但是紧接着，安兹脸上就差点儿露出真正的惊愕，但他那张脸没法露出表情。

戴凯姆奔跑的路线稍稍偏离了安兹，而且他完全没有减速的迹象。

安兹马上意识到自己的推测落了空。

（糟了！他这是一心打算逃跑！）

安兹觉得这样看来，他对戴凯姆的评价，就算不能提升整整一个阶段，也得稍微提升一点才合理了，哪怕他很不情愿。

对安兹来说最麻烦的，就是戴凯姆一心只想逃跑。在这种情况下，换成安兹——当然安兹会逃得更早——也会做出和戴凯姆一样的选择。

正因为担心这样的事发生，安兹才采取了几项对策，以免戴凯姆用与他出现时类似的魔法手段逃跑。但是，安兹没有采取对策防止戴凯姆靠纯粹的身体能力逃跑。不光是准备时间不够，他也很难在隐藏自己能力的同时实施各种对策。

"站住！我可要下杀手了！"

安兹虽然发出了警告，但他也不认为戴凯姆会停下。再说就算戴凯姆真的站住，安兹也不打算放弃出手。因此，安兹喊过之后，马上开始思考接下来要怎么做。

就算生成骨墙，戴凯姆也可能会跳过去，它还会遮挡安兹的视线，有可能导致他无法阻止戴凯姆接下来采取别的手段逃跑。

精神操控系的魔法如果没有被抵抗，可以说是一下子就能解决问题。但是，安兹推算戴凯姆的等级超过七十，他不认为精神操控能对其生效。其实在YGGDRASIL，防精神操控系魔法的能力和道具很容易搞到手。要同时防住所有的精神操控系魔法难度确实比较高，不过安兹认为戴凯姆很可能防得住其中一种。

实际上，帝国皇帝吉克尼夫就有防精神操控的魔法道具，押注赌戴凯姆没有恐怕太轻率了。安兹从个人角度来说倒是想用即死系魔法干掉他，但是戴凯姆身上挂着"沙罗双树的慈悲",用了即死也没法阻止他逃跑。

因此安兹选择的是"时间停止",如果目标采取了相应的对策,这种魔法也是可以防住的。但在安兹印象中,除了魔法道具之外,想防住"时间停止"应该是很难的。

"'时间停止'。"

他没有停下来。

戴凯姆还在奔跑。

这次安兹没有咂舌,他脑海的一角已经考虑到了这个可能性。既然这样,向别人求助就行了。

安兹马上下达了命令。

"亚乌菈!"

"是!"

亚乌菈举起了弓——

"影缝之箭。"

箭射中了地板上戴凯姆的影子。即使如此,戴凯姆还是一刻不停地奔跑着,到达了楼梯前。不过,刚才安兹为了防止戴凯姆逃跑,躲在"骷髅障壁"后面,偷偷做了最小限度的准备。

戴凯姆脚下的"爆击地雷"被触发了。

"你跑不掉的,地上还有——"

戴凯姆没有听安兹说话的意思,跑下楼梯的脚步声传了过来,而且渐渐远去。

"他发现了我只是在说假话吗,还是说他本就不打算再听我说话？我本以为他只是知道对墙系魔法不应该用贯通系魔法，看来我太小看他了啊。"

安兹本想吓唬戴凯姆让他停下，可他还是逃掉了。

戴凯姆也是森林祭司，虽说和安兹不是同一系，但毕竟也是魔法吟唱者，很有可能识破了安兹的魔法陷阱。相同的魔法基本上都不能同时生效好几个，就和反复使用同一个召唤魔法不能召唤更多怪物一样。

"我让他跑掉了，非常抱歉！"

听到亚乌菈的道歉，安兹将视线从戴凯姆跑掉的楼梯转向了她。

"没事。不过，对啊，确实，选择那个技能是个失误，亚乌菈。你在战斗中看到了他不受时间停止影响，还有即死抗性，应该能判断出他也有防止移动阻碍的对策。"安兹看到亚乌菈又想道歉，抬起一只手来示意她不必，"不过，我没有提醒你这一点，所以我也和你一样有失误。说实话，我也没想到他还有防止移动阻碍的对策。不说这个了……现在我们怎么办？"

"我马上去追，杀掉他。"

"等等！"

亚乌菈作势要跑，安兹阻止了她。

如果戴凯姆是七十多级的森林祭司，那么以安兹的移动速度很可能追不上他。能追上他的只有亚乌菈和马雷，可是姐弟二人如果追上去，多少消耗了一些魔力的安兹就会被孤立在敌方腹地。

（用"传送门"从纳萨力克带兵过来——没有那个时间了。首先要决定，这次是选择放过他，还是斩草除根。）

戴凯姆的魔力虽然耗掉了很多，但是他身体相关的能力值还是很高的。在不依赖魔法的近身战斗中，安兹没有胜算。当然，前提是安兹不用"完美战士"。

（亚乌菈没有带魔兽来，要是那家伙用了什么花招，她有可能无法应付。召唤不死者……不，如果他能再召唤一次根源土元素怎么办？不会不会……那是不可能的。）

如果能多次召唤比自己更强的元素，那从平衡性上来说就有点不正常了。哪怕是召唤出来还会消耗魔力的对象也一样，专精死灵系的安兹同样做不到这一点。不过，安兹的"不可能"终归只是基于YGGDRASIL的规则，在这个世界上也有不适用的可能性。

虽说一直以来游戏时代的知识往往适用，可是，戴凯姆使役的就是游戏时代无法使役的元素。这样想来——

"马雷！"

"在、在。"

"虽然有些危险，不过你还是自己一个人去杀掉那个戴凯姆吧。你现在的装备和平时不同，不要麻痹大意。如果赢不了，就节约魔力，拖延时间。"安兹还想多嘱咐几句，可是不能再浪费时间了，"去吧。"

"是！"

马雷回答得十分坚决，一点都不像平时那个说话支支吾吾的他。他追着戴凯姆跑下了楼梯，速度果然比安兹快得多，眨眼间脚步声便远得听不到了。

安兹考虑过召唤不死者让它追着马雷一起去，不过考虑到可能会有不时之需，还是决定把它保留下来当成肉盾。"不公平决斗"还没有失效，安兹也许还要再和那个国王战斗一次，留下召唤的不死者，到时候就能速战速决。

"亚乌菈！你留下护卫我。我们尽快翻遍宝物库，把里面的东西都拿走，然后马上和马雷会合。"

"是！"

3

在战争中，前线总司令部总是人声鼎沸，哪怕在战局基本已定的这个时候还是同样嘈杂。不对，直到在战争中胜利，来帮助部队推进占领的人们——文官们到达之前，喧嚣恐怕都会持续下去。

现在，参谋们正在把来自各处传令兵的情报集中起来，费尽心思一一证实的同时，把这些图块镶嵌到组成整个战局的拼图上。除此之外，他们还要统计伤兵的数量，组织俘虏的运输工作。处理尸体等杂务因为战斗还没有结束暂且搁置到了一边。

总之，瓦雷利安·艾恩·奥维尼耶身为元帅，得到的都是经过确认后的真实情报。

正因为如此，当得到期盼已久的消息时，他从心底长出了一口气。

"阁下，我们确实突破了精灵们的防卫网，敌人的反击因此减少了七成。虽然减少的幅度让人感觉有点大，不过我认为其战斗力的减少很大程度上是因为没有了强者。只是，残存兵力想必还潜伏在城市中的各处。您觉得我们该怎么办呢？"

"避免无谓的损失，那些孤立无援的敌方士兵并不可怕，但是那些在城市内自由活动、打游击的家伙却很危险。扩大占领区域，施加压力，把精灵们赶到外面——我们展开的包围网里。避免在室内战斗，进入城市内的队伍中要编组强者，不要忘了。"

"是，我马上下达指示。"

"冲向包围网的精灵毫无疑问是来搏命的。反复提醒所有士兵，让他们千万不要疏忽大意。"

"遵命。"

"听说道路已经扫平了，遭到来自王城的反击了吗？"

"没有，王城还是什么反应都没有。"

按说瓦雷利安的脸色会更阴沉。

王城不可能是空的。精灵的精锐很有可能守在王城里，再说战败后的精灵士兵们毫无疑问也逃进了王城里，而且最重要的是里面还有精灵王。

精灵王控制的土元素让教国失去了火灭圣典副队长的事,他们还记忆犹新。火灭圣典的副队长虽说没有到达英雄的领域,但也有与之相近的实力,而他还是被精灵王杀死了。

而且根据教国一百多年前的记录,就连由具备英雄级实力的成员组成的漆黑圣典,面对精灵王的战斗力还是遭到了毁灭性的打击。虽然瓦雷利安不知道当时的漆黑圣典采取了怎样的战术,但是据记载,他们的策略本身似乎成功了,所以瓦雷利安认为精灵王并非绝对无敌。但是,如果说要消灭精灵王,这个担子对瓦雷利安指挥的教国军来说就过于沉重了,可以说这场与精灵王国的战争中最大的难关还没有跨过去。

但是——他们现在有了王牌。

"让我确认一下。能向王城发动总攻了吗?"

"是的,可以了。"

听到参谋毫不犹豫地说出这句话,瓦雷利安从椅子上站了起来。

"那好……可以认为我们的既定目标已经达成了。各位,辛苦了。向士兵们下达指示,现在开始我们只是保持距离继续监视王城,把主要的兵力放在其他的任务上。我去向那位大人报告一下吧。"

瓦雷利安一个人走出帐篷,向另一顶帐篷走去。这顶帐篷的主人不太喜欢别人,而且瓦雷利安也不想惹其不开心。

瓦雷利安先在帐篷外面打了声招呼。

"不好意思，我现在可以进去吗？"

"请。"

他马上得到了回复。

瓦雷利安在进入帐篷之前做了一次深呼吸。

这顶帐篷的主人绝对不是危险人物，刚来这里的时候瓦雷利安曾经与其打过招呼，他觉得那是个理性的人。但是，与漆黑圣典这种超越了凡人、站在英雄领域的人物见面，哪怕是他这位元帅也要做好相应的心理准备。这跟人们就算明白不会受到攻击，也需要做好相应的心理准备，才敢面对强大的食肉动物一样。

除此之外，还有另外一点。

这个帐篷中的人物不光是站在英雄领域的强者，在教国中还是一个特例。

不同的人类种族之间虽然可以生育孩子，但这是教国的禁忌。

教国只考虑纯种人类的繁荣，人类以外的种族，哪怕属于人类种族也会被教国当成敌人。

不过，这种思想好像也只有一百几十年的历史。实际上，在那之前，教国的方针本是多少考虑着人类种族的整体利益，与别的人类种族携手对抗其他种族。

教国的方针之所以发生变化——这个帐篷的主人也被认为

是主要原因之一。

这顶帐篷的主人被认为是教国最强的人物，其寿命非常长，而且还是教国的人们都认为确实有，却又都没见过的守护神的徒弟。瓦雷利安知道的只有这些。

除了这些模棱两可的情报之外，瓦雷利安也掌握了一些确凿无疑的情报。

其中之一就是，哪怕他身居元帅之位，也绝不能对这个人失了礼数。不对，应该说他作为一个普通的人类，根本没打算摆出元帅架子和强大的肉食动物之王说话。

他掀起帐篷入口的布帘子走了进去，看到了简朴的椅子和床，还有置物架、放着头盔的桌子。这顶帐篷外面和其他帐篷没什么区别，但里面的摆设却相当考究。这些都是从教国用"传送"运来的东西，他这个元帅的帐篷中也没有这么讲究的陈设。

在帐篷中央，她身穿亮得甚至有些晃眼的铠甲，正不断蹦跶着。

"您这是怎么了？"

瓦雷利安觉得她或许是在做什么他无法理解的事，比如某种特殊的仪式。

"嗯？我没怎么啊。只是觉得坐不住，活动一下身体。"

"是这样啊。"

说完之后，她又蹦跶了几秒钟，这才停了下来。

"你不用对我用敬语,毕竟从地位来说,你算是比较高嘛。"

说是这么说,但她还是保持着地位更高的人的语调和态度。

"不,那可使不得,您毕竟是教国的最强战斗力,还是守护神的徒弟嘛。"

"这么不会变通啊。好吧,你喜欢用敬语,我也不拦你。那么,既然你来了,就是因为那件事,我这样认为没错吧?"

"是,剩下的只有王城了。不过我想,残存的兵力应该聚集到了王城里……"

"残存的兵力也由我来处理吧。虽说如此,我的目标只有一个人,所以也没法把王城完全打扫干净。"

"我明白了,漏网之鱼请交给我们吧。"

人称绝死绝命的女人,脸上的表情慢慢变了。

瓦雷利安看到她脸上露出的笑容,低下了视线。

他很明白她的杀意目标不是他,尽管如此他还是感到了恐惧。

"啊,对不起。那个,能请你听我说几句话吗?"

"好的,只要您不嫌弃。"

"嗯。老实说,我个人其实也可以说和那家伙无冤无仇,毕竟他没有直接对我做过什么。也许该怪他没有为我做过一件父亲该做的事,但是站在他的角度考虑,这样要求他或许有些太不讲理了,毕竟他很有可能连世上有我这样一个人都不知道。和父亲有仇的应该是我的母亲。所以,我的这种观念应该可以说是母亲强加给我的吧。"

瓦雷利安不知道该怎么回答，是该赞同还是否定。还有，她难道其实是精灵王的女儿吗？那么她的母亲到底是谁呢？疑问一个接一个在他的脑海中冒了出来。

她毫不在意困惑得什么都回答不出来的瓦雷利安，继续说了下去。

他这才明白了。

她是在自言自语，本就不打算得到回答。

"那么，我的憎恶应该发泄向我的母亲才对吧？是她把这种麻烦的观念强加给了我。虽说如此，她已经死了，我也没法向她发泄。所以，我可能是打算把我的父亲当成她的替代品来发泄憎恶之情。不过如果真的要泄愤……我或许应该向母亲心爱的东西发泄才对，是不是？"

她的语气变了。

瓦雷利安观察着她的脸。

她保持着笑容，表情和刚才无异。

但是——那真的是笑容吗？

瓦雷利安忍不住咽了一口口水。

他开始感到害怕，觉得如果他回答错了，说不定会导致教国的灭亡。

或许是感觉到了瓦雷利安的紧张，她的脸上露出了苦笑。

"啊，又来了。对不起，我吓到你了吗？我不是说要把教国毁掉来泄愤。因为……不管怎么说，我还是喜欢教国。"

"是、是吗？那真是太好了。"

瓦雷利安没法给出中听的回答。不过，他在心里长出了一口气。

"只是……怎么说呢，我有时也会想，母亲烙印在我身上的仇恨得雪的时候，我是不是就能得到自由了呢？怎么说呢，这样用语言表达出来还真让人有点难为情，我一定是处在多愁善感的年龄阶段吧。"

"是这样啊。"

"如果是我的熟人，听了这话恐怕会拿我打趣，问我现在几岁了。"

"我没有那么风趣，非常抱歉。"

瓦雷利安低头道歉，不过她好像一点都不在意，继续说了下去。

"我的母亲当时在想什么呢？"

"咦？"

"弱小只能受人欺负。所以她要求我变强，这想法倒不是错误的。我虽然对是否有必要让孩子进行那么严格的训练心怀疑问，但是我又不能说这个世界上只有我在幼年时受到过随时可能死亡的训练。说不定有人为了变强，接受了比我更严酷的训练。这样想来，我只是不愿严格要求自己，对吧？"

"这个……我觉得不能……一概而论，怎么说呢……"

该赞同还是否定，怎样说才不会惹得她不高兴，瓦雷利安满脑子只想着这个，给出了一句莫名其妙的回答。

也许是察觉到了瓦雷利安的心情吧，她这次真的笑了。

"等事情都办完了，查查以前的记录或许是个好主意。记录里可能会有以前的我没法注意到的事情，可能会有从第三者的角度才能看明白的事情。反正……肯定会有一些记录吧，关于母亲是怀着怎样的心情与我相处。好了，那我去了。"

* * *

"呼哧，呼哧，呼哧——"

就戴凯姆的身体能力来说，这么短的距离就算全速奔跑，他也不可能喘不过气来。但是现在，他喘着粗得不能更粗的粗气，原因是恐惧。他现在心里慌得不得了，这给他的肉体带来了巨大的负担。

他在狂奔的同时竖着耳朵，想听清有没有人从后面追来。

他没有听到追赶者的脚步声。

没有人追来。

他觉得自己或许成功逃脱了。

不对——戴凯姆在心里摇了摇头。

他不能疏忽大意。

戴凯姆觉得不应该再优先考虑身为最强精灵的矜持，他要先逃离这里。

失败不意味着一切都完了。按说不是这片森林里才有精灵，他可以去更远的地方，在那里重新建立王国。他有那样的力量——应该有的。

（下次我不会犯同样的错误。）

孙辈、曾孙辈——现在有了血统在孙辈身上觉醒的确凿证据，他不必再只认准子辈，下一次他可以做得更聪明。

（对，这既不是失误，也不是败北，我只是得到了有用的经验。我不会浪费自己得到的经验，我不是那么愚蠢的男人，因为反复被同一块石头绊倒的人才愚蠢！）

没错。

戴凯姆开始思考，是应该让他的孩子和黑暗精灵生下孙辈，还是直接由他来让黑暗精灵生孩子就好。

（时间不多，尽快逃离这里吧。是不是起码……应该带上一些食物呢？）

戴凯姆边跑边想。

戴凯姆的传送只能以与他有联系的元素为目标，然而贝赫莫特已经倒下，他没法再传送到它的身边，所以只能自己步行离开这里。不过戴凯姆也可以用魔法来飞行，准确地说并不是只能自己步行。

没错，戴凯姆有魔法的力量。

其实他什么都不必带走，只要有现在装备在身上的魔法道具，一切问题都能解决。只要到了有文明的地方，再夺取他想要的东西就行了。戴凯姆有这么强大的战斗力，他是可以做到的。

确实，刚才他——他虽然不愿意，但还是要承认——败北了，但他孙子和孙女的实力是异乎寻常的。正因为继承了戴凯姆的血统，他们才会有那么强大的实力，所以他逃到的下一个地方不太可能还有那么强大的人。只是，戴凯姆动起武来一定很显眼，万一他的消息传出去，孙子孙女召唤的那个不死者可能还会来追杀他。

（不过话说回来，他们姐弟二人的目的又是什么呢？他们出现在那一层是因为那里有宝物殿吗？如果他们想要的是宝物，对取我的命应该已经没有兴趣了吧……）

他这样想或许太乐观。他的孙子和孙女说的——他们让不死者说的那些话恐怕不会是真的。

（也许……他们就是来取我的命的。）

戴凯姆认为应该做好最坏的打算，这毕竟关乎他自己的性命。

（看来，在离这个地方足够远之前，还是要尽量避人耳目啊。还得尽量避免使用魔法，这样想来，还是得拿上食物才行。）

有些森林祭司会用生成果实的魔法。戴凯姆的宝物殿里应该收藏着可以在四个小时内发动六次这种魔法的法杖。只是，戴凯姆自己不会这种魔法。不仅如此，要问他是否擅长在森林中活动，他也只能说不。虽然受到魔兽袭击他有信心保护自己，但是他不觉得自己能在森林里找到食物——妥善地烹调他杀掉的野兽。

（我的房间里有水果、酒之类能用来果腹的东西。拿上这些食物，不用魔法，尽快离开这片森林。为了保证我的行踪不会传到孙子孙女的耳朵里，我还要把见到我的人全部杀死，夺走物资。这样逃得远远的就行了。对了，带上些有价值的东西或许比较好？我记得宝石、金银之类的东西能派上用场。）

戴凯姆喘着粗气，忍着剧痛好不容易才走到自己的房间前。

他记得房间里应该有几个女人，但是带着她们走不光显眼，还会拖他的后腿，他觉得应该把她们留在这里。

戴凯姆又一转念，开始思考是不是应该带一两个女人走。

只要把女人扛在肩上就行，应该不是多大的累赘，不过他身为国王，当然不愿意做那样的事。

（如果是能为我准备食物的女人，带去倒也没关系。再说离开了这片森林的话，不知道什么时候才能再见到精灵。这样想来，为了生孩子也还是带着女人走为好。）

戴凯姆擦掉因为疼痛渗出的汗水，调整好粗重的呼吸。他想在女人面前保持国王的威严。

戴凯姆担心不死者随时可能从后面追上来，看着自己跑来的方向，打开了房间的门。

"欢迎回来。"

戴凯姆听到了一个女人毫无敬意的话音。

他的火气马上冒了出来。

这些女人一直对他唯唯诺诺，其中有一个现在对他表现出了这样的态度。戴凯姆觉得这简直就像是在嘲笑他面对孙子孙女的败北。不过，看到房间的状态之后，他的怒火马上熄灭了。

房间完全变成了红色。

他的房间被彻底染成了红色。

那是血的颜色。

他嗅到了血腥味，那血腥味远超能用浓烈来形容的水平。他在房间外面没注意到这一点，或许是因为他自己的伤口散发出的血腥味麻痹了他的鼻子。

房间里散落着女人们的残肢断臂，大概是特意搬到中央的椅子上坐着一个女人。

那是一个陌生的女人。她穿着精良的全身铠甲，一只手拿着头盔，另一只手拿着一把诡异的杖，其尖端带着三片弧形的血淋淋的刀刃。戴凯姆完全想象不到那把武器是设想着什么用途才制作成了那样的形状。

戴凯姆觉得这个女人不是精灵，但是，她的容貌又多少有些精灵的特征。这样想来，莫非她是精灵？而最重要的是她那双眼睛——

"哎呀——初次见面，父亲。"

女人笑嘻嘻地说了这样一句话。

戴凯姆得出了结论。

"是这样啊，是这样啊……你就是孩子们的母亲啊……"

那女人的表情突然僵住了，不过她马上咧嘴笑了起来。

"你说对——啦，我就是孩子……们的母亲啦。看你这伤……是输给了孩子们啊。他们那么厉害吗？用什么力量击败了你？告诉我吧，父亲。"

戴凯姆本想张口说话，马上又闭上了嘴。他没有时间陪这家伙聊天了。

他立刻转身，打算尽可能远离这个房间。

"我会放跑你吗？"

"唔！"

一阵疼痛从脚上传来，戴凯姆倒在了地上。

他扭头一看，发现那个女人用那诡异的杖上的刀刃钩住了他的脚。戴凯姆被扫倒在地，然后被那个女人拖进了房间里。

脚上出现了崭新的伤口，血又从那里流了出来。但是比起不死者让他胸口受到的伤，还有逃走时脚受到的伤，这个新伤口没什么大不了的。

可是——他不明白到底发生了什么。

他和那个女人之间有一定的距离，但是他刚转身那个女人马上追上了他，攻击了他的脚，简直就像那个女人——他自己的孩子——的移动速度远远超过了他。

一股巨大的力量施加在了他的背上。

那个女人好像是用脚踩住了他。

"唔！"

戴凯姆站不起来。

难道那个女人拥有超越了他的力量吗？莫非这是她的某种特殊能力在发挥作用？

"你胸部的伤是利器造成的？你的脚怎么伤成这样的？听说你会用土元素，那家伙呢？"

女人接连不断地提出问题，戴凯姆能从她的腔调中感受到从容。

确实，戴凯姆身负重伤，而且失去了元素（贝赫莫特）。可是这并不代表他弱小，他的物理战斗能力还在，一拳头打过去，普通的生物都会马上丧命。如此强大的他现在一门心思逃跑，就算疼痛让他的动作变得迟钝，这个女人也不可能追上。

戴凯姆发现，看来不得不承认——

在蛮力方面，这个女人强于他。

不过，戴凯姆还是有疑问。

他不记得曾经有能力这么强大的孩子出生，他扭着脖子，抬头望向踩着他的女人。

他发现自己确实没见过这个女人，而且他刚才就有感觉，按精灵的相貌来说，这个女人长得有点奇怪。

"你、你的目的是什么？！你为什么要对我做这样的事？！"

这纯粹是他发自内心的疑问。女人听到后哈哈大笑起来。

"强者想对弱者做什么都可以，不对吗？"
"唔……唔。"
她说得对。
戴凯姆一直以此为信条活着。
"这样的思维方式虽然和野兽无异……不过对于住在森林里，还不开化的野蛮人来说，这样的主张不是很般配吗？"
"是、是这个房间里的女人们告诉你的吗？"
"呼。"
女人重重叹了一口气，仿佛要把郁积心中的火气一口吐出来。
戴凯姆马上感到踩在他背上的脚力气越来越大。
"唔，嘎啊……"
肺受到挤压，他无法呼吸。
"你能快点回答我刚才的问题吗？莫非你已经忘了我问了什么，你老糊涂了？"
"唔嘎……"
女人脚上的力量越来越大，渐渐强到了就算是戴凯姆也无法承受的地步。他听到身体各个部位传出吱吱咔咔的声音，他

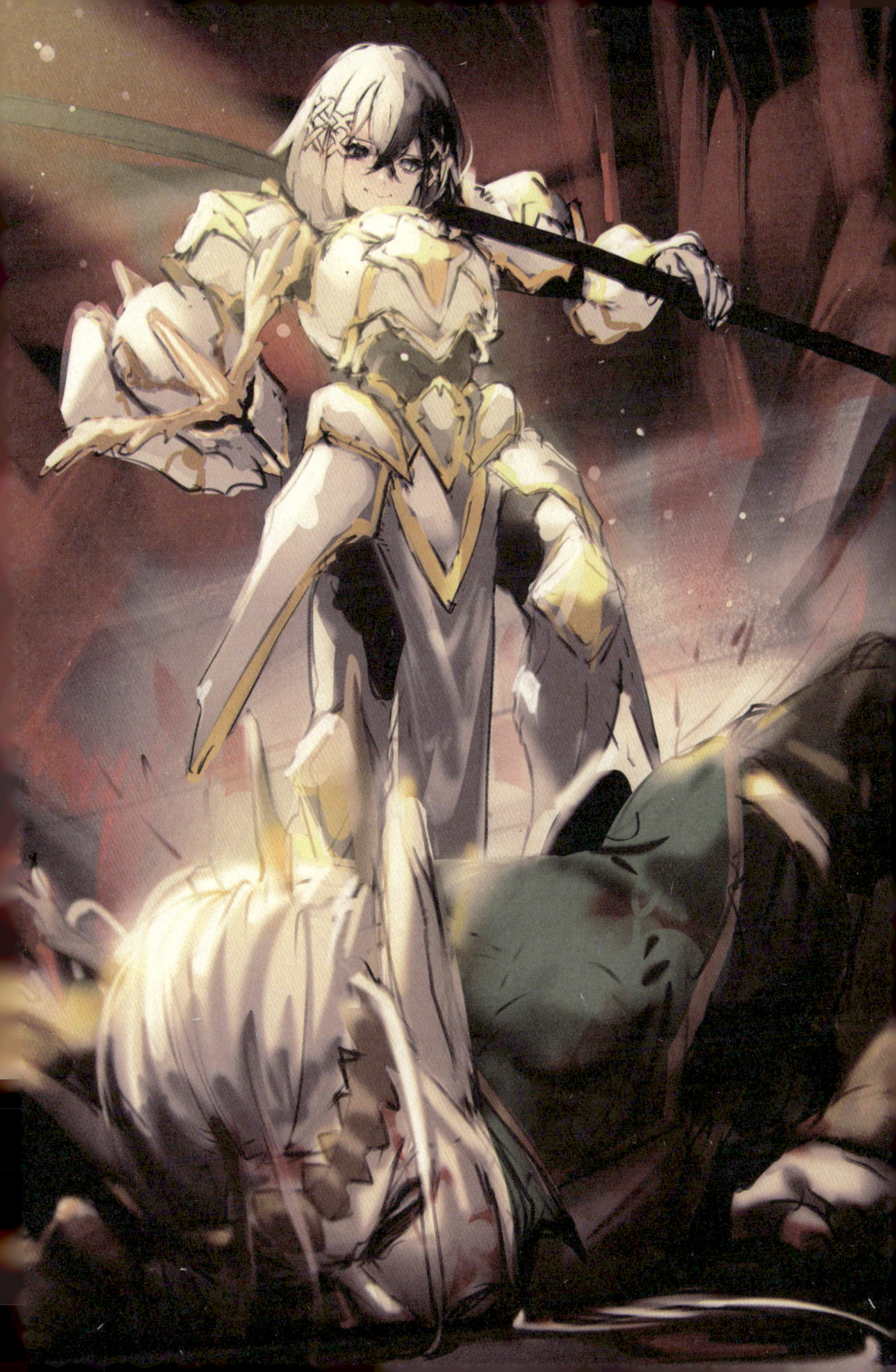

那为了呼吸而张开的嘴只有出的气没有进的气。

"啧!"随着咂舌头的声音,女人稍微放松了一点脚上用的力气。但是,那力气还是强到让戴凯姆没法逃跑。再说他也只顾得上竭尽全力呼吸空气。

"是什么攻击让你受了这样的伤?"

(为什么,我会落得这步田地?自从见到孙子孙女之后……简直太……糟糕了。可是,为什么这个女人一定要问我怎么受的伤?她不知道自己的孩子做了什么吗?他们是死灵法师,能使役各种各样的不死者……等等,莫非……不是吗?)

难道在这个时候,同时出现了三个能与他匹敌——不对,比他更强大的孩子和孙子吗?不对,或许有其他的可能性。

(对啊!我本来以为是我的孙辈——是我的子孙,可是如果只是与我有血缘关系,还有别的可能性!难道是我父亲的?不会吧!难道这些家伙是我的异母兄弟吗?!)

他觉得那或许才是最有可能的。

他的父亲是精灵的大英雄,最强的轻装战士。

被世人冠以"八欲王"这样一个怎么听都不像是敬称,更像是蔑称的名号,也是因为他比谁都强。弱者们为了诋毁他伟大的功绩,才给他取了这样一个蔑称来贬低他。

父亲那伟大的血统——轻装战士的天赋戴凯姆没有继承,不过,这个女人会不会是继承了它呢?

"听到了吗?我希望你能快点说话,你要是不说话我就杀了你。"

"啊啊……啊……嘎啊!"

我说,我这就说,不要用那么大的力气——戴凯姆想喊,但是他没法发出声音。他听到身体里面传出了啪嚓啪嚓的声音,胸口像有针扎,掏心挖肺一样的剧痛让他全身绷紧,他忍不住用指甲抓起了地板。

"我还以为从那以后我再也不会觉得母亲可怜了。但是一想到她是被你这样的杂碎侵犯后怀上了我,我还真觉得她有点……是啊,真有点可怜。"

女人嘟嘟囔囔地自言自语,脚上用上了更大的力气。戴凯姆接连听到了好几声"啪嚓""咔嚓",每次声音响起,他都会感到和刚才一样的剧痛。

血的味道从喉咙深处涌上来,他想把血吐出去,可是血只是从他嘴角淌了出来。

他觉得很难受。

他觉得很难受,很痛苦。

他不明白为什么自己会落得这步田地。

他明明什么坏事都没有做过。

戴凯姆用上全身的力气挣扎起来,他只想再呼吸到一点空气。可是不管怎么挣扎都没用,在绝对的力量差距面前,他的挣扎是没有意义的。

他要死了。

他真的要死了。

他心中又产生了和刚才一样的恐惧，只是比刚才更强烈了。

好可怕。

好可怕。

好痛苦。

好痛苦——

为什么，他会落得——

"真是让人生气。我、我的母亲……就因为这样一个杂碎……"

戴凯姆眼前开始变暗。

为什么——

他的泪水流了出来。

这个女人为什么要做这么残忍的事？

"真是可恶，真是可恶！"

戴凯姆没法呼吸。

他不想死——

他希望能有人来——

来救救他——

突然，他又清醒了。可是，疼痛没有消失，而且他依然无法呼吸。

怎么回事？

发生了什么？

"身体又鼓起来了？可恶，真烦人！！"

——啪嚓啪嚓啪嚓啪嚓啪嚓……

戴凯姆听到了许多骨头一起折断的声音。

好疼——

发生了——

什么——

戴凯姆看到眼前的世界又一次开始变暗。

* * *

"这不是你的理论吗，对不对？这就叫自作自受。不过，话说回来，有点可惜啊，其实我想把你折磨得更痛苦再杀了你……"

绝死血缘上的父亲一动也不动了，她将视线转向周围精灵们的残肢断臂。

现在回想起来，她也许没有必要这么残暴。如果她说不是在转嫁对母亲的憎恶，那确实是假的。只是，她不希望她喜欢的国家的士兵，做出和这个令她不愉快的，连生活在同一个世界都让她感到恶心的男人同样的事。与其搞成那样，还不如干脆杀了她们，就是这样的情绪让她把这些精灵女子劈成了碎块。

只要活着，总会有获得幸福的一天——这种积极向上的人，一定没法理解绝死的想法。但是，对绝死来说，有那种想法的人才无法理解。

绝死不经意地把视线转向了房间入口的门。

她看到一个黑暗精灵少女在敞开的门外面。

首先毫无疑问，这个少女应该就是逼得精灵王落荒而逃的"孩子们"之一。

绝死在少女的眼睛中发现了王室血统的证据，虽然颜色和她的不同。她轻轻地叹了口气。

精灵王误以为从未见过这个少女的绝死是她的母亲，也就是说，这个少女大概是精灵王的孙女——绝死的外甥女。

绝死心中产生了一丝"不想杀她"的念头，这让她觉得有些惊讶，同时把因为胸部被踩烂而死的精灵王的尸体全力踢向了少女。

尸体以常人，不，就算是超越者也难以躲避的速度飞向少女，少女却轻轻一闪身把它让了过去。

尸体撞到门对面的墙上，伴随着巨大的声音溅出了鲜红的血花。

（居然能躲开……说明她的身体能力相当强啊。不过那家伙的伤口好像是利器造成的……）

这个少女——绝死的外甥女手中的黑色木杖是一种殴打武器。单纯就此来推测，精灵王的伤口应该是别人造成的。他也说了是"孩子们"，毫无疑问除了这个少女之外，至少还有另外一个孩子。不过，世上也有能生成魔法刃，能改变自身形态的魔法道具。

所以，就是她打伤精灵王的可能性还是有的。

（也可能是另一个人让他胸部受了伤，这个孩子造成的是他脚上的伤？用木杖……用魔法？）

可是，黑暗精灵少女为什么要打伤精灵王呢？

不，精灵王想必受到很多人的憎恨。绝死觉得最有可能的，就是和她一样，因为父母灌输的对精灵王的仇恨。绝死觉得毕竟少女还太年幼，她自身不可能对精灵王有什么深仇大恨，以至于下手如此之狠，给精灵王的胸口造成那么深的伤口。

不明白自己有多大的力量，本打算和精灵王玩，结果搞得他受了那么重的伤，这种可能性倒也不是没有，但是眼下的情况否定了这种可能性。虽说成了尸体，可毕竟是精灵王飞向了她，她却一点都不打算接住，而是若无其事地避开了。

"那、那个，请、请问，就是，姐姐您是哪一方的人啊？"

这是一个怯生生的——仿佛把男人的理想具象化了一样的可爱少女。仿佛生活在与绝死绝对无缘的世界中的少女向她提出了问题。

可是，绝死一眼就能看出她的内在和外表完全不同。精灵王的尸体在她身后摔成了一摊，她却满不在乎，看到这房间中绝死制造的惨状也丝毫不为所动。

（躲开了我的攻击后还问这样的问题？好恶心。她这怯生生的样子很有可能是装出来的，看来我反而应该更加警惕。好了，我该怎么做呢？）

她应该如何回答这个少女的问题呢？绝死认为应该在尽可能避免战斗的基础上给对方假情报，同时花充足的时间套出对方的情报。

可惜这是不可能的。

从精灵王刚才那番话来看，这个少女肯定有同伴。假设就是这个少女让精灵王受了伤，她身上又没有一点血迹，就算伤口愈合了，她身上应该也会有血污留下来，这说明这个少女和精灵王的实力有着天壤之别。

哪怕打伤精灵王的不是这个少女，她的同伴毕竟选择了她担任追杀者，说明少女和她的同伴都不是泛泛之辈，这是毋庸置疑的。虽然绝死完全不知道他们有多大的能耐，但是如果让他们会合，就算绝死再强大，对她来说还是很危险。

这样想来，现在少女的同伴还没有现身，正是各个击破的好机会。绝死认为现在最重要的不是获得情报，而是先下手为强，短时间内解决掉这个少女。

（敌人的敌人就是朋友，这只是一种乐观的推测。我觉得还是应该把他们当成新的敌人开始行动才更明智。）

绝死稍微思考了一下，露出了一丝笑容好让少女放下戒心，这才回答了少女的问题：

"你好。我是……魔导国的人，你呢？你是自己一个人来的？"

少女的脸稍微抖了一下。她看起来缺乏自信的表情本身并没有变，但是有稍微思考了一下的迹象。

（看不透啊。我失误了，应该给她能反应得更明显的回答。看她现在这个样子，可能是她不知道世上有魔导国，她也可能是与魔导国有关的人，她甚至可能——是与魔导国敌对的人。她没有马上向我发动攻击，这让她是敌对者的可能性多少下降了一些，不过她也有可能是和我一样，打算把获取情报放在最优先的位置。对啊，要是我刚才说自己是评议国的人，她或许会做出其他反应。）

绝死之所以说出魔导国的名字，是因为她得到过情报，知道魔导王有亲信是黑暗精灵少女。

这一情报不是教国让间谍潜入魔导国组织内部搞到的。

而是魔导国与王国在卡兹平原的一战中，"占星千里"看到了魔导王身边的黑暗精灵少女。

教国用幻术重现"占星千里"看到的情景时，魔导王及其大军都被描绘得非常清晰。当然，黑暗精灵少女是陪伴在魔导王身边唯一的亲信，她同样投影在了幻术中。不过，她的外貌整体来说有点模糊，他们看不清楚她的脸到底是什么模样。

这也是没办法的事，"占星千里"需要观察整个战场，不能花费精力去记住一个人，再说后来发生的事给人的印象太深刻，对很多其他情报的印象都被冲淡了。

绝死觉得仅从那朦胧的轮廓来看，眼前的这位少女给人的印象似乎和陪伴魔导王的那个亲信不一致。虽然有都拿着黑色木杖这一共同点，但是两者身上穿的铠甲完全不同。当然，这也是因为绝死看到的幻影太模糊，给她留下了印象的只有其身上的铠甲和武器。

如果这个少女是魔导国的人，那她到底会穿成什么样来到这里呢？绝死认为肯定会全副武装，因为她自己也是这样做的。这里毕竟是战场，怎么会有人穿着便服来到不知道会发生什么的地方。凯瑞和"占星千里"也只会根据性能来决定装备什么样的防具，不会考虑穿在身上好看不好看。

这样说来，卡兹平原也是战场。真正的强者，没有人拥有许多套最适合自己的装备。为了变得更强，优秀的武具必不可少，而强者的战斗技术也是配合其武具练出来的。以前就有过这样的例子：本来的棍棒高手，加入漆黑圣典的时候得到了一把强大的斧头，于是此人不得不花了很多年来熟练掌握使用斧头的技巧。

按这个道理来说，魔导国的黑暗精灵少女和眼前的这个少女应该是不同的人，可是两者之间的共同点也很多，让绝死没法下结论。

正因为如此，绝死才说那样的话来试探她，可是没能取得理想的效果。

看来我还是更擅长战斗——绝死心里自言自语着，同时微微攥紧了大镰刀的握柄。

再说这个少女的种族也和她不一样。

不同人类种族的人之间，大致看得出彼此脸上的表情，但终归只是大致。如果双方不是完全相同的种族，有些表情的细微变化很难看出区别，就算分辨出来也会看不出代表着什么。

"啊，咦，是、是的。我是自己一个人来的……"

"是这样啊，这么说，你的同伴肯定在为你担心吧。"

（哈，长着一张可爱的脸蛋儿……还能满不在乎地撒谎。真是彻头彻尾的表里不一啊。这样想来，通过和她对话得到的情报很可能是假的。在知道对方有同伴的情况下继续对话等于浪费自己的时间。动用武力控制住她，移动到安全的地方再说吧。到时候再用魔法手段，或者通过拷打让她说实话好了……）

少女怯生生地举起没有拿木杖的那只手，攥住了她挂在脖子上的项链。

她看起来像是做了一个无心的动作，也像是因为心里没底，下意识攥住了项链。一个怯生生的少女做出这样的动作似乎并不奇怪，但是绝死知道这个少女表里不一，她明白那绝对不是没有意义的动作。

"啧！"

绝死咂舌头的声音还没有落下，她已经冲到了能攻击少女的地方。她一边戴上头盔，一边挥动手中的武器——卡隆的路标——贴着地面撩向了少女的脚。

如果能砍掉，那就砍掉它。

这是绝死毫不留情的全力一击，即使是同事中最强的男人也很难躲开的。

结果——

少女把手中的木杖戳在脚旁，挡开了绝死的一击。

连铁都能轻易斩断的武器被挡开了，可是绝死并不吃惊，她早就料到了会有这样的可能性。只是，挡住绝死的全力一击后，少女握木杖的手却纹丝不动，这是绝死意料之外的。

不过——

（果然是战士系吗？）

绝死可以说基本确定了黑暗精灵少女修习了什么样的职业。

（不，等等！轻装战士？不会吧。但是后代不一定只有精灵王一个……可是，从她的外貌来看……）

黑暗精灵和精灵的寿命是一样的，外貌随着年龄发生的变化也应该是一样的。

"你、你怎么二话不说就——"

（也有可能是另外一支近亲……有可能吗？是我想得太多了？）

黑暗精灵少女好像在嘟囔着什么，不过绝死在思考的同时，手也没有停下来。绝死已经表现出了敌意，只有争取时间或者赢了之后才需要对话。

追赶着跳向后方的少女，绝死冲到了走廊中。

她用大镰刀画了一个大弧线，甩出足够的离心力，向着少女的手脚砸了过去。

挥动这么大的镰刀，当然会碰到墙壁和地板，不过这不成问题。斯尔夏那神是教国——不，是人类的救世主，其武器能轻易割裂墙壁和地板之类的障碍物。就算多少有些磕绊，大镰刀的速度也几乎不会变慢。

但是，绝死的攻击又被挡住了。

又被挡住了。

又被挡住了。

闪电般迅猛的三连斩击都被少女手中的黑色木杖挡住了。少女挥动木杖的动作虽然称不上麻利，但是她有着惊人的爆发力。少女那电光般的速度，显然是和绝死同级的。

（有两下子。她是和我实力相当的战士，这可不妙，如果她放弃攻击一心防御，那我可就危险了。）

仅凭这几回合的攻防，绝死已经搞明白了几件事。

听精灵王的那番话，这个少女是有同伴的。如果少女的同伴和她实力相当，那绝死能做的恐怕只剩下了一门心思逃跑。但是，看到精灵王能逃掉，就认为她自己也能轻易逃掉，这样想过于轻率。精灵王逃掉之后，敌人应该会准备某种对策，以免类似的事情再次发生，除非她的敌人是傻子。

也就是说——

（一鼓作气速战速决。看来不得已……只能杀掉她了。说不定可以把她的尸体带回去，到时候再看看还能不能复活就行了。)

　　绝死克制着自己,不让视线转向少女的腹部。

　　少女虽然穿着金属制作的晚礼服一样的铠甲,但是腹部没有防护。那没有肌肉隆起的腹部完全露在外面,皮肤看起来十分柔软光滑,少女相当于大大咧咧地暴露着重要器官聚集的弱点部位。话虽如此,如果认为攻击少女的腹部就能让她受到重伤,那就太天真了。

　　大多数时候,铠甲的防御力是由其中灌注的魔力,加上金属和特殊能力等一起决定的。因此,少女那露在外面的脆弱肚皮也受到与铠甲的魔化强度成比例的保护。即便如此,那个部位还是没法享受铠甲本身带来的防御力,也就是说,肯定是她身上防御比较薄弱的部位。

　　那么,少女为什么穿着这样的铠甲呢?

　　绝死觉得她恐怕是故意暴露弱点,诱导敌人的攻击,少女的腹部很有可能是某种陷阱。

　　绝死虽然有这样的担心,但也怀着一丝期待,觉得攻击那个部位或许能做到一击致命。正因为是这样,她才不让视线转向少女的腹部。

　　"'盖亚之力'。"

　　突然,少女发动了魔法,绝死吃惊得睁大了眼睛。

　　(什么?!魔法?!她的职业不是战士系的吗?!等等,等等,能使用几种魔法的战士系职业倒也不是没有……但是,咦？）

绝死其实会用几种信仰系的魔法，但少女使用的魔法是她从未听说过的。考虑到魔法没有影响绝死，她推测那是自我强化之类的魔法。

绝死觉得如果少女主要练了战士系职业，魔法系职业只是略有涉猎，那她就不需要太紧张。她担心的是少女主要修习魔法系职业的情况。

魔法变化多端，所以魔法系职业的应变能力也超过战士系职业。搞不好，这个少女很有可能用某种很厉害的魔法，使战局突然变得对绝死不利。

绝死之所以只能想到"某种很厉害的魔法"，纯粹是因为她缺乏魔法系职业的相关知识。正因为如此，她才更需要警惕起来。绝死自己也会用魔法，她知道哪怕只是基本的治疗魔法，也会让持续战斗能力发生变化。

绝死开始设想最糟糕的情况，假设少女修习的不是战士系职业，那她是什么系统的魔法吟唱者呢？

绝死虽然没有确凿的证据，但是考虑到刚才的一系列攻防，她认为少女应该不是魔力系魔法吟唱者。因为她印象中的魔力系魔法吟唱者更缺乏近身战斗的能力。她觉得比魔力系魔法吟唱者近战能力更强的职业——森林祭司，或者神官之类信仰系职业的可能性更高。

极其特殊的魔力系魔法吟唱者、其他系统的职业、精神系魔法吟唱者，这些可能性虽然也不是没有，可惜绝死在那些方面更欠缺知识。所以，继续设想下去没有意义。她只是谨慎起见，把这些可能性放在了脑海的一角。

再说——考虑到少女是一个黑暗精灵，还是森林祭司的可能性最大。

不仅如此，少女还和那个精灵王有血缘关系，这个可能性就更大了。

只是，如果少女真是森林祭司之类的信仰系职业，很遗憾，绝死没有专门克制她的能力。因此，她发动了一种能力——把异端审问官练到最高级别后能学会的两种特殊能力之一。这是因为绝死考虑到了少女有可能是神官系职业，会使用绝死没听说过的高位阶魔法。

"'异端判决'。"

绝死使用这种能力之后，和绝死信仰不同的神官，在绝死附近发动魔法时消耗的魔力会略微增加。这种能力的效果虽然不会立竿见影，但是在长时间战斗和敌人使用强大的魔法时，敌人的负担就会越来越大。

绝死虽然没打算打持久战，不过她还是认为敌人有可能连续使用高位阶魔法，所以做出了发动这种能力的决定。在不了解对方的情况下孤注一掷发动能力很可能白白浪费掉，不过"异端判决"这样的能力不在战斗初期使用效果就不好了。

"'元素形态·大地'。"

少女再次使用了绝死从未听过的魔法，她的皮肤变成了褐色。

绝死明白那肯定不只是改变皮肤颜色的魔法。她觉得少女也许现出了真身，可能她本来就不是黑暗精灵而是别的种族，可是这样猜测什么用都没有。

在搏命的战斗中，有些疑问就算得不出答案，也不应该被它们束缚，绝死认为只要留个心眼就好。

这一点在魔法方面也是一样的。

既然不知道敌人的魔法有什么效果，就应该尽可能不让它分散自己的注意力。绝死也发动了另一个能力。

"'异端断罪'。"

这是把异端审问官练到最高级别后能学会的两种特殊能力中的另一个。这种能力的生效条件与另外一种相似，不过不同的是，它会提高敌人发动魔法时失败的概率。当然，发动魔法却失败的时候，魔力会白白消耗掉。

两个特殊能力都用掉了，在效果时间结束之前，绝死将无法使用异端审问官的其他能力，不过这也是没办法的事。她通过修习异端审问官这一职业得到的肉体能力和在魔法方面的优势并不会随之失效，所以绝死觉得这点代价可以接受。

绝死虽然决定速战速决，但是战局却向着与之相反的持久战方向发展。对于绝死来说，目前的战局可以说并不理想。绝死认为，如果粗暴地分类，胜利的方程式只有两种。要么让敌人一筹莫展，一鼓作气把敌人推上死路，直到击溃敌人；要么观察敌人如何出招，堵住敌人的所有活路，直到困死敌人。

绝死选择一鼓作气击败敌人，那个少女在接下她的所有招数之后，将战斗拖成了彼此把手中的牌一张一张打出来的形式。绝死虽然不愿意承认，但是从这一点来说，控制战局的确实是这个少女。战斗发展到这个地步，绝死只能适当地跟着敌人的剧本走，在此过程中设法打乱敌人的步调。

"那、那个，那么，对不起。"

不知道是少女觉得两个魔法已经足够了，还是只会用这两种魔法，她说着道歉的话，高高举起黑色的木杖，以令人毛骨悚然的速度随意径直挥了下来。

绝死感到背后一凉。

这倒不是因为少女的攻击速度快得异常。

是因为她的道歉毫无诚意，声调和表情中没有表现出一点歉疚的意思。少女就像得到了命令才道歉一样——像某种玩偶。

（别想了！）

现在最重要的不是这个，而是正朝绝死落下来的木杖。

以战士的标准来看，少女的攻击是不合格的。她没有做一点假动作，攻击过于单调。

虽然攻击的速度快得惊人，但躲避和格挡都不难。

绝死选择格挡。毕竟她已经看过了敌人如何躲避和格挡攻击，她要通过这次格挡试出敌人的臂力。

不出所料，绝死用手中的大镰刀很容易地接住了——

（好重！！）

绝死格挡时给自己留了余地，但双肘双膝还是微微弯了下来，大镰刀被压得越来越低，木杖逼近了绝死的额头。

绝死牙关紧咬，"哼"的一声铆足力气，把木杖推了回去。木杖虽然被顶了起来，但少女保持住了平衡，只是被武器带着举起了手。

机会来了。

绝死克制着自己，不让视线转向少女那满是破绽的腹部，她这一次用上了武技。

"疾风超走破""刚腕刚击""超贯通""能力超提升""可能性超知觉"。

绝死一直没有使用武技进行攻击，就是在等这样的机会。

提高移动速度和敏捷性，提高所有攻击造成的伤害，提高突刺攻击造成的伤害，增强身体能力，使第六感变得更敏锐。

绝死的目标只有一个。

就是少女那看起来毫无防备的腹部。

那也许是个陷阱，不过绝死有自信打破陷阱。再说，最重要的是如果成功，或许一击就能给予敌人沉重的打击，使战局变得对她有利，这么大的诱惑是她无法抗拒的。因为绝死必须速战速决。

绝死像闪电一样冲上前去，让她和少女之间的距离在转瞬间化为乌有，以连风声都会甩在后面的速度，把大镰刀向少女那柔软的腹部直刺过去。

由于绝死一鼓作气提升了各种能力，少女措手不及，没来得及防御绝死那突然加了速的攻击。

感受着超出预期的抵抗力，那硬度让人不敢相信是皮肤，大镰刀刺了进去。

（很好！）

绝死忍不住笑了起来。

绝死修习了名为处决者的职业，因此她给予致命一击时的伤害量会变大，在某些情况下还有一击杀死目标的可能性。这个职业本来还有用斩击武器使敌人受到一定伤害后令伤口加深的能力，不过，绝死的这次攻击没有用像双翼一样左右张开的新月形镰刀刃，而是用了像延长了镰刀柄一样的突刺刃，无法触发这种能力。就算是这样，这一击应该也让少女受到了相当大的伤害。

但是，绝死脸上浮现出的笑容马上收了回去。

通过武器传到绝死手上的感觉不对劲。

没有切断内脏时那种断断续续的停滞感。

绝死还没来得及搞清为什么，视野一角——上部便出现了一个黑影子。

"'即刻反射'！"

可惜，晚了，已经晚了。

因为大镰刀传来的感觉分了神,这是绝死犯下的重大失误,尽管她很快便回过神来。

哐当!绝死听到了这样一声。

狠狠挥下来的木杖击中了她的头。

绝死马上使用"痛觉钝化",借助"疾风超走破"跳向远处,同时硬生生拔出刺了过去的大镰刀,试图给少女造成更大的伤害。

她的皮肤恐怕已经因为那重重一击裂开了,血汩汩地流到了她的脸上。绝死虽然用武技抑制着疼痛,但是一点点的表情变化也会给她带来针扎般的剧痛,她眼前顿时天旋地转。

绝死装备着人称风神的神的铠甲,尽管如此,她还是受到了让她没法站稳的伤害。她已经很久没有受过这么重的伤了。

"'重伤治疗'。"

绝死和少女保持着对她来说无法一步攻击到的距离,同时使用她能使用的最高位阶治疗魔法。它尽管无法完全治愈伤口,但是应该能起到应急处理的效果。绝死一边使用魔法,一边提防追击,谨慎地盯着少女。

绝死马上睁大了眼睛。

少女的腹部不但没有流出脏器,甚至没有流血。尽管如此,她那标致的面孔还是被疼痛扭曲了,腹部土色的皮肤上形成了很大的裂缝,这都是她并非毫发无伤的证据。

"好疼好疼。"

少女不知从哪里掏出卷轴，发动了魔法。

"'大治愈'。"

这种治愈魔法比绝死使用的那种位阶更高。

（第六位阶！为什么会有这样的卷轴！不好！用过那个卷轴，刚才的伤害恐怕大部分都恢复了。虽然不知这个孩子有多少体力，但是肯定可以认为是我受到的伤害更大！再说那肚子给人的手感，硬度实在太异常了，这果然是陷阱啊！）

绝死认为少女的铠甲恐怕是经过了特殊的魔化，可以使对腹部的致命一击无效。不过尽管如此，少女应该尝到了腹部像被贯穿了一样的疼痛。看来她引诱敌人攻击腹部的目的虽然能达到，但是逃不过腹部被贯穿的剧痛。

绝死咂了下舌头，心想是心眼多么坏的家伙才会制作这样的铠甲。既然明白腹部会受到攻击，明明也可以赋予铠甲对疼痛的抗性。她觉得少女简直像是穿着受到诅咒的防具。

绝死焦躁得想挠头，但是她拼命忍住了。她当然不想做什么让自己更疼的事，也是因为顾不上做那种事。

就算逼得敌人用出了第六位阶的魔法卷轴，绝死还是觉得没法高兴起来。谁也没法保证那是最后一张卷轴，少女身上可能还有另外好几张。如果真的是这样，当面锣对面鼓地和她打下去，绝死是没有胜算的。不过，绝死其实有一张王牌，无论少女带着多少"大治愈"卷轴，绝死都能把她杀死。

但是，绝死现在还不能用那张王牌，她认为在那之前应该先做几种其他的尝试。

首先，人不可能因为受了擦伤就用"大治愈"。既然绝死能给敌人造成严重的伤害，接下来她应该一鼓作气攻击下去，不给少女使用"大治愈"的机会。

绝死决定了攻击的方式，举起了大镰刀。随后，她使用武技提升能力之后冲向了敌人。

接下来绝死要攻击的是少女的手腕。

（什么！）

少女没有打算躲避的迹象。

刚才是绝死突然提升了自己的运动能力，少女没有反应过来。但是这次不一样，少女还是完全没有做防御动作的迹象。刚才的情景在绝死的脑海中一闪而过，但是，已经到了这一步，她没有不进行攻击的选项。

在进入攻击范围之前，绝死让身体像陀螺一样旋转起来，把带上了最大离心力的大镰刀抡向少女的上臂。

大镰刀划过了少女的身体，鲜血四溅，她的手臂连同铠甲一起落在了走廊上——这只是绝死的愿望。绝死这样的一击曾多次轻易地连铠甲带敌人的身体一起切断过，但是少女的手臂没有受伤。

好硬。

少女的前臂和腹部的硬度完全不同。

当然，她的前臂受到铠甲的保护，和腹部硬度不同是理所当然的。但是，就算有铠甲的保护，这也硬过了头。绝死也说不好是少女的铠甲本身能与六大神的武具匹敌，还是因为她使用了某种防御系的武技。

最可怕的是，她只用一只胳膊就挡住了绝死使出浑身力气挥出的一击，甚至连姿势都没变。

可是，绝死没有时间思考。

少女发现绝死的目标是她的右手，只用左手举起黑色的木杖，已经把它挥了下来。

绝死想起了刚才的剧痛，使用"即刻反射"和"回避"，拼命扭转身体。

她现在来不及，也不敢尝试把大镰刀拉回来挡开这一击。

但是她已经没法完全避开了。

哪怕用"即刻反射"调整好了姿势，在她自己攻击的同时使用了武技，还是很难躲避这一击。

这一杖直奔绝死的肩膀。这次和刚才头上那一下不同，绝死还来得及反应，她赶紧使用了武技。

"'防御超强化'。"

这是提升防御力的武技。"表皮强化"减轻伤害的比例更高，可绝死是半精灵，她没有表皮。

哪怕使用了武技，这一击还是给绝死的身体带来了深入骨髓的疼痛，"防御超强化"只能起到微不足道的作用，绝死受到的伤害只能说比刚才头上那一下稍微轻了一点。

绝死拼命忍着，没有发出呻吟声，因为没有必要给对方情报。只是——

（不妙……）

这样一来绝死就能确定了，这才是少女的目的。

仔细想想就会发现，少女一直是这样做的。

少女会趁绝死攻击的时候向她发起攻击，少女的战斗方式就是"伤敌一千，自损八百"。

少女有意选择这样的战斗方式，可能是因为她正常战斗无法命中绝死，但这恐怕不是真正的原因。

（她对自己的防御有自信……莫非她像赛德兰那样，是那种所谓坦克职业吗……所以腹部才没有防护？受到伤害就用"大治愈"来治疗？）

这个少女修习了有些欠缺攻击力，但是专精防御——还会用魔法的坦克职业，而且是能与绝死匹敌的强者，绝死觉得根据少女的能力这样推测应该不矛盾。不过这样想来，那木杖的殴打攻击就显得强过头了。

绝死觉得那把木杖或许是拥有强大力量的魔法道具。它的强度到了六大神的武器都无法切断的程度，拥有强大的攻击力也是很有可能的。

随着时间的推移，绝死越来越怀疑这个少女与魔导王旁边的少女就是同一个人。魔导王能使用强大的魔法，率领着可怕的军队，它很可能收藏着极其强大的武具，并且将它们赐给了部下。

绝死稍微和少女拉开了一段距离，举起大镰刀，谨慎地观察少女的动作。

少女站在那里一直没有动，绝死则是一会儿冲上去，一会儿退回来。

这样看来，简直像是强者和弱者之间的战斗。

（真是不妙啊。）

现在的情况下，要问双方谁更占优势，绝死只能回答是这个少女。

少女用自己的身体承受着绝死的攻击，同时对绝死展开了她无法躲避的攻击。绝死不知道少女是对她自己的体力、防御力、攻击力、魔法带来的恢复能力中的哪一项如此自信。即使如此，既然少女选择了挨打、反击、治疗这种纯粹是在做加减法的战斗方式，也就是说她认为这样就能赢。当然，少女也有可能是为了让绝死亮出手里的牌，故意选择了不合理的战斗方式。

考虑到少女没有主动上前发动攻击的迹象，绝死觉得她也许是在拖延时间等待同伴到达。尽管绝死不知道少女同伴的战斗力是强是弱，即使如此，如果她的同伴加入战斗，战局的天平也将向少女一侧倾斜得更严重。很可能正因为如此，少女才选择进行一场不断给敌人累积伤害的消耗战。

绝死能选择的手段很少。对她来说，最理想的是按敌方的步调战斗并占据优势，也就是说，绝死让自己的攻击命中，同时不受敌方的攻击，问题是说起来容易做起来难。

少女的铠甲坚固得令人瞠目结舌，为了给予她有效攻击，绝死必须贴到距离少女很近的地方。这样一来，少女毫无疑问会抓住绝死在攻击时露出的破绽。那么，绝死该怎么办呢？

（真是一道难题……干脆用掉？）

绝死的视线扫过自己手中紧握的大镰刀。

"卡隆的路标"是以前的神，斯尔夏那使用过的大镰刀，它由教国未知的稀有金属制作而成，极其坚固而且拥有极高杀伤力，神使用过的武器当然不同凡响。

而且装备者可以在八小时内使用两次"死"。

装备者还可以使用"死者火焰"，令攻击带上负向追加伤害。

还有能保护自己不受没有智力的不死者伤害的"不死者忌避"。

还有能召唤不死者的"创造不死者"。

还有能令目标生病的"疾病"。

还有"不死安眠"，有可能一击消灭没有驱散抗性的不死者。

还有"邪视"，使用者能从各种各样的视线效果中选择自己想要的。

还有"死面"，能防止视线攻击，同时强化恐惧系的效果。

还有具有两种使用方法的"荣耀之手"。

装备者每四个小时可以选择并发动这些能力五次。

除此之外，装备者还能用"卡隆的路标"召唤独特的不死者——"斯巴达骷髅战士"，它们与第五位阶魔法召唤出的重装骷髅战士能力相同，装备性能更强，但是无法得到特殊技能之类的强化，比较吃亏，每二十四小时可以召唤三十只，可以同时使役五只。综上所述，它是一种非常强大的魔法道具。

绝死觉得现在就翻开底牌有点早。

就算只用眼下这种单调的战斗方式，绝死还是可以有所作为，在不知道敌人还有什么牌的情况下，如果亮出了手里的牌，她在精神上也会处于劣势。

"请、请问，你不来了吗？"

"啧！"听到少女怯生生地提出问题，绝死用力咂了下舌头作为回答。

（这家伙想受到攻击？！这个小鬼！那好，试试这个吧！）

绝死在向后跳去的同时使用了武技。

"双空斩""刚腕刚击""流水加速"，绝死用三种武技挥出大镰刀，其轨迹上生成了两道气刃飞了出去。

少女迈向前方。

她居然迈向了前方！

"空斩"这种向远处发出斩击的武技，比起直接斩杀威力会变小。就算是这样，神志清醒的人也不会径直上前冲向刀刃。

（不对，我面对那孩子时也做过类似的事，这对精神的打击确实很大啊。）

少女被气刃击中时看起来好像有点痛,也很像是装出来的。绝死刚刚进入她的攻击范围,她便用一看就知道她想攻击哪里的动作挥起黑色的木杖,带着呼啸的风声向着绝死挥过来。

绝死勉强避开了这次攻击。

少女的攻击动作仍然没有及格,但确实是这种情况下性价比最高的选择。绝死本来能轻松应付这样的攻击,但是现在即使做好了充分的准备,只要反应稍微慢了一点就有可能被击中。

(我要笑起来!让她以为我彻底看穿了她的攻击!)

绝死让嘴角微微翘起,发出了能让少女听到的笑声。

她不知道自己是否笑得自然,如果她的笑容显得僵硬——她还会继续挨打。

(我得留下用"超回避"的余地,否则太危险了。)

绝死想通过向后退来保持距离,但是少女追了上来,又缩短了她们之间的距离。

她们之间的距离始终没有变。

"斯巴达骷髅战士!"

五个不死者像骨墙一样挡在绝死和少女之间。

少女挥动木杖,先消灭了其中一个。

绝死明白,只不过是五个斯巴达骷髅战士,恐怕只能挡住少女的五次攻击,不过,这就足够了。

绝死在墙壁上借力跳了起来,贴着天花板下方向前飞去,打算绕到少女的后面。

没想到少女身体向下一蹲，铆足力气跳向了后方，那势头仿佛会把地板踏爆。绝死觉得她一定是不愿意受到夹击。斯巴达骷髅战士对少女来说虽然不值一提，但是即便如此，战斗中受到它们的干扰，她恐怕还是会分心。

实际上确实如此，斯巴达骷髅战士的攻击看起来并没有给少女造成伤害。

少女跳出了惊人的速度，她在着地的同时把手中的木杖刺入地板，伴随着咔吱咔吱的声音紧急制动。她的动作实在不合理，这相当于用自己异乎寻常的臂力强行抵消了自己过高的爆发力。

（这动作……好奇怪。她莫非不习惯使出全力战斗……莫非是不太习惯战斗本身？）

"嗯——嗯——"少女还在哼哼唧唧，斯巴达骷髅战士站到了落在她对面的绝死身旁。

绝死用意念命令斯巴达骷髅战士"上"。得到命令，不会感到恐惧的不死者一齐扑向了少女。片刻之后，绝死也冲上前去。

少女再次掏出了卷轴。

"'火焰风暴'。"

熊熊的烈火和呼啸的暴风吞没了一切。狂暴的火苗灼烧着绝死的身体，但它就像是幻影一样，眨眼间便消失了，可是烧伤带给绝死的疼痛证明那是刚刚发生过的事实。或许因为少女是用卷轴发动了魔法，它没有给绝死造成多大的伤害，这算是不幸中的万幸。

斯巴达骷髅战士们也还能动,不过也只是没有被一击消灭。绝死觉得如果少女再向它们施放一次魔法,它们恐怕就会全军覆没。

绝死以自己的身体为轴,迅速转动大镰刀,将镰刀的握柄头横着抡向了少女。镰刀柄击中了铠甲部分,绝死也拿不准这一击的效果,但是看起来棍棒也不会对少女造成格外有效的伤害。同时,斯巴达骷髅战士们也刺出手中的长矛,但是少女的木杖带着呼啸的风声一扫而过,打开了所有的长矛。看来只有绝死的攻击能威胁到她。

不过,绝死趁着少女挥出木杖,又一次像跳舞一样旋转起来,摆出类似蜘蛛贴地爬行的姿势,向着少女的脚踝挥出一记超低空斩击。

大镰刀划过去的时候,削断了少女旁边的一个斯巴达骷髅战士。斯巴达骷髅战士随之消失,召唤出的魔物经常会受到这样的对待。

大镰刀就像要收割少女的跟腱一样,撞在护腿上——火花四溅。

这个部位果然也很硬。

绝死用了"刚腕刚击"和"超斩击",还有职业的特长加成,她还是没有感觉到给敌人造成了有效的伤害。

不过,绝死攻击脚脖子不是只有造成伤害一个目的。

她迅速摆出双脚一前一后的姿势，紧咬牙关，用大镰刀钩着少女的脚脖子全力向上一拽。绝死是想让少女失去平衡并且跌倒，没想到——

"好重！"

少女纹丝未动。

她简直像是一棵大树。

绝死觉得这不可能。

但是，这是事实。

绝死考虑到了敌人的力量，用上了浑身的力气，可这反而拽得她自己扑向前去差点摔倒。绝死的手臂感受到的重量实在没法和少女那弱不禁风的外表联系到一起。

尽管绝死明白可能是某种特殊能力或魔法道具在作祟，她还是觉得自己就像面对着一棵参天巨木。从手感来说，她觉得无论用上多大的力量都无法将这个少女拉倒。

突然，绝死感到一阵寒意。

也许是看到绝死的身体失去了平衡，觉得这是个好机会吧，少女握住木杖的尖端把右手伸长到最大限度，从想要阻止她向前的斯巴达骷髅战士之间探出，向绝死挥了下来。

这一击把攻击范围和离心力都拉到了最大值，绝死感到后脊冰凉。

以绝死现在的姿势，她已经不可能躲开了。就算让斯巴达骷髅战士来抵挡攻击，恐怕也无法减弱这一击分毫的威力。

不过绝死还是在脑海中对斯巴达骷髅战士下达了命令。

间不容发，绝死身边的斯巴达骷髅战士马上撞开了她。少女的木杖像黑色的流星一样落了下去，做了绝死替身的斯巴达骷髅战士被砸得粉碎。

绝死在地板上滚向一旁，同时巧妙地操纵大镰刀，把镰刀刃从少女的脚踝上移开，紧接着便借势迅速站了起来，把大镰刀举向正面，摆出牵制的架势。

但是少女并没有追击绝死。她那娇小的身体飞快地闪动了几下，仿佛一阵黑色的暴风呼啸而过，剩下的斯巴达骷髅战士已经变成了骨片飞散开去。

而就在骨片从空中落下并消失的时候，眼中没有一丝感情的少女端着黑色木杖静静地重新摆好了架势。紧接着，她又像突然想起来了一样，表现得像刚才一样怯生生了。

（继续召唤斯巴达骷髅战士？……不过，有一件事我必须先确认。）

绝死把大镰刀举过头顶，缓缓转了起来。呼呼的风声划破寂静，响彻整条走廊。少女一动不动，似乎是下定了决心要静观其变。

绝死的脚尖一点一点，微微地向少女挪动。

距离越来越近——

绝死急促地吐出一口气，把加速得已经足够快的大镰刀向着少女左手手腕挥了过去。

利器以仿佛能撕裂空间的速度逼近，少女依然丝毫不为所动，只是机械地任由利刃逼近身体。绝死看她那样子，认为她又是打算一击换一击，或许是习惯了绝死的速度吧，她的动作十分流畅。

然而——呼啸着扑向少女手腕的镰刀刃向上跳了起来。

绝死在反复用过同一种攻击方式之后，做出了变化。

她的目标是少女那纤细的脖子。

如果砍掉了头，少女会死吗？从战斗到现在的感觉来说，绝死觉得不一定。不过，少女的颈部和腹部一样暴露在外面，这也许同样是陷阱，但是如果能直接命中，最起码和腹部一样，很有可能给少女造成有效的伤害。有绝死修习的各种职业加成，想必能让少女受重伤，如果真是这样，或许一次就能把先前做的亏本买卖都赚回来。

先前几个回合的攻防中，绝死已经明白了，单说作为战士的技术，似乎是她占了上风。到现在为止绝死一直在老老实实地攻击，只用了一次假动作，就是为了抓这样的机会。少女习惯了绝死直来直去的攻击，和刚才绝死突然使用武技的时候一样，没法躲避瞄准她脖子的攻击。

大镰刀割裂了少女纤细的脖子，然后——

"啊！"

绝死被木杖打了个正着。

绝死一直忍着疼痛，但是这一次她实在忍不住了，叫了出来。

绝死向后跳出去老远，睁大了眼睛。

"又来了。"

少女的脖子一滴血也没有流出来。只是留下了一道皮肤被划破的细痕。绝死认为少女不可能没有受到伤害，她说不定有能力令对要害的攻击无效化。如果真的是这样，绝死掌握的一些能力将无法发挥效果。

（她真的活着吗？难道她……是魔导王召唤出的不死者？）

少女或许是发现了绝死的惊慌，她怯生生地提出了建议：

"请、请问。你、你要不然，还是投、投降吧？那、那个，我不会继续折磨你，同时保证你投降后的安全……我保证。"

绝死对这番话的感想是——恶心。

绝死从少女的攻击中几乎感觉不到敌意和杀意，而且从战斗开始一直是这样。可能有人会觉得少女这是心软，还可能会产生其他的感想。可是——少女没有怀有敌意和杀意，还能对别人发起打中就会被敲碎头盖骨的攻击，这样的人怎么可能会心软呢。

在绝死看来，这个少女让她从心底感到恶心。虽说她也许是绝死的外甥女，但是绝死没法产生一丝亲近感。

如果少女的建议能令绝死感觉到怜悯、优越感之类的某种情感，她虽然会觉得不愉快，但是也不至于产生这么强烈的厌恶感。但是绝死从少女身上感觉不到这些情感。

（如果只是没有感情的不死者在表演，确实就能解释得通了。)

这个少女的一切都那么古怪,一言一行举手投足都会让人觉得她在演戏。但是,现在重要的不是这一点,现在的情况下,绝死个人的好恶无关紧要。

重要的是,绝死要怎样做才能打开局面,让自己受益。只要有好处,哪怕是装作接受劝降,绝死也认为值得考虑。

"我倒是可以投——"

绝死说到一半又把话咽了回去。

对啊。

只有争取时间或者赢了之后才需要对话。

少女赢了吗?

没有,现在还没有分出明确的胜负。绝死认为少女应该只是稍微占了一点上风。这样想来,少女开始对话是不是因为需要争取时间呢?

"啧!"

绝死使劲咂了下舌头,再次冲向少女。敌人能用卷轴施放魔法,绝死保持距离或者使用武技远距离攻击意义不大。尽管绝死不知道少女还有几张卷轴,也不知道她到底把卷轴收在了什么地方,假设她还有很多,相互消磨对于绝死来说太吃亏了。

幸运的是,绝死可以推测少女没有卷轴以外的远距离攻击手段。如果有,她不可能先使用卷轴。

(莫非她修习了盗贼系的职业,用相关的特殊技能使用卷轴吗？不对，她倒是使用了自我强化的魔法，这个可能性比较小。）

但是，绝死不会有效的远距离攻击手段，进行远距离战斗恐怕没有胜算。

那么近身战斗又怎么样呢？

这个主意还不错，正因为如此，她打算现在就试一试。

绝死这次用大镰刀瞄着少女的脸砍了过去。或许是不愿意让面部留下伤痕，少女用黑色的木杖挡住了大镰刀。

反作用力把绝死的手都震得直发麻。

少女高举木杖挥了下来，对绝死发动了反击。绝死同时使用"超回避"和"即刻反射"，轻盈地避开了这一下。

敌我双方势均力敌，不，绝死觉得或许作为战士的战斗技巧——预测敌人的动向，随机应变的能力，两者的差距开始在对打中表现出来了，天平稍稍倾斜向了她这边。但是绝死不管造成多少伤害，少女只要用了"大治愈"就能翻盘，绝死肯定会输。

（这样想来，是不是应该用掉呢……）

绝死有两张王牌。

一张是绝对可以杀死敌人的王牌。

另一张是通用性非常强的王牌。

后者既可以用来击败敌人，也可以用来逃跑，所以不能轻易打出来。

那么现在应该打出前者吗？

少女受到绝死的攻击会表现出疼痛的样子。但是，她真的感到了疼痛吗？疑心一旦产生，绝死便觉得什么都不敢相信了。

或许至今为止绝死对少女的所有猜测，都是绝死一厢情愿的想象，根本不着边际。或许少女的内在也和外表一样可爱，不擅长而且讨厌战斗。这样的可能性也不能说完全没有。

就算这样想，绝死还是觉得这个少女太矫揉造作了。

（怎么办？如果……如果考虑到还有多个和这个少女实力相当的人，使用那张王牌就不一定是正确的。但是。最理想的是不打出王牌杀掉这个少女……我能做到吗？）

要问她能不能做到，绝死的回答是"说不好。"

如果"大治愈"的卷轴只有那一张，绝死也许能设法获胜。但是，让她速战速决不可能。

当然，绝死思考的时候手也没有闲着。她用大镰刀连续劈砍，但是少女身上还是看不到出血的伤口，反而是绝死受到了少女那木杖狠狠的反击。

少女只要站定瞄着绝死打就行，而绝死则需要迅速地出入少女的攻击圈，同时挥舞大镰刀。绝死要用双脚控制距离，还要挥舞武器来攻击，如果不能恰当使用躲避和防御的武技，就很难防住少女不惜承受伤害发动的反击。

少女不愿意承受伤害的唯一部位就是脸。她会用腹部承受伤害，然后对绝死发动狠狠的反击。

绝死开始根据在战斗中掌握的情报进行分析。

（看来……还是用吧？只要用了这个绝对能赢……）

是应该现在用，还是应该再等等呢？问题只在于早晚。

自从绝死开始思考，这不知道已经是第多少回合的攻防了。

少女的身体承受着大镰刀的劈砍，而她挥舞的木杖则正中绝死的侧腹部。

骨折的声音在绝死体内响起的错觉，被远远打向了后方。过度的疼痛甚至让她想吐。绝死设法制动，鞋底剧烈地摩擦着地板。

她没想到会遭到这样的痛击，痛苦让她的横膈膜抽搐起来，绝死有点呼吸困难。但是，绝死装作从容不迫，把大镰刀戳在地板上，撑着它双脚交叉起来，慢慢摘下头盔，露出了一张嬉皮笑脸的面具，表示少女的攻击完全没有效果。

正因为敌人不积极进攻，绝死才能摆出这样的姿势。

"好吧，没办法啊。"

绝死用若无其事的语调自言自语，下定了决心。她要使用绝对能杀死敌人的王牌。

绝死拉开距离后，少女并没有追击。

这样的麻痹大意是致命的。

"我说，你刚才，是不是问我要不要投降？我想问你一个问题……你是魔导王召唤出来的不死者吗？"

"咦？那、那个，为什么要问这样的问题？你不想问问投降后的待遇吗?"

"回答我。"

"不、不是的,正如你所看到的,我不是不死者。"

"是嘛。"绝死一边回答,一边思考。

少女没有马上回答,是因为真的搞不懂绝死提问的意图呢,还是——想要思考答案的时间呢?

(再说,我就是因为看不出来才问的。话说回来,她装作完全没听到问题中关于魔导王的那部分是怎么回事?不过,好吧,算了。不管是不死者还是什么,吃了这招肯定会死的。)

绝死重新戴上头盔,发动了天生异能。

绝死通过被认为是神使用过的武器使用她的天生异能,可以行使死之神斯尔夏那拥有的最强力量。所以——

"死亡是所有生命的终点。"

发动的同时,绝死背后出现了一个表盘。

这正是只有在装备这把大镰刀的时候,绝死才能使用的王牌之一。

这是必然能杀掉敌人的招数。

这是给予敌人无法抵抗的绝对死亡的招数。

这是至今为止从未失败过的无敌招数。

"啊?!"

少女惊叫了一声。绝死也能感觉到那是她的真情流露——少女是真的感到吃惊。

（咦！她难道不是不死者吗？不过，她的心情我倒是非常理解。没见过这种技能的，可能会觉得我是用了某种莫名其妙的神秘招数吧。不过嘛，其实这表盘一样的东西没有实际效果，它只是装饰接下来会发动的力量。正所谓——好戏还在后面。）

紧接着，绝死发动了大镰刀中灌注的魔法的力量。

她当然选择了——

"'死'。"

在对少女施放魔法的同时，滴答一声响起，时钟开始计时了。

——我赢了。

绝死确信，她一定会获得胜利。

"'不死鸟火焰'。"

绝死看到少女身后张开了火鸟的翅膀。

（又是魔法！不过，呵呵，没用的。我虽然不知道你用了什么魔法，可是只要我用了这种能力，敌人就只剩下死路一条。在我使用这种能力之前击败我，那就是战胜我的最后一次机会！）

"死"是施放时会马上生效的魔法，但是绝死使用特殊能力来发动它，需要等十二秒才能生效。绝死也不知道如果自己在这段时间内被杀掉的话魔法效果会不会受到影响，所以绝死不再进行攻击，而是开始了防守。

少女或许是发现吟唱魔法之后没有效果，她挥着木杖以极快的速度冲了过来。

少女基本上一直等着绝死攻击，主要进行防守和反击，现在她突然开始主动攻击，大概是因为感觉到了情况不对劲吧。少女在搞不清楚情况的时候，没有坚持防守，也没有继续观望，可见她有十分敏锐的战斗直觉。

但是从技术和平衡攻防的能力来说，绝死占了上风。不考虑进攻只管防守的时候，格挡和躲避对绝死来说都不算难。当然，如果绝死一直只管防守，她也不可能躲过所有的攻击一下都不挨打，不过现在只需要撑几秒。

（六秒。）

绝死开始躲避少女的连击。少女的攻击像暴风一样，就算是英雄，不，就算是达到了超越者领域的人也很难看清楚，绝死哪怕眨一下眼都有可能丢了性命。那正是与绝死达到同等水平的人才能完成的攻击。不过，正因为绝死专心防御，她才能如此仔细地观察。这下她更确定了，少女身体能力虽然很强，但是无法人尽其才——她看起来并不习惯战斗。

（八秒。）

这种现象在天生的强者中是很常见的。

正因为身体能力太强了——凭蛮力就能赢，所以才会轻视小技巧还有对战况的解读。其中不够努力的人，往往会被真正的强者打得一败涂地，而在那之前，他们无法意识到自己的傲慢。

没错，比如绝死眼前的这个少女。

（十一秒。结束了，再见。）

绝死从容地避开常人只要被蹭到都有可能发生脑震荡的攻击，在心中向少女告别。

少女让绝死产生了一种无法形容的厌恶感，但是绝死现在确信了自己的胜利后再观察，发现这个少女长得其实很可爱。仔细想来，她还是个尚且年幼，什么都不懂的孩子。这个孩子没有罪过，应该说错在养育她的父母。

然后绝死有意放过反击的机会，挡住木杖的一击，这才发现不对劲。

少女没有死。

（咦？）

那一刻，绝死脑子里变得一片空白。

中了必死无疑的招数，敌人却没有死。绝死觉得这样想来，她一定是把时间数错了，这才是最有可能的答案。

除了训练以外，绝死还是第一次与如此强大的敌人战斗。她觉得自己不紧张，实际上恐怕很紧张吧。在这样的精神状态下，冷静地读秒恐怕很难，绝死觉得自己应该是有些小失误。

（两秒。）

绝死又数了两秒左右，而且数得很慢。

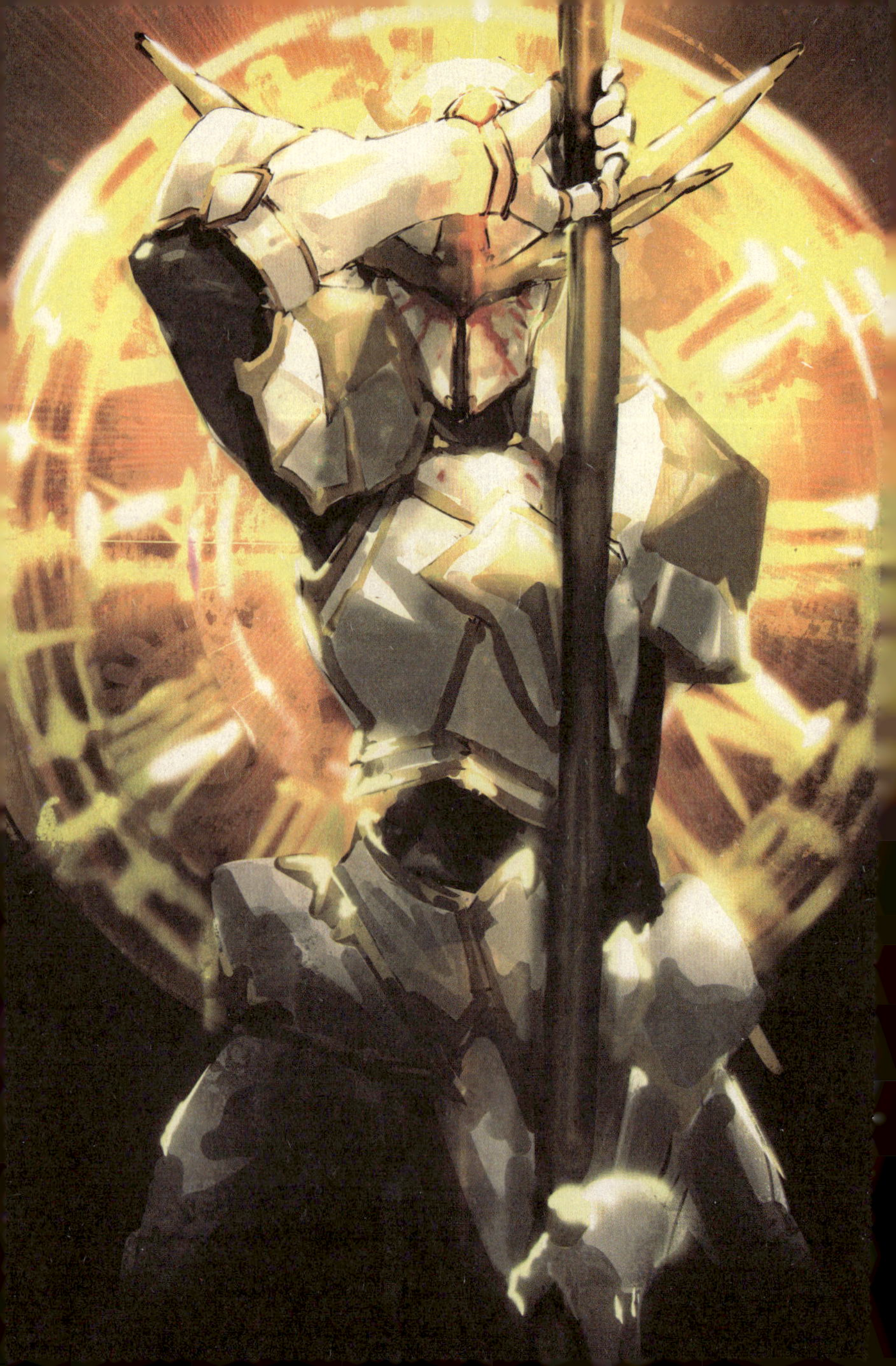

但是——少女还是没有死。

少女还活着。

少女活蹦乱跳,一边发出"嘿""呀"之类与凶狠的攻击并不相称的可爱呐喊声,一边挥舞着木杖。

"什么,为什么啊?!"

绝死没法理解。

那是绝对能置敌人于死地的招数,哪怕敌人是不死者,是没有生命的哥雷姆,也能杀死。绝死用的是连她自己都觉得不讲理的招数,为什么少女没死呢?

少女的攻击正在让绝死的身体感到疼痛,所以她眼前的这一幕不可能是幻觉。除此之外还有什么可能性呢?难道那一招对黑暗精灵没有效果?还是对与使用者有血缘关系的人没有效果?莫非——是少女使用的魔法破掉了它?

如果真是这样,少女怎么会知道这种招数呢?绝死也只是能通过天生异能使用,对这种招数并不是完全了解。教国极少数知道她会用这一招的人也一样。如果说有人完全了解这种招数,那只能是这把大镰刀真正的主人斯尔夏那。

难道那位神站在这个少女的背后吗?看到少女大难不死,绝死的这种想法带上了出奇的真实感。如果真是这样——

"啊!"

困惑和焦躁让绝死的身体变得僵硬,她挨了本该能躲开的一击。

"啊啊，可恶！"

绝死忍着疼痛，也挥舞起了大镰刀。有点不管不顾的攻击命中了少女的身体，绝死还没来得及确认自己的攻击是否有效，已经被木杖狠狠地打中了。疼痛让她眼冒金星，身体也失去平衡，不过她还是在倒下之前撑住了。

绝死拼命思考起来。

她的计划被打乱了。

接下来她该怎么办才好呢？

怎样做才是最合理的呢？

绝死虽然被打中了很多次，但是还有余力，距离败北还很远。但是，考虑到对方有援军，她必须决定是继续战斗还是逃离这里。

那么，如果要逃跑，凭绝死奔跑的能力能甩掉这个少女吗？绝死说不好自己能不能，既然如此——

（我是不是要把另一张王牌打出来？）

这不是个坏主意，但是，绝死却犹豫要不要这样做。这是因为刚才她已经看到了实例，绝对无敌的招数被破掉了。

绝死觉得另一张王牌不太可能被破掉。可她还是担心——自己的王牌会被什么厉害的招数抵消掉。

（她有多少卷轴，能用什么样的魔法！情报太少了！）

绝死开始犹豫，在不知道对方手里有什么牌的情况下，是不是应该打出最后一张王牌？但是，绝死早就明白，时间是她的敌人，是少女的伙伴。

木杖痛打造成的痛楚虽说绝死还能忍受，但也让她的思维变得迟钝。

绝死脸上的笑意更浓了。

笑容能隐藏人的感情、心思、精神状态，让别人无法看穿——特别是敌人。

所以，绝死笑着，然后得出了结论。

（我不想了！在情报不足的情况下，怎么想都白搭！）

绝死只明白了一点，那就是少女已经看到了她的王牌，而且少女发现自己使用的那种对策是有效的。单这一点，绝死受到的损失就远远超过了至今为止受到的所有伤害。

绝死发动了另一种能力，它称得上她最后的王牌。白光消退之后，绝死创造出了另一个绝死。

绝死有两张王牌。

其中之一是绝对的死亡——准确地说是她有天生异能，让她能唤醒先人留下的沉睡在道具中的王牌。

另一张王牌是她修习的职业——低阶女武神／全能——可以产生的分身。

它的名字是勇者之魂。

它的战斗能力不如绝死，但由于绝死本身十分强大，这具使役体还是拥有极其强大的战斗力。

"咦!"少女睁圆眼睛的同时发出了一声惊叫。这让绝死联想到了刚才的情景,打出了王牌的绝死反而产生了不好的预感。

绝死还没来得及用意念向自己的分身——勇者之魂下令,少女便取出了一个球体拿在手中。

紧接着,一个巨大的土元素便被召唤到了少女身旁——她们在走廊里,这让土元素看起来多少有些憋屈。

绝死又糊涂了。

绝死认为少女修习的职业很有可能是森林祭司,但是刚才少女召唤出元素时好像不是用魔法,而是用了道具。

而且她召唤出的那个元素给人的感觉并不怎么强大。

(不会召唤元素,也不会使用攻击魔法。只能强化自己的森林祭司,难道是这样?莫非我看漏了什么,误解了什么吗?听说精灵王使役着强大的土元素……就是这种吗?可是……这种元素……真的强大吗?)

绝死听说过,精灵王使役的土元素战斗能力极其强大,就算是超越者也无法战胜它。

这样想来,绝死觉得眼前的这个元素并不是精灵王使役的。不过,它虽然在绝死这样的强者眼中显得很弱,但是在弱者眼中想必还是相当强大。

这种强度的元素对绝死来说构不成威胁。

绝死可以把元素交给勇者之魂,她本人和少女战斗。勇者之魂想必不一会儿就能击败元素，接下来就是二对一。

（不，还是先一起上，消灭元素吧。）

"我来了！"

绝死冲向前去，用她手中的大镰刀攻击元素。同时勇者之魂也向着元素冲了过去。

土元素对物理攻击有抗性，但是毕竟实力差距巨大，它坚硬的表皮也被切开了一道道深深的口子。不过，土元素的卖点正是抗打，一下两下没法给它造成致命伤。

可是绝死没想到土元素竟然消失了。

"什么？"

她糊涂了。土元素并不是被她打死了。

因为紧接着，土元素再一次出现在了她的眼前，而且个头比刚才还要巨大。

绝死开始思考这到底是怎么回事。

她不认为这个元素和刚才那个是同一个。

"难道是献祭召唤！"

她从来没听说过世上有那样的魔法和特殊技能。但是她觉得这样命名才最适合，不禁脱口而出。

虽然不知道是否可以说是新出现的，但第二个土元素确实比刚才的那个更强，它是超越者也无法战胜的对手。可是——

（我能战胜它。但是……这个选项真的正确吗？）

绝死担心如果给予它伤害或者消灭它，这个土元素还会再变强一个阶段。

她觉得不管怎么说，这个土元素也不会无限变强，可是她又觉得不能说绝对没有可能。

绝死让勇者之魂待命，观察起了少女。

少女只是怯生生地躲在土元素身后凝视着绝死这边，而且土元素也没有马上攻击她们的意思。

（这个孩子到底是什么人？如果她是魔导王召唤的不死者，那一切就都可以解释通了，但是如果这个孩子真的只是普通的黑暗精灵，这么强大的孩子怎么会一直默默无闻呢？她有这么强大的力量，应该早就广为人知了吧？她难道像我一样，被某个国家雪藏了起来？）

魔导国建国是在几年前。

帝国曾经宣称那一带本来就是魔导王的领地，但是在历史悠久的教国看来，这实在是让人哭笑不得的谎言。

几年之前，这个世界上还没有魔导国和魔导王。

（魔导王本身是突然出现的，所以有人认为它和以前的众神一样，可这还是没有经过确认的情报。应该不会吧，但是……如果真是这样……难道这个少女也和它一样？不，那双眼睛证明她是王族，还是她和那个男人有血缘关系的可能性更大。难道魔导王是因为得到了这个少女，所以才从远方来到这里，施行了多种族融合的政策？）

绝死想不明白，她没有可靠的情报，就连少女与魔导王有关也不过是绝死的猜测。

不过，绝死认为应该设想这种最糟糕的情况。

（如果这个少女真的是魔导国的人……说明魔导国除了魔导王和这个少女之外，最少还有两个和我实力相当的人……难道魔导王也来这里了吗？）

绝死感到焦躁。

绝死觉得自己实在是太过愚蠢，既然假设这个少女和魔导国有关，她一开始就应该想到这一点才对。

按说这是绝对不可能的。

一国之王跑到另外两个国家决战的战场上，有多少条命都不够丢的。可是绝死确实听说过，魔导王曾经突然现身圣王国大显神通。所有国家都明白了，能只身消灭整支军队的魔法吟唱者随时有可能出现在任何地方。

绝死还听过更令人难以置信的报告，说是帝国在成为魔导国的藩国之前，魔导王曾经作为斗士现身帝国的竞技场。这样想来，它就算来到即将陷落的精灵王都，也不能说绝无可能。

绝死狠狠咒骂起了自己。

如果真的像绝死想象得那样，魔导王来到了这里，那简直糟透了。光是这少女一个敌人已经足够棘手，如果那个不死者再加入战斗，那她就没有了胜算。当然，魔导王到底有多强的战斗力，教国也还没有完成分析，即使如此，它毕竟能只身击溃超过十万的大军，实力不可能在这个少女之下。

（这虽然只是在假设的基础上进行假设，不过解释得通——居然解释得通。我虽然不明白魔导国的目的到底是什么，不过如果魔导王真的来了这里，我要和它交涉吗？）

　　如果他们能夺走精灵王的土元素，恐怕就相当于成功篡夺了这个国家。

　　而这个少女的那双眼睛证明了她继承着王室的血统。

　　有那双眼睛，再带上精灵王使役的土元素，只要她这样出现在精灵们面前，精灵们一定会向她臣服。

　　（如果她接下来再击退教国，想必会大受精灵们的拥戴。这个时机真是太棒了，太棒了！）

　　绝死感到心中的焦躁正在逐步升级。

　　（正因为魔导国势如破竹侵略并灭亡了王国，教国才急于结束与精灵王国的战争。要是魔导国的目的实际上就在于此呢？）

　　突然，她看到脑海中七零八落的魔方拼好了。绝死在任何战斗中都不会感到害怕，这会儿却产生了异样的感觉，就像身体深处突然被塞进了一块冰，她打了个激灵。没错，假设一切都是魔导国的阴谋，就都能解释通了。

　　（王国并不是魔导国真正的目标，魔导国是想把精灵王国纳入麾下，同时对教国予以打击。这样想来，在耶·纳鲁被击退后，魔导国才让攻势为人所知，莫非这并不是为了给王国即将灭亡的恐惧，而是看准了时机，想借此诱导教国？！不，也可能是两个目的都有，他们打算在这么短的时间内吞并两个国家？

简直令人难以置信！不管怎么说，教国也不可能完全被魔导国玩弄于股掌之中……这是不可能的！）

绝死虽然不愿意承认，但是她觉得还是应该和刚才一样考虑最糟糕的可能性。

最高执行机构对魔导王的评价是教国应该保持最大限度的警惕性。魔导王的策略当然高明，但是最该提防的还是它那可怕的力量。

但是——

是的，但是如果魔导王真的制订了这样的战略，那么它真正可怕的地方，就不是眨眼间屠杀十万士兵的魔法力量，也不是能杀光九百万王国国民的强悍部下，而是能看透一百招棋之后的局面，用看不见的线将别的国家操纵于股掌之中的智谋。

敌人本来就很强大，居然还会用阴谋诡计，那简直就没了弱点。这样一来，弱者对付强者唯一的武器都将无法奏效。

（莫非……制订战略的其实是恶魔宰相雅儿贝德？不管怎么说……不，等等……莫非魔导国的目标不只是这两个国家……教国也是？魔导王打算歼灭来到这里的教国军队，借此机会向教国宣战？）

确实，有人能毫不犹豫地说出，弱小的士兵不管死多少都没有问题。只要是达到英雄领域的人，都拥有超过数万普通士兵的战斗能力。但这是强者的想法，普通市民又会怎么看呢。

教国高举人类至上主义的大旗，借此令国家团结一致。弱小的人类必须团结起来，先发制人消灭其他种族，否则就会被其他种族消灭，这就是为教国的思想提供支撑的理论。实际上，与兽人接壤的龙王国就是一个很好的例子。

可是，如果明知会被绝对的强者消灭，大众还能保持战斗下去的坚强意志吗？哪怕听说教国没能消灭掉不共戴天的精灵王国，反而是教国军队遭到了歼灭，还能保持下去吗？

绝死又露出了她总是挂在脸上的、隐藏真实想法的笑容。

她不觉得高兴，也不觉得有趣，她的心情和表情完全相反。

让她露出笑容的，是敌人制定了如此完美的策略——对教国落入敌国陷阱的绝望感。

（怎么办？设法让士兵们逃走？还是选择逃走好保住我自己的命？）

绝死是教国的最强王牌，她的死亡对教国会是一次巨大的打击。这样想来，逃跑才是上策。

绝死只顾着想接下来怎样做才最好，发起了呆。少女看到她那样子，向她开口道："那、那个，请听我说，我要重复一遍，你还是投降吧，好吗？我、我觉得还不晚，我不想杀你。"

从得到对方情报的意义上来说，不能断定眼下的情况很糟糕。但是——

"……逃不掉，我逃不掉！！"

"咦？"

少女好像觉得很奇怪，惊叫了一声。难怪她会觉得奇怪，对于少女的提问，绝死的回答——从少女的角度来看——意思说不通。但是，在绝死心中说得通。

没错，绝死别无选择。

这如果真的是魔导国的阴谋，那么解除这个陷阱的方法只有一个。

绝死决定化身伤痕累累的野兽，咬死眼前的少女，借此打乱魔导国的计划。

如果让魔导国失去一个这么厉害的强者，这一定能成为顿挫其计划的一招棋。

尽管最可怕的陷阱或许正在等着教国，但现在正是突破它的好机会。现在只有绝死才能把握住这个机会。

（没错，能拯救我的国家的只有我！）

如果别人问绝死，教国对她是不是有值得拼上性命的恩情，绝死会觉得心情很复杂。不过，她在教国偶尔也会遇到她喜欢的人。因为绝死活得太久，大部分她喜欢的人都已经去世，但是为了这些人心爱的国家，绝死觉得赌一次命不算什么。

（虽然我可能会死，但我也会尽全力杀了你。只要能杀掉你就行了。）

绝死已经下定了决心。

绝死确实考虑过撤退，但是，她那不是打算逼不得已再逃跑，而是想提前做好打算，以便有需要时从容行动。这次的战斗开始之后，绝死总是有点缺乏搏命的紧张感，可那不是因为这个少女可能是她的外甥女。哪怕是比这个少女年龄更小的孩子，为了将其控制住，绝死可以毫不留情地断其手脚，只要有必要，也会毫不犹豫地痛下杀手。不过，绝死确实一直把自己的存活当成优先级最高的任务来考虑。

她决定抛开这种想法。

此时不搏更待何时。

明天的情况肯定只会比今天更糟糕。

"上！"

绝死大喊一声。

勇者之魂按照她的指示扑了上去。

绝死其实没有必要说出来，她可以在心里下命令。从这个意义上来说，说出来可以说是一招会向敌人提供情报的臭棋。绝死自己也很清楚这一点，尽管如此，她还是发出了声音，这是为了鼓舞自己，让自己下定决心。

让勇者之魂挡住土元素，绝死自己向少女冲了过去。

但是，土元素张开双臂挡住了绝死的去路，就像把走廊堵住了一样。

这样其实也没关系。

绝死和勇者之魂可以以二对一，一鼓作气消灭土元素，然后再杀死少女。

如果眼前的土元素是这个少女从精灵王那里夺取的，只要消灭了它，就会让她失去可以称王的证据。这样一来，说不定能拖延魔导国的计划。

两把大镰刀眨眼间劈砍了土元素无数次。

老实说，不会流血没有要害的元素对绝死来说是种棘手的敌人。

高阶元素对物理攻击有抗性，哪怕是绝死挥出的大镰刀，也无法将其一击消灭。

对绝死来说，这是她不喜欢碰的那类敌人。但是，她现在没法挑三拣四。

不过，土元素堵住了走廊，所以少女攻击不到她们，而且她就算用卷轴发动魔法攻击，恐怕也会打到土元素身上。绝死觉得最应该提防的，是少女对土元素施放曾经向她施放的，看起来像是强化系的魔法。

（我和勇士之魂并肩战斗，比较占优势。但是，这优势不是绝对的。我没法绕到土元素后边去，就意味着没法阻止她用魔法强化土元素……不过……）

绝死觉得问题是，少女是否明白战况会发展成这样。

她觉得有那么点不对劲，但是又说不清到底是什么不对劲。

土元素挥舞着像一连串巨石一样的手臂。绝死想远远跳开，但是考虑目前的战况，她没法采取且战且退的战术。绝死用大镰刀钩住逼近的巨臂，将其带偏。土元素有着惊人的力量，但是只要从侧面施力，改变其攻击的轨迹并不困难。话虽如此，绝死武器的形状并不适合用来格挡攻击，说到底也只是因为双方有实力差距她才能做到。

在视野的一角,勇者之魂同样成功地挡开了土元素的攻击。

勇者之魂比绝死要弱,尽管如此还是和绝死一样挡开了攻击。正如绝死感觉到的,这个土元素果然没有多强。

这样想来,这个土元素或许不是教国提防的那个精灵王使役的土元素。

但这并不意味着她眼前的土元素很弱。

如果只有英雄水平的实力,肯定无法躲避它的攻击,早就被砸中了。绝死也说不好它的攻击是否能造成致命伤,但重伤肯定是无法避免的。

挡开攻击后,绝死看向土元素后方确认少女的动向。绝死和巨大的土元素贴得很近,不看好它的动作是很危险的,但是不看好少女下一步要走什么棋更危险。

绝死怀疑自己看错了。

(什么?)

少女背对着绝死向远处跑了起来。

她奔跑的动作虽然很可爱,但是速度非常快。

少女逃了。

她开始逃走了。

"啊!!"

绝死这下全明白了。

少女召唤这个土元素的目的不是对抗勇者之魂。

她是想为自己逃走争取时间。

绝死觉得自己虽然没能从少女的样子中观察出来，但是少女实际上说不定也已经到了极限。

少女从一开始就没打算以命相搏，这一点在她那时的行动中其实已经有表现了。

当绝死打算抄到少女身后的时候，她全力向后跳去。少女那并不是不想遭到夹击，而是避免自己的逃路被断掉。

少女一直以来的态度和言行已经表达得很清楚了。

"糟了！"

绝死必须马上从三个选项中选出最恰当的。

想方设法追赶少女。

先消灭土元素再说。

绝死自己也逃跑。

其中第三个选项是最容易做到的。

元素一旦到了召唤者的视野外，召唤者就不能根据战况对元素下达恰当的命令。

因此，如果少女的命令是"守住通道，杀死想要通过的人"，土元素不会追赶逃跑的绝死。但是，如果少女的命令是"杀死你眼前的女人"，就算绝死逃跑，它恐怕也会追上来攻击。

不过在这种情况下，土元素只会一味追赶，不会随机应变抄个近道什么的。

绝死的移动速度和敏捷都更占优势，她不可能输。

她只要扭头就逃，逃出土元素的视野，它就只能漫无目的地寻找绝死。

但是绝死否定了这种想法，她不得不否定。

因为那样选相当于逃避危险很可能在将来降临的现实——逃避魔导国正心怀鬼胎的现实。

那么，第一个和第二个选项怎么样？

追赶少女也很难。即使绝死能在短时间内消灭眼前这堵墙（土元素），是否能追上机动力超乎寻常的少女，还是要看运气。再说少女逃跑的目的地恐怕是她同伴所在的地方，到那时候胜败就真的不好说了。

这样想来，选择第二个选项才是最好的。

绝死刚才的决心就像扑了个空，如果这个土元素不是精灵王使役的那个，第二个选项就将是没有意义的行为。

但是，考虑到回报和风险，绝死无论如何也只能选择第二项。

她觉得虽然会错过一条大鱼，但是应该满足于已经到手的鱼。

绝死正用锐利的目光盯着土元素，看到在它的后面——少女在远处回头看向了这边。

绝死觉得她可能是打算临走甩下几句话，没有把注意力从土元素身上移开，同时观察着少女，只见她的嘴唇动了起来：

"太好了，幸亏留了魔力。"

离得这么远，按说绝死应该听不到，但不知是因为绝死半精灵的血统，还是因为她那过强的能力，绝死听到少女好像放下了心一样，小声嘟囔了一句。绝死还没来得及理解少女话中的含义，她已经朝着天花板举起了木杖。

马雷修习的职业灾厄使徒有一张王牌。
这张王牌就是传说中职业世界灾星的王牌的弱化版。
它的名字就是小灾厄。
这种魔法会消耗巨量魔力，与之相应，其破坏力甚至超过安兹使用的超位魔法。当然，即便如此，它还是达不到大灾厄的破坏力。不过，它那纯粹的能量洪流还是足以在眨眼间使一切灰飞烟灭。
紧接着，令人难以置信的力量扑向了绝死。
直觉告诉绝死：不好，我要死了。
狂暴的力量一下子拍碎了土元素。
直到这时绝死才明白，少女召唤土元素既不是想对抗勇者之魂，也不是想要争取逃跑时间。这土元素只不过是诱饵，以免绝死和勇者之魂逃过这狂暴的一击。
土元素消失之后，绝死的分身勇者之魂同样马上便消失了。
紧接着——
（不会！我不会死！我还不会死！）
绝死身处毁灭的旋涡之中，她或许还是得放手才能尽快解脱，可她还是挤出自己的全部生命力承受着。可是——她觉得脑海渐渐变成了一片空白。刚才那仿佛正在受到肢解的疼痛已经消失了，她甚至不知道自己身在何处，是不是还站着。

这或许就是死亡的感觉吧。

怎么会这样？

绝死只剩下这一个想法。

她刚才还打算搏命，难道不是吗？

她刚才还在想，为了保护教国——打破那个罪大恶极的国家的阴谋，她要竭尽全力战斗，难道不是吗？

多么卑鄙啊。

当然，所谓"卑鄙"只是她单方面的观点。就算她的脑海正在变成一片空白，她也明白这一点。即便如此，她还是只能产生这样的感情。

哪怕精灵灭亡了，绝死也没法把心放下来。她发现精灵对魔导国来说恐怕只有相当于弃子的价值。绝死是教国的最强王牌，魔导国或许认为杀死她比保住精灵更有价值。

说来说去，这个少女到底是什么人呢？

如果这个少女真的和魔导国有关，那绝死到底按魔导国的剧本在舞台上表演了多久呢？

这是一场败北。

绝死这时才意识到，真正的败北不是被敌人的攻击击倒，而是不惜赌上生命来实现的愿望遭到敌人无情的践踏，坠入伸手不见五指的绝望之中。

太过分了。

绝死不想输。

她绝对不想输。

她或许想过品尝败北的滋味，但那不是真心的。

其实她只是想否定自己的力量，或者说是——否定她的母亲。

她只是想否定她的血统——否定那些没有爱的日子带给她的东西。

可是她又觉得，哪怕是如此令人憎恶的力量，只要能用它来保护对她来说很宝贵的东西——

到那个时候，她也许能——在一定程度上原谅母亲。

她好不容易才下定了不能输的决心。

就连她的决心都被挫败了。

（只希望她不是魔导国……的……人……）

随后——绝死的脑海变得一片漆黑。

　　　　　　　＊　＊　＊

安兹和亚乌菈两人一起从精灵的宝物库里走了出来。

先说结论，安兹甚至不知道该不该说是空欢喜一场。因为宝物库里尽是诸如超过亚乌菈身高的巨大椰子之类的神秘果实等东西，安兹看不出它们到底有多高的价值。

其中基本没有稀有金属制品，都是用自然环境下容易得到的材料制作的东西。这一点虽然让安兹有些失望，不过他依然心怀期待，觉得即使如此，里面或许还是会有些好东西，具备罕见的效果和他从未见过的能力。

所以，安兹的心情并不坏，不对——也许应该说他的心情相当好。

他们搞到手的道具已经不在这里了。

安兹使用"传送门"，把它们扔到了位于纳萨力克地表部分的小木屋附近。

驻扎在小木屋中的昂宿星团的某个成员看到那些东西恐怕会吓一大跳，但是安兹考虑到已经派出马雷单独去追杀精灵王，他顾不上见面和她们解释。他只是走出传送门后大声下令，告诉小木屋里的人妥善保管他们扔过来的东西——考虑到危险性，要保管在小木屋内。

完成了一系列的工作，下定决心之后，安兹把他那严肃的面孔转向了亚乌菈，当然，还是他平时的那张骷髅脸。

"那就拜托你了！亚乌菈！"

"是！！"

亚乌菈回答得气势十足，背对安兹蹲了下去。

不客气地说，安兹和亚乌菈奔跑的速度完全不同，如果两人都按正常的速度奔跑，安兹想必会被甩在后面。当然，亚乌菈还要追踪精灵王的血迹，这种情况下她的速度会变慢，可就算变慢了，安兹也有可能追不上。安兹当然有大幅提高移动速度的装备，可是，变更装备并不是只改变一个部位的装备就算完了。

安兹平时穿着严格满足抗性拼图、装备重量、能力值增减等标准的一套装备。如果打破其平衡，安兹就不得不重新斟酌所有装备，这肯定需要花一些时间。按说卷轴之类的消耗品可以直接拿出来就用，但是这样一想，安兹平时能省则省的毛病则会跑出来作祟。

而且最重要的是，就算使用了卷轴，安兹也不知道自己能不能追上亚乌菈。

因此，这种情况下最好的答案是——让亚乌菈抬着他跑。

当然，一个成年男性让少女抬着自己跑，这是非常、非常令人难为情的，安兹也觉得不好意思。这一点情绪波动似乎不会受到强行镇静，羞耻感在他心中渐渐膨胀了起来。

但是，现在安兹如何选择，关乎马雷的生命。

确实，如果精灵王和马雷打起来，马雷毫无疑问会获胜。安兹已经摸清了精灵王的战斗能力，根据他的评估，负伤的精灵王不可能有胜算。但是，事无绝对。

安兹想用"讯息"等方式询问马雷的情况，又担心他正在战斗，"讯息"会导致他分心。这样想来，最好的办法还是尽早赶到。

既然如此——安兹选择丢开自己的羞耻心。他作为安兹·乌尔·恭，而不是铃木悟做出了这个选择。

这样选择，就会出现一个显而易见的问题。

那就是让亚乌菈如何抬着他跑。

如果是让亚乌菈抬着安兹跑，或许可以选择公主抱。也可能会有人提出，安兹坐在亚乌菈的肩膀上也不错。不过安兹选择的是让亚乌菈把他驮在背上的方式。不对，准确地说，这是亚乌菈选择的方式。

安兹本来提出，让亚乌菈像扛行李一样把他扛在肩上，他觉得这样还不算太难为情，而且从讽刺自己"成了累赘"这层意思上来说，这种方式也正合适。

但是，安兹提出来之后，亚乌菈说"我不能把您当成行李一样对待"，安兹觉得想说服她恐怕很难，只好选择了让步。

安兹没法选择公主抱，他被抱起来之后精神肯定会马上受到强行镇静。

所以，他决定请亚乌菈驮着他。

安兹已经下定了决心，他一边在心里说着"嘿哟"，一边上到娇小的小女孩背上。安兹顺便从道具盒里掏出了短剑，虽然不知道是否会用上，但事先准备好总不是坏事。

亚乌菈旁边站着安兹用"第十位阶死者召唤"召唤出的不死者——元素骷髅。

可能会有人提出，安兹可以召唤其他不死者来骑乘，解放亚乌菈。但是，安兹不这样做的原因很简单。

安兹召唤的不死者是可以当成弃子来用的。

如果遇到突发事件，他们面临危险的时候，安兹打算用不死者当肉盾，和亚乌菈一起撤退。为此，安兹没法以骑乘为目的召唤不死者。

当然，安兹只要在遇敌时从不死者身上下来就行了，可是多了这一步，就有可能带来致命的问题。安兹也觉得有点过于谨小慎微。但是，这里是战场，发生意外的概率比平时更高，为了确保安全，能马上把不死者当成肉盾保证他们成功撤退，这样的准备是必不可少的。

元素骷髅其实应该算是魔法系火力，不是坦克。尽管如此，安兹还是召唤了它，是因为坦克并非什么情况下都适合做肉盾。顺便说一下——在YGGDRASIL中，人们不建议火力兼做坦克，而坦克能兼做火力的只有像塔其·米那样的怪物，人们也不建议效仿，或者应该说一般人做不到。当然，谁都可以声称自己能做到。

亚乌菈跑了起来。

她沿着地板上残留的一点点血迹，走下了几层楼梯，然后停了下来。

她的眼睛离开地板，转向前方。安兹也看了过去，但是没有看到人影。

安兹想问她怎么了，但是考虑到发生不测时需要立即向元素骷髅下令，他还是决定等亚乌菈自己开口。这也是因为他大致能猜到现在发生了什么。

而且安兹的猜测确实是正确的。

"安兹大人，马雷传来了口信。"

"是吗？"

安兹郑重地回答了一声。虽说骑在亚乌菈的背上有点丢人，可他总要用主人应有的语调来回答。

"看亚乌菈的样子，马雷似乎并不是在求援啊。这么说来，他已经顺利抓到了精灵王吗？"

"是这样……他说赶到时精灵王已经被杀了。"

"什么？"

失去了根源土元素的精灵王对安兹来说很弱。但是，他没有弱到无法逃生，会被这个世界的人杀死的地步。

"莫非除了精灵王以外，还有其他强者吗？那马雷现在怎么样了？"

"是这样，他说已经击败了那个强者，不过那家伙还有气。您觉得应该怎么做？马雷说那个强者可能掌握着重要的情报，说不定还监视过安兹大人和夏提雅的战斗。"

"什么？那个人看了那场战斗，是吗……难道那个人有世界级道具吗？我们马上过去，抓住那个家伙，再回到纳萨力克。时间紧迫，亚乌菈，辛苦你了，拜托你再坚持一下吧。"

马雷没有说是强者们，敌人想必应该只有一个，不过也有可能是一个强者加上许多弱小的敌人。这里是说不好下一秒会发生什么的战场，安兹觉得他们应该尽快尝试撤退到安全的地方。

"没有什么辛苦的。不过，我要全速奔跑了。安兹大人，请抓好我。"

话音未落，亚乌菈就像飞一样跑了起来，速度比刚才还要快，转弯的时候一点都没有减速，所以她是踩着墙——就像安兹没有坐过的过山车一样向前跑。安兹这身体虽然对恐惧免疫，但他还是感觉到有点害怕，或许是因为重心变低才显得格外可怕吧。

安兹在战士化后能以相近的速度飞奔，不过，用自己的脚跑和随着别人加速、减速、急转弯完全不同。

安兹感觉过了几秒之后，看到了马雷的身影。

他肩上扛着一个安兹没有见过的人类，另一只手灵巧地拿着自己的木杖和一把古怪的、像镰刀一样的陌生武器。

"听说精灵王被杀了，他的尸体呢？""精灵王身上的魔法道具呢？"安兹有一堆问题想问，但是身在敌地，安兹顾不上问这些。他认为现在优先级最高的是回到纳萨力克。

安兹一脸严肃，大大方方地从亚乌菈的背上下来，像在表现这是必要的、理所当然的行为，把他带来的短剑插在了走廊上。

什么都没有的走廊在短时间内是很难记住的，但是插了一把他熟悉的短剑就会变得比较容易记住了。而且安兹早就记住了这把短剑，所以也可以对这里施放魔法。

紧接着，安兹发动了"传送门"。

"你先进去吧。"

马雷怯生生地应了一声，扛着那个人类消失在了"传送门"中。

安兹遣散了元素骷髅，和亚乌菈一起穿过了"传送门"。

穿过传送门，安兹到了他扔宝物库中偷到的道具的地方。他看向旁边，发现来收拾道具的艾多玛正向他低着头行礼。她大概是看到"传送门"又一次打开，猜到安兹会回来，提前候在了那里吧。

艾多玛周围，来帮忙的死亡骑士们正没着没落地干戳着。

"欢迎您回来，安兹大人。"

"嗯。拜托你继续收拾吧，艾多玛。还有，戒指在你这里吗？"

"是的，在我这里。"

"那就把它交给亚乌菈吧。那么，亚乌菈，这是个重要的情报来源，死了就不好办了。你要谨慎，而且要尽快把她送到冰冻监狱去。送过去之后，我觉得尼罗斯特应该明白，不过还是嘱咐你一下，记得把她的装备卸下来。"

"安、安兹大人，可以跟您说一件事吗？"

"怎么了，马雷，有什么担心的事吗？"

"是、是的。这个人类，非常强。我虽然用了'砂男之砂'，但是她万一醒过来，我觉得尼罗斯特恐怕赢不了她。"

"原来如此……那么，亚乌菈在我或是别人赶到之前，就守在这个女人身边待命，以免她突然醒过来。"

亚乌菈戴上戒指，比马雷更小心地扛起了那个人类，发动戒指的力量传送走了。目送她离开之后，安兹转向马雷问道："那么……你为什么会认为那个人监视过我和夏提雅的战斗呢，马雷？"

这就是安兹最大的疑问。

"是、是这样。那个人类用了安兹大人的'死亡是所有生命的终点'和夏提雅的'勇者之魂'，绝对不可能和那场战斗完全没有关系！"

"你——你说什么？！"

正常情况下，每个人最多只能拥有一种称得上王牌的强大的特殊技能。从安兹的常识来看，拥有两张王牌是不可能的。这样想来，马雷的推测也许确实是对的。安兹觉得这个人类女子或许有复制别人技能的能力。

"幸好你没杀掉她啊。"

"是、是的。我也以为小灾厄会把她杀掉，但是那个人好像有很强的生命力，运气好，没有死。"

"你用了小灾厄吗？！她竟然没有死……那个人类确实是强者。马雷真是幸运啊……那么精灵王怎么样了？"

从马雷那里听说了精灵王死时的情形，安兹皱起了——他没有的——眉头。精灵王能防住"时间停止"，很有可能是因为他装备了带抗性的魔法道具，安兹很想去拿走他装备的道具，同时也想从那个人类那里获得情报。

要说哪一个更优先，安兹应该会选道具吧。那个人类不可能轻易从纳萨力克中逃脱。

（那就把潘多拉·亚克特派去好了，他也比较擅长探索。还是说，我应该让他去搜集那个人类拥有的情报。不，比起潘多拉·亚克特，还是我去更合适。这样想来……）

安兹转向了艾多玛。

"艾多玛啊，你再等我一会儿，我这就把潘多拉·亚克特叫来。"

艾多玛应了一声之后，安兹发动了"讯息"。

Epilogue

雅儿贝德在冰冻监狱向从精灵王国归来的主人请过安，回到主人的房间后重新开始了工作。

毁灭王国之后，广大领土被纳入魔导国治下，雅儿贝德的工作量变得比以前更大了。但是，专精内政的雅儿贝德并没有遇到让她发愁的问题。这也是因为大多数城市都已经被夷为平地，困难的问题——特别是占领政策问题也随之消失了。

因此，雅儿贝德把她头脑的大部分资源分配在了占领政策手册的制订上。将来魔导国会占领各种各样的国家，到时候就能参照手册来执行。

把用于耶·兰提尔的占领政策扩大到国家级别倒是可能，但是不难想象政策的规模和程度加大的过程中一定会出现问题。还是城市有城市的一套，国家有国家的一套，打从一开始就区分开来，这样也好避免事到临头才搞得焦头烂额。

当然，雅儿贝德并不认为手册可以直接用于任何国家。种族不同，文化之类也会大不相同。但是，即便如此，大致的骨架应该还是能用得上。

（资料整理好之后我要让迪米乌哥斯和潘多拉·亚克特也看看，给他们看完之后还要请安兹大人批准才行。）

雅儿贝德觉得有了他们两个出谋划策，她编制的雏形会变得更完善。

（那个姑娘倒是也可以用用……）

直接让她那足智多谋的主人看效率更高——他能比迪米乌

哥斯和潘多拉·亚克特看得更深，但是雅儿贝德作为处在守护者总管这一地位的人，提出主人一眼就能看出问题点的方案，这是绝对不可能容忍的。

雅儿贝德一边琢磨，一边整理文件——

"雅儿贝德！马上到冰冻监狱来。"

接到"讯息"，雅儿贝德真的吓得跳了起来。她在主人的意念中感受到了强烈的怒火。

等级达到一定水平，对精神操控的抗性就会变成必需项目。理应如此，因为某些情况和场合下，魅惑和操纵之类的招数有着相当于一击致命的威力。在楼层守护者中应该没有不具备精神操控抗性的人。

尽管如此，雅儿贝德还是产生了一丝恐惧感，是因为抗性虽然能让来自外界的精神操控无效化，但是无法消除发自内心的感情。

她心想：露馅了。

雅儿贝德有件正在做的事瞒着主人，她觉得可能是这事败露了。

莫非是迪米乌哥斯他们得到了风声，报告给了主人。

但是她做的这件事还处在实验阶段，并没有正式启动，她的主人会为此动那么大的怒吗？

只是，如果主人对她发火，她能想到的只有那一件事。

雅儿贝德糊涂了。

她慌忙发动戒指的力量，传送到冰冻监狱。

他们的主人站在从精灵王国捕获的半精灵所在的牢笼前，身后站着领域守护者尼罗斯特，还有亚乌菈和马雷。

主人的表情和平时无异，可是雅儿贝德却能从中感受到强烈的怒火。

雅儿贝德扑倒在主人的脚下，跪好了。

"非常抱歉！"

"你、你说什么呢？"

听到主人那困惑的声音，雅儿贝德马上明白了主人怒火的来源与她想象中的不同。这样想来，她下跪是一招臭棋。

不过她在过来之前，思考过了找什么样的借口。虽说主人比她聪明，但是她只要肯花时间，应该能想出与主人相当的计策。

（希望我能吧……）

"——只要安兹大人在纳萨力克中感到不快或生气，都要怪我作为守护者总管不够称职。我也觉得愧对翠玉录大人。因此，我认为像这样下跪道歉才是最正确的。"

"不，不是的，雅儿贝德。首先，我要纠正你的误解，我的怒火不是针对纳萨力克的。"

雅儿贝德松了口气。她不是在表演，是真的松了口气。

"那么，既然是这样，您到底为什么而生气呢？"

"在我说这件事之前，你能不能先抬起头来，不对，能不能先站起来？你什么都没有做错，我不愿意看着你跪在地上。"

"非常感谢，安兹大人。"

雅儿贝德一边道谢一边站了起来。

亚乌菈和马雷脸上闪过一丝惊讶，这让雅儿贝德觉得有些担心，不过现在还有更重要的事。

"那么，是这个俘虏的什么情报惹得安兹大人不高兴了呢？"

雅儿贝德的主人说过，要使用"记忆操作"来搜集情报。

她的主人曾经告诉过他们，他虽然反复训练过，但要探索漫长岁月中留下的记忆，只是粗略地看一看，消耗的时间也要以周为单位来计算，要是为了得到重要的情报去细看，消耗的时间就要以年为单位来计算。如果考虑篡改记忆，那就要消耗以十年为单位的时间。

也许有很多人认为记忆中是不可能出现伪证的，但是通过看记忆来审问，得到的情报终归只是记忆的主人认知中的真相。自然不用说，记忆的主人也很有可能受到了欺骗。

想要得到准确的情报，就要同时看许多人的记忆，否则记忆作为情报来源不是绝对可信的，而这样做无论有多少时间都不可能够用。雅儿贝德的主人曾经抱怨过，还是选择更容易获得情报的方法比较现实。

改变记忆也是如此。

打个比方，雅儿贝德他们的主人把一座村庄夷为平地，而有幸存的村民竟敢怀恨在心，设法变得强大到了足以危害纳萨力克的地步，当然这是绝对不可能的事情。

那么，是不是只要消除主人夷平他们村子的记忆，问题就能解决，这个村民就能为纳萨力克所用了呢？不。在这个村民为了复仇设法变强的生活中，想必会对别人提起他对雅儿贝德的主人的仇恨。这些记忆如果不同时消除，就会在这个村民心中形成巨大的矛盾。

这名村民虽然忘了是谁毁掉了村子，但是有可能还记得自己曾经在酒席上说过："一个叫安兹的不死者烧毁了我的村子。"

但是在俘虏昏迷不醒的时候，记忆操作也可以用来搜集情报，这一点是很方便的，所以他们的主人才试着用了一下。

"是夏提雅的事。"

听到主人的这一句话，雅儿贝德已经猜了个八九不离十。

"那个女人是什么来头？"

"雅儿贝德啊。"

"在！"

雅儿贝德单膝跪了下去。

"现在正在推进的所有项目，除了有关纳萨力克防卫的事情以外，可以全部暂时搁置。马上消灭教国，这是他们挑起的战争，我们怎么能不应战呢。你不觉得吗？"

雅儿贝德的主人语调很柔和，但是话里包含的感情却完全相反。她已经不记得他上一次发这么大的火是什么时候的事了。

"——是，我认为您说得非常对，我会立即传命给所有楼层守护者，让他们进入临战状态。"

"很好。那就拜托你马上去吧，雅儿贝德，马上。"

听着主人那柔和的声音，雅儿贝德的身体颤抖着，深深鞠了个躬。

角色介绍

{ personal character }

按说不满足前提条件无法修习女武神这一职业，绝死绝命却做到了这一点。只是职业名前面加上了"低阶"二字，各种能力和王牌技能勇者之魂都比真正的女武神略差一点。

如果肯付出各种代价搜集情报，这个世界的人应该也能在不满足一部分前提条件的情况下修习不带"低阶"二字的女武神职业。并非没有先例，有些人物就在低于前提条件的等级修习了忍者职业。

可是实际上，做到这种事的可能性极小，因为女武神的修习难度比忍者高得多，就连超越者都不可能成功修习低阶女武神，所以很难找到实验体。

即使有知识丰富的YGGDRASIL的人支援，这个世界上恐怕也没有可能成功修习女武神这一职业的人。

顺带一提，在几百年中，这个世界上修习了女武神的，虽然是低阶，但也只有绝死绝命一人。

女武神只要升到一级，就可以专精一种武器，而达到二级之后还可以选择其他诸如斩击、殴打、突刺属性的整个系统的武器。打个比方，一级选择专精长枪的女武神，二级时选择斩击武器，就能使用有斩击属性的所有武器和长枪。不过，在这种情况下，勇者之魂也会受到削弱。

不过，绝死绝命为了使用其他六大神的各种武器，接受了这种削弱。

这是因为她的天生异能类似触物占卜术，她认为还是接受削弱，使用多种武器的好处更大。

另外，她还能使用第三位阶以下的信仰系魔法，不过不会依赖这些魔法来战斗。她会用魔法来治疗和解除异常状态，但是不会用它们强化自己。这也是因为她太强大，不强化自己也没有遇到过什么问题。没有想到这会导致她缺乏相应的经验，这是她的一个重大失误。

如果用信仰系魔法为自己施加强化效果，与马雷近身战斗的时候应该就不会那么吃亏了。

安缇莱涅·赫兰·芙什

antilene heran fouche

人类种族

漆黑圣典番外席次 "绝死绝命"

住处——教都西库尔桑提克斯中圣殿的一个区域

生日——不想说

兴趣——仗着有钱尝试各种新鲜事物（饮食、服饰等方面）

职业等级	
斗士	10 lv
狂战士	10 lv
大师级斗士	10 lv
低阶女武神/全能	5 lv
武器专家	7 lv
盗贼	1 lv
暗杀者	5 lv
处决者	10 lv
神官	10 lv
高阶神官	10 lv
异端审问官	10 lv

[种族等级]+[职业等级]——合计88级
●种族等级　　　　　职业等级●
共取得0级　　　　　共取得88级

戴凯姆·霍甘

人类种族

decem hougan

精灵王

职位——精灵王
生日——精灵王国王城
职业等级－森林祭司————————？lv
　　　　高阶森林祭司——————？lv
　　　　召唤师——————————？lv
　　　　元素法师（大地）————？lv

生日——兔子·14日
兴趣——锻炼精灵们

{ personal character }

　　精灵王的血统是尊贵的，能继承精灵王的血统应该是一种荣幸，而事实上也确实如此。可是戴凯姆不承认弱者是自己的后代，会把自己的孩子送到非常容易送命的鬼门关去，所以他没有在世的孩子。这一点让精灵们心怀不满，但是谁都知道绝对无法战胜戴凯姆，所以没有人明目张胆地反对他。

OVERLORD
Characters

四十一位无上至尊

角色介绍

篇

死兽天朱雀

异形类种族

shizyuutensuzaku

妖怪博士

| personal character |

现实中的此人在巨型企业运营的大学中担任教授，
是公会中最年长的成员。
他对于公会方针不会积极提出建议，总是乖乖遵守公会的决定。
这是因为在现实中，学校里钩心斗角，
取悦公司和学生已经让他很累了。
其实他并不是个沉稳的成年人，反而有爱玩闹的一面，非常喜欢PK。
此人修习了精神系魔法吟唱者中的阴阳师，很擅长随机应变使用魔法，
不过要分类，还是要分到魔法攻击火力中。

作者后记

各位,好久不见了,我是丸山。

非常感谢您把这本书拿到手中,读到了这里!

第十四卷的卷末预告中写着第十五卷会在二〇二一年的初春出版,这样想来,应该是迟到了一年左右。不过嘛,第十六卷紧接着就出版了,我想应该能得到大家的原谅。

大家应该愿意原谅我吧?

一年一本……以前我是读者的时候,应该会觉得这个速度有点慢,不过现在才知道,不到这个位置上就什么都不明白。现在的丸山会对其他作家相当宽容。我会想:那位老师太忙了,没办法的事。

不过话说回来,发生了这么多的事,大家都很辛苦。我很希望会发生一些好事,可是看起来,世界上怎么总是只发生坏事呢。不过！我想这本书出版的时候动画第四季已经开始了！

老实说，我倒是也觉得，对自己来说发生的好事太少了，不过或许应该说有件好事就很不错。我希望能给大家带来更多开心的话题，可是很遗憾，我现在只有这一件事可说。

不管怎么说，祝贺动画到了第四季！

这也是多亏了支持我的各位老师。

《OVERLORD》再有两卷就完结了！请大家再陪伴本书一段时间……不过说是一段时间，实际上要以年为单位计算，具体要多少年，丸山也不知道。

不过，丸山希望最后两卷也能像这次一样，以这么短的间隔出版。话虽如此，可能需要一点时间来准备。不过我会努力尽可能快地拿出来的。

最后，对为《OVERLORD》第十五卷、第十六卷出了一份力的各位老师，以及把本书拿在手中的各位读者表示深深的感谢。

再见！

二〇二二年六月 丸山黄金

OVERLORD Vol.16 HALF ELF NO SHINJIN(GE)

©Kugane Maruyama 2022
First published in Japan in 2022 by KADOKAWA CORPORATION, Tokyo.
Simplified Chinese translation rights arranged with KADOKAWA CORPORATION, Tokyo
through JAPAN UNI AGENCY, INC., Tokyo.
Simplified Chinese translation by Beijing Hongyue Scientific and Technical Co., Ltd.

著作版权合同登记号：01-2023-4244

图书在版编目（CIP）数据

OVERLORD.8，半森妖精的神人．下/（日）丸山黄金著；刘晨译．— 北京：新星出版社，2024.4

ISBN 978-7-5133-5394-6

Ⅰ. ①O… Ⅱ. ①丸… ②刘… Ⅲ. ①长篇小说 - 日本 - 现代 Ⅳ. ①I313.45

中国国家版本馆 CIP 数据核字 (2024) 第 027324 号

半森妖精的神人 上下（OVERLORD.8）

[日] 丸山黄金 著；刘晨 译

责任编辑	汪 欣	出版统筹	贾 骥 宋 凯
责任印制	李珊珊	出版监制	张泰亚
		特约编辑	王 凯
		美术编辑	张恺珈 王 艺
		装帧绘图	so-bin

出 版 人	马汝军
出版发行	新星出版社
	（北京市西城区车公庄大街丙 3 号楼 8001　100044）
网　　址	www.newstarpress.com
法律顾问	北京市岳成律师事务所
印　　刷	北京天恒嘉业印刷有限公司
开　　本	780mm×1092mm　1/32
印　　张	21.75
字　　数	292 千字
版　　次	2024 年 4 月第 1 版　2024 年 4 月第 1 次印刷
书　　号	ISBN 978-7-5133-5394-6
定　　价	109.00 元（全二册）

版权专有，侵权必究。如有印装错误，请与出版社联系。
总机：010-88310888　传真：010-65270449　销售中心：010-88310811

Postscript by So-bin

因为日程问题，我在成书之前
先写了这份后记，
插画作业渐入佳境，
我想不出后记
应该画什么才好！！
第十六卷的封面插画真的很挤，
我有没有画好呢？
平时我喜欢以可爱的角色为主
来画插画，但是在《OVERLORD》中，
还是魔物之类的封面更容易画。
不过要求的就是这样一张画，
没办法的事嘛！！

完
So-bin